自由は死せず(下)

門井慶喜

双葉文庫

目次

自由は死せず（下）

12 覚醒

　ところが午前六時、全軍、玉井村《たまのい》を出発したころには、もはや作戦などどうでもいいような情況になっている。

　雨風がすさまじく、となりの兵の顔もわからないのである。天の底が、

（落ちたか）

　と思われるほどで、道のぬかるみも、田んぼを踏み抜いているようだった。砲台の車輪には泥がつまり、舶来の蹄鉄《ていてつ》をしっかりと装着した馬ですら一歩ごとにいやいやをするように首をふっている。

　それでも伊地知《いじち》は、敵の最前陣（第三陣）の手前に来ると、

「既決のとおり、兵を三分する」

　声をはりあげた。誰彼なく顔をぴしぴし指さしつつ、

「長州一中隊および土佐七小隊を右翼隊とし、薩摩六小隊および大垣三小隊を左翼隊とする。どちらも山間《さんかん》を急行したあげく、右翼は敵の第二陣を、左翼は第一陣を、それぞれ奇襲するのである」

声は、雨音にかき消されている。それでもなお、のどを破らんばかりに、

「のこりは中央隊。このまま街道を進んで敵の第三陣にぶつかるべし。くれぐれも言う、この荒天、われらには慈雨なり、甘露なり。敵はさぞや油断しているに相違なし！」

ところが右翼隊と左翼隊が出てしまうと、熱がさめたように、

「中央隊、しばし待て」

たっぷり二時間もその場に突っ立たせた。

退助《たいすけ》もそのなかにいる。雨はやまない。さすがに八月でも体温がうばわれ、火がほしくなった。遠まわりする右翼隊および左翼隊と時間を合わせるためだということは退助にはわかるが、伊地知はそれを言わないので、

――いくさに来て、いくさができんとは嘘のようじゃ。

とか、

――干しなまこじゃあるまいし、水でもどして何とする。

などと薩摩兵すら不平をこぼしている。人間は困難に耐えられないのではなく、理由なき困難に耐えられないのである。

ふたたび進発する。敵はもちろん油断していなかった。

退助たちの姿をみとめるや、空砲を二発うって号砲となし、守備配置に就いた。彼らはあらかじめ道をふさぐよう逆茂木《さかもぎ》の柵を設けていたが、その奥でずらりと銃隊が銃口をならべていた。

戦闘が、はじまった。

やはりと言うべきか、官軍の圧倒的有利だった。地形がありきたりなのである。

道がせまく、左右に小さな谷がある。こういうところでは予想外の結果は出にくいものだ。数でまさる官軍は正攻法でひた押しに押し、逆茂木をぶちこわして乱戦にもちこんだ。敵の銃兵は伝習隊《でんしゅうたい》ではなく、会津兵だったから、ろくろく狙いがさだまらない。

わりとあっさり、敵中から、

「成らず！」

「成らず！」

という怒号が飛び交ったのは、それが撤収の合図なのだろう。実際、彼らは、左右のはしっこから退却をはじめた。

そのあと中心部が退却した。こちらへ背を向けることなく、むしろ応射しつつ整然とVの字なりに道をさかのぼる。あらかじめ打ち合わせておいた行動にちがいなかった。

伊地知はとびあがって喜んで、

「わしの勝ちじゃ。わしの作戦が図にあたった。のう？　のう？」

と手あたりしだい言いまわったが、退助はその肩をつかんで、

「これは緒戦にすぎませぬぞ。敵の作戦はそもそも第二陣の死守にある。ここにしがみつく理由は何もないのです」

伊地知は顔を紅潮させて、

「わかっとるわい」

薩摩兵に命じて逆茂木をきれいに解体させると、あらためて隊列をととのえ、先へ進んだ。あとには会津兵の死体がころがるばかり。味方のそれは二つ、三つしかなかった。

つづくは、第二陣。

土佐隊の後方で馬を進めつつ、退助は、

「これが、最後じゃろ」

つぶやいた。大鳥圭介《おおとりけいすけ》との戦いがである。雨はやや小降りになっている。

†

第二陣は、駱駝《らくだ》の瘤《こぶ》。

あの斥候の久兵衛の報じたとおり、道の一部がもりあがっている。その頂点には敵の大砲もあるし、銃隊も展開しているらしい。大鳥圭介の指示によることは明白だった。地の利があれば、いくさというのは、奇をてらわないのが上策なのである。

伊地知と退助は、目を合わせてうなずくと、

「それっ」

全軍に突撃命令を出した。こちらも奇策の必要はない。一路邁進。ただしわりあい道幅があるため、退助ひきいる土佐隊は左側《さそく》へふくらみ、最前列の薩摩兵と肩をならべる

ようにして敵にぶつかった。敵もさっきとは目の色がちがう。逆茂木をのりこえ、どんどん攻めて出てくる。

先鋒どうしの白兵戦になった。

刀と刀の打ち合う音が、どこか寺の鐘のように鈍い。きれいに打ち合っていないのである。双方とも雨のため柄《つか》がすべり、足がすべっているのだった。

「しっかり柄をにぎれ。足をふんばれっ」

退助がいくら叱咤しても、そもそも戦いにならなかった。おたがい致命傷をあたえられないから、前線もいっこう移動しない。一進一退というより不進不退の時がながれた。もっとも、逆茂木の奥からは銃の発砲がさかんである。伝習隊だろう。しかし彼らを以てしても、この雨中では、ほとんど命中させられなかった。

官軍後列は、長州兵、および薩摩兵と土佐兵の大部分。みな背のびして前方をうかがいつつ腕を撫《ぶ》すほか何もし得ない。ひまである。そこへ大砲の弾がふってきた。敵方はあらかじめ左右の山に大砲三門をそなえつけていたのである。

鍋のなかへ豆をまくように、つぎつぎと丸い砲弾がほうりこまれた。

官軍兵はなすところなく、ただうなりをあげて飛来してくる鉄球を頭で、肩で、胴で受けるだけだったが、それでも炸裂弾でないだけ不幸中の幸いだった。致命傷を得たものは案外多くなかった。そうして、その大砲の音も、じきに無になったのである。

理由は、またしても雨だった。

降りが強まったのだ。くれぐれも薬包をぬらさぬよう注意していたにちがいないが、それを遥かに上まわる自然の威。最前線のほうも不進不退に変化はなく、戦況はほぼ膠《こう》着《ちゃく》した。

雨は霧をなし、霧は濃霧となり、敵をも味方をも銀色にした。怒号は水音にぬりつぶされた。そこへ、
ざざざっ
と、滝のごとき音を立てて官軍の右翼隊が逆落《さかお》ちに落ちてきたのである。

(案外な)

と退助もしばし呆然としたほどの、それほどの到着のはやさだった。

わずか二時間の差をつけた程度でこうも調子が合うはずがない。彼らはたぶん、

(さほど、遠まわりしなかった)

と退助は見た。しなかったというより、できなかったのだろう。この雨では足はずぶずぶと山土《やまつち》に埋まる。

埋まらずとも山そのものに無数の泥流が生じている。彼らは道から離れていない線を、道と平行に、のぼった。だからこそこうして悪い視界のなか、あやまたず最前線になだれこむこともできたわけだ。

いずれにせよ。

伊地知の策は、また的中した。

敵兵はあわを食って逃げだした。こんどは意図的な撤兵ではなく、敗走だった。逆茂木から銃兵がひとり、またひとりと剝がれて去る。伝習隊でさえそうなのだから、ほかの一般兵のありさまが武士の面目に反するのも致し方ないところだった。

「大鳥さん」

退助は目をこらし、その男の名を呼んだ。

どこにもその姿はなかった。退助と大鳥の戦いは、こうしていつ終わったとも知れぬまま永遠に終わった。ふたりは以後、二度と戦場で相対《あい》することがなかったのである。

それにしても、あっけなかった。

第二陣はまたたくまに官軍の領するところとなった。敵兵はずるずると後退して、あらためて第一陣すなわち母成《ぼなり》峠でくるりと振り返って官軍を待ちかまえたものの、ここには逆茂木も何もない上、峠にしては道幅がある。

「これは、案外な」

伊地知はにんまりとした。第二陣よりも広いくらいで、しかも第二陣より高低差がない。

「平原の戦いじゃ」

と誰かが言ったのは、いかにも大げさだったけれども、印象としてはそのとおりだった。

軍の規模がそのまま勝敗につながる舞台である。両軍は三たび白兵戦に入った、その結果はもはや、

――順当。

としか言いようのないものだった。

官軍は順当に攻め、順当に左翼隊と合流し、順当に会津兵を死体にした。会津兵は順当に潰走して領内へ逃げ去り、あとに若干の銃や刀をのこした。どういうわけか伝習隊はいなかったけれど、いても結果はおなじだったろう。

伊地知正治《まさはる》は、顔全体をぬらしている。

「やった、やった」

むろん雨でぬれているのだが、感激のあまり泣いているように見える。あたりかまわず泥水をはねちらかすなど、ほとんど乱心同様のよろこびようだった。

「板垣、板垣。われらは勝利した」

退助は、ただ苦笑いするばかり。

「つまらん」

つぶやいたのは、伊地知が気に入らなかったのではない。

ましてや彼の策があたったからではない。勝負とはどのみち結果論をまぬかれぬもの。たまたま今回は伊地知に一籌《いっちゅう》を輸《ゆ》するかたちになったけれども、退助の失望は、そんな小さな感情よりもはるかに深いところにあった。

（いくさとは、つまらぬものじゃ）

このことだった。

いくら軍書を諳《そら》んじようが、いくら戦略眼に優れていようが、天気一発ですべてが覆る。そんな不確かなものに血道をあげるくらいなら、

（碁将棋に熱中するほうが、まし）

いや、ちがう。

そのことも本質ではない。いくさの本質とはすなわち、

（人が、死ぬ）

感傷的になったのではない。人間愛にめざめたのでもない。退助はただ、

（非合理《ひがごと》じゃ）

そう結論したのだった。

年寄りや子供ならいざ知らず、戦場に出られるほどの男子なら世間の役にも立つにきまっている。その有用の資をあたら死なせて鳶鴉《えんあ》のついばむところとするのは、せっかく焼いた藻塩《もしお》をあつめて海にすてるのとおなじ。素材のむだづかいにすぎないのだ。

（いまにして、ようわかった）

退助は、むしろ気分がさっぱりとした。

大鳥圭介との戦いが終わったからか。それともこの激しい雨が心眼のよごれを洗いながしたか。退助はかつて戦争をもとめていた。ほとんど神仏のごとく渇仰《かつごう》していた。そ

れがいまや道ばたの地蔵石ほどの関心をも惹かぬ。

ただただ「つまらぬ」なのである。反戦思想などというご大層なものではなく、単なる生活感覚であるだけに、いっそう確信はふかまった。敵味方は関係ない。人間は生きて息をしてこそ、

（使いみちも、ある）

思えば『孫子』はこの真実を書かなかった。あの本の著者とされる呉の孫武《そんぶ》は、ひょっとしたら、いちども戦場へ出ぬまま机上の空論をもてあそんだのではないか。

（愚書じゃ）

暗唱するほど読みこんだ人生の時間がたまらなく無価値に感じられたが、しかしまだ目の前の仕事は終わっていない。

「さあ、進もう！」

伊地知正治が、峠のてっぺんで宣言した。

「おう！」

と、退助以外の全員が応じた。谷干城《たにたてき》も、小笠原謙吉《おがさわらけんきち》も応じたし、土佐兵も長州兵もみな応じた。

士気は、これまでになく高い。

「さあ板垣殿。さあ」

目を細めて笑いつつ馬を引いてきたのは、谷神兵衛だった。退助はみじかく、

「ご苦労」

と言わざるを得ない。雨はまた少し激しくなったか。これからは下り坂。退助は馬に乗り、型のごとく士卒へ号令を発した。

†

大鳥圭介は。

これはあとでわかったことだが、やはり第一陣には下がらなかった。第二陣でやぶれると伝習隊の仲間とともに山中へまぎれ、米沢《よねざわ》めざして逃走したのだ。米沢は出羽国米沢藩十八万石、代々上杉家のおさめる城下町。戦場からは十里も北に位置するけれども、何しろ反薩長をかかげる奥羽越列藩同盟《おううえつれっぱんどうめい》の盟主的存在だったから、

――それをたよりに、態勢をたてなおそう。

大鳥は、そう決めたのだった。

すなわち会津へは行かなかった。というより、会津藩のほうが大鳥たちを断固として拒んだのである。

会津藩も、抗戦一辺倒ではなかった。

いっときは和議もかんがえたし、いまもその可能性を想定している。もしも開城、恭順となったとき大鳥および伝習隊という徳川色のつよすぎる近代陸軍がそこにいたので

は、――天朝への申しひらきが、不可能になる。

つまり和戦両用のかまえ。大島はその犠牲になったのである。会津のために戦いながら、最後には会津によって捨てられた。重傷を負った頭取・浅田麟之助《あさだりんのすけ》など、さすがに、

「会津人、たのむに足りず」

という意味のことを、この男に似合わぬひじょうに卑俗なことばで言ったものだった。

山中の逃走は、ことのほか困難だった。

谷を避け、泥川《どろかわ》を避け、しばしばふりかえって追撃を気にするうち大島は仲間とはぐれた。

「おーい。おーい」

勇を鼓《こ》して呼んでみても返事はなし。雨が小降りになり、視界がやや明瞭になったが、人の姿はどこにもなかった。気がつけば、部下は三、四人になっている。

水を吸ったラシャの服がずっしりと体温をうばう。火のない野宿がさらに体力を消耗させる。武器もなく、弾薬もなく、そもそも食うべき糧《かて》がなかった。腹が鳴るというのはまだまだ余裕ある状態だったと大島は人生の発見をした。

ようやく炭焼きに従事する人々の小集落にたどり着き、小安《しょうあん》を得た。老婆から一膳の粥《かゆ》をもらったときには、

「こんなうまいものを食べたことがない」

大鳥は、ほろほろと涙をながした。播州赤穂の医家に生まれ、子供のころから暖衣飽食のほかの生活を知らなかった彼の、それが醇朴《じゅんぼく》な感想だった。

その後、はぐれた仲間と再会した。

仲間は大鳥が死んだと思いこんでいたらしく、

「隊長《おやかた》。隊長」

手をにぎり、肩を抱きあって感泣した。

「われわれは、運がいい」

大鳥はそう言って歩を進め、とうとう米沢国境に着いた。いったい何日かかったろうか。

ところがそこでは、人改めがある。

戦火をのがれて来た人々が、番兵にあれこれ尋問されている。大鳥たちは大所帯だった。けが人もふくめて二百人ほどもあったため、番兵ふたりがすっとんできて、

「どこから来られた」

ふたりとも腕っぷしに自信のなさそうな、小役人ふうの男である。大鳥は、

「会津」

胸をはった。

東北では誰もが一目置く地名である。ましてや大鳥たちは洋式の軍服に二本の刀をさしている上、赤い星の下に会津の、

會（会）の字の入った合印ももっている。どこからどう見ても会津のために、ということは東北のために命を賭けた男だった。

が。

合印を見せると、番兵たちは顔色を変えて、

「もどられよ」

「え？」

「会津にもどられよ。当藩は、貴殿をお入れ申さぬ」

（まさか）

大鳥は、蒼白になった。

と同時に、一瞬ですべての事情がわかった。米沢藩主・上杉斉憲《うえすぎなりのり》は会津の劣勢を聞いていて、同盟からの脱退をきめたのにちがいない。

「裏切りではないか」

番兵につめよったが、番兵はかえって金切り声で、

「何が裏切りじゃ。米沢はもとから天朝様に服するつもりだったのじゃ。それを会津がむりやり同盟へ。わが藩は、ただ態度を旧に復しただけである」

「詭弁《きべん》じゃ」

「迷惑である」

「貴様、それでも武士か」

などと口論してもはじまらない。うっかりすると米沢藩兵にとりかこまれ、捕縛され、虜囚《りょしゅう》のはずかしめを受けかねないのだ。この戦争のための何の足しにもなりはしない。

（やむを得ん）

ここで大島は、おどろくべき行動をとった。

退助が後年、

――維新史の碑《いしぶみ》につよく刻まれるべきである。

と絶賛したほどの行動だった。大島は仲間へ、

「会津にもどる」

と宣言したのである。

「会津は何といっても徳川家のため最大の犠牲をはらっている。これを助けないことは、義を見て何も為《な》さざるとおなじ」

お人よしもここまで来ると酷烈だが、さらに退助を感動させたのは、仲間がすべて一議におよばず、

――はい。

大島にしたがったことだった。これほど敗戦をかさねながら、これほど腹をすかせながら、しかも大島はこれほどの人望があったのである。大島たちは、こんどは街道を南下しはじめた。

会津国境あたりへ着く。入国はもちろん不可能にちがいないから、

「山に入ろう」

山から会津に入り、城下をめざした。

領内は、要所がすでに官軍におさえられている。大鳥たちは目についた砦《とりで》をかたっぱしから襲ったが、弾薬のとぼしさは如何ともしがたく、児戯《じぎ》に類する結果しか出せない。

ふたたび林中を彷徨《ほうこう》していたところへ、

「おおっ」

「これはっ」

滝井勘右衛門という顔なじみの会津兵と再会した。

滝井は、三十人ほどの部下をつれている。大鳥と同様、主力とはぐれ、城下を追われてゲリラ戦をえらんだものらしい。銃は五挺。ただし城下から持ち出したものか、ふたりにひとりが弾薬箱をもっている。

大鳥にとっては願ったりかなったりの情況だった。目をかがやかせて、

「滝井君、それをくれ。かわりに当方からは銃を十挺、供しよう」

はぐれ者どうし、合理的な申し出だった。滝井は顔をくもらせて、

「……大鳥殿」

「はい？」

「他へまわす余裕はありませぬ」

（よし）

この刹那、大鳥はふっきれたらしい。会津兵にわかれを告げ、仲間をあつめて、

「仙台へ行こう」

仙台藩は、奥羽越列藩同盟のもうひとつの盟主だった。

三十里の遠道《とおみち》を北へたどり、仙台に着くと、みなとには旧幕府のほこる最強の軍艦である、
開陽《かいよう》
が停泊していた。

事実上の艦長は、オランダ帰りの海軍学者・榎本釜次郎《えのもとかまじろう》。

幕臣である。これまで江戸で自重していたものの、薩長藩士の専横にがまんがならず開陽にのりこみ、他艦もひきいて武器と兵員と物資を積んで江戸湾を脱出した。

房総沖をまわり、鹿島灘を北行した。はるばる蝦夷地（北海道）に彼自身の共和国をつくり、薩長新政府に対抗しようとしたのである。その途中、仙台に立ち寄ったのは、ただの船休めではない。建国に必要な旧幕系の兵をあつめるためだった。

「あんたも、来てくれ」

と、釜次郎に熱心に説かれて、大鳥は、

「お世話になります」

頭をさげた。海軍学者と陸軍学者が手を組んだ瞬間だった。

開陽は、ほどなく出航した。

おなじ艦隊には新選組副長・土方歳三《ひじかたとしぞう》や、今市まで軍資金をとどけてくれた旧旗本の雄・松平太郎《まつだいらたろう》、それにかつて大島に洋式調練をさずけてくれたフランス人士官ブリュネらが乗りこんでいた。総員数、約二千。

蝦夷地に上陸し、箱館を占領した。

五稜郭にたてこもり、いっときは箱館共和国の建国を見たものの、翌年降伏。このころにはもう本州は完全に官軍が支配していて、軍事的に圧倒的な差があった。

投降時に、大島は、

「旗あげ以来」

と、榎本釜次郎へ照れ笑いした。

「旗あげ以来、私は、ただの一勝もできませんでしたよ」

まるで縁側でのへぼ将棋にでも負けたような、ほのぼのとした笑顔だったという。平和な世に生まれていれば温暖な赤穂でそれなりに満ち足りた一生をおくっていたにちがいない大島圭介というこの男もまた、幕末の世が生んだ負の英雄というべきだった。

†

いっぽう、退助。

母成峠のつぎは、多くの川をこえなければならない。

以前に軍議で、退助が、

――そこには十六の橋があります。敗走する敵が焼き落としたら、われらの国入りは困難になりますぞ。

という意味の警告をしていたあの厄介な地形。そこへ着くや否や、退助はしかし、

「ありゃ」

頭に手をやった。

多くの川、どころではない。橋がなければ渡れないような川は一本しかなかったのだ。近隣の住民は日橋川《にっぱし》と呼んでいるようだが、その川が北から来て猪苗代湖へそそぐところで大きく横にふくらんでいる。そのふくらみを西へ横ぎる長い橋も、だからもちろん、一架しかなかった。

（まいったな）

なぜ十六架もあるなどと勘ちがいしたのか。絵図に「十六橋《じゅうろっきょう》」とあったからだ。しかし実際それは十六架の橋という意味ではなく、一架の橋の名前だったのだ。

名前の由来も、こうして見るとはっきりする。

「ああ、なるほど」

川のなかに石の橋脚が十六個、飛び石さながらに並んでいるのだ。本来ならその上にずらりと敷かれているべき橋桁や橋板はない。おそらくそれは木製で、やはり焼き落と

されたのにちがいなかった。

雨で水かさが増している。渡河したら流れにのみこまれることは確実だった。このままでは進撃は不可能である。

「これはこれは」

伊地知正治が、退助の横に来て、

「意外でしたなあ、板垣さん」

にやにやしている。ただしその口調にとげはなく、むしろ好意的ですらあった。戦勝の直後で心にゆとりがあるのだろう。退助は目を合わさず、

「恥じ入る」

「なあに。わしも同様にかんがえとったわ」

全隊、まわりの民家から畳を徴発し、橋脚の上にぶあつく積んで通過した。

通過後は、さらに西へ道をたどる。

しばらくして、たびたび敵の抵抗が見られた。土《つち》の胸壁をきずいて銃を撃つ。左右の山から駆けおりてくる。しかし銃は旧式で連射能力にとぼしかったし、道そのものが幅《はば》広《ひろ》だったから、ゆとりをもって対応できた。官軍はつぎつぎと胸壁を突破し、西へ進んだ。

会津兵は、後退と抵抗をくりかえした。

これは退助の目には敵ながら下の下の策だった。逃げるなら逃げる、戦うなら戦う、

はっきりと指揮者が態度をきめなければ敗兵と勇兵がごちゃまぜになるのだ。全体としての攻撃力も守備力もいちじるしく下がる。逃げるも戦うもできなくなる。まことに中途半端、というより優柔不断なありさまだった。

いや、それ以前の問題がある。

そもそもこの路上で防衛戦をやろうという企図そのものが、

（拙劣のきわみ）

退助は、敵ながら目を覆いたくなった。防衛戦なら断然あの十六橋のたもとでやるべきではないか。

それをやられたら、官軍はにっちもさっちも行かなくなっていた。橋脚に畳を敷くにしろ、死を賭して川をわたるにしろ、岸の手前で銃撃される。逃げどころはない。川こそは胸壁にも逆茂木にもまさる天然の防衛施設である上に、いまの天気は雨つづきなのだ。

もしも指揮者が大鳥圭介だったら、まちがいなくその戦法を採っただろう。

退助はそう思った。自分でもそうしたにちがいない。会津兵はどいつもこいつも馬鹿ぞろい、とは思いたくなかった。まもるという概念にとらわれすぎて、かえってまもりに失敗するのは、或る程度、人間に共通した心理である。真に上手のまもりには、どこか一点、攻めごころのあるものなのだ。

抵抗は、ぱたりと已《や》んだ。

道には胸壁がなくなった。会津兵のすがたも消えた。城下へもどったのだろう。官軍は、すらすらと西進した。

道の北には、磐梯山《ばんだい》がそびえている。退助は、

「おや」

あおぎ見た。西日本には見られない山容《さんよう》だった。突兀《とっこつ》として直線が多く、さながら稲妻に削られたよう。人間でいうなら孤高をこのむ虚無僧《こむそう》といったところか。

（これが、東北《みちのく》じゃ）

目を正面に転じると、左から——南から——山すそが道をふさいできた。

隊列は大きく北へ迂回した。ふたたび道が西向きになり、ちょっとした峠をこえると、そこはもう会津平《だいら》（会津盆地）への入口である。とうとう山岳を脱したのだ。

その峠で、退助はふと立ちどまった。

馬から下りて、

「ああ」

ため息をもらした。

眼下には四周を山でかこまれた会津盆地がわだかまっている。南北方向にほそながいその底には、しっとりと、碗の底に餅がしずむように白い雲が沈んでいた。城下の街の人々は、いまごろ濃い霧のなかだろう。

街だけではない。

郊外あたりは雲がうすれ、田んぼの緑のひろがりが見える。

切り紙を敷いたように美しい。手入れの忠実《まめ》さがうかがわれた。この盆地には東西南北から阿賀《あが》川、日橋川、大塩《おおしお》川などが流れこんで来ている。土そのものは豊かなのだ。

がしかし、退助は、

（かわいそうに）

同情せざるを得なかった。理由は、まわりの山々の風景にあった。

突兀たる山頂たちは、九月というのに白い粉に覆われている。雪だった。まだまだ刈り入れは先だというのに、この時期にもうこの冷えこみでは、

（毎年、冷害ではないか）

退助には、それ以外の結果が想像できなかった。いくら何でも毎年はないだろうが、それでも、おなじ面積における収穫量はたとえば土佐とくらべると極度に少ないのではないか。

米だけではない。

野菜も魚もおなじだった。土佐人はむかしから当たり前のように刺身を食い、たたきを食い、採れたての菜っぱを食ってきた。

酒もあびるほど飲んできたのは、そもそも食いきれないほど米がとれたからでもある。

要するに、飢餓というのは土佐人の辞書にはない語なのだ。

ひるがえして会津人はどうか。野菜はとにかく、魚のほうは身欠きにしんとか棒鱈《ぼうだら》と

か、みじめな保存食しか食えないのではないか。米にも麦をまぜているのではないか。藩そのものの経済力は、石高では測れない。海港をもたないこの土地では、商品経済の恩恵は少ないだろう。必要なものではなく売れるものを買うという投機取引の基礎感覚もまったく育たないだろう。それやこれやを考えると、薩摩、長州、土佐、広島といったような西国諸藩とくらべると、実際の金高《きんだか》はそうとう差があると見てまちがいないと退助は思った。

(わしらが勝つのは、当たり前じゃ)

そのかわり、貧しい者には、

(結束がある)

退助は、それを警戒した。

人々がささえ合わなければ生活そのものが成り立たないし、極寒の冬ものりきれない。ましてやこの前代未聞の危難にあっては、会津人たちは君臣一体、士民一如となっているだろう。あの大鳥圭介ですらその輪に入れないほどだったのだ。事ここに及んでもなお薩摩だ、土佐だ、長州だと派閥あらそいを弄《ろう》している「余裕ある」官軍とは、どだい心がまえがちがう。

「よわい者の連帯は、つよい者の放恣《ほうし》にまさる。あなどるべからず」

退助は、部下へそう訓示した。

日が、暮れた。

官軍は、少し道をもどった。沿道の民家を寝床とした。家々はみな会津兵が焼き払ってしまっていたため、糧食は得られず、露をしのぐ屋根もない。

むろん神社の燈火もない。まっくらななかを退助は手さぐりするようにして、

「やれやれ」

小さな建物を見つけた。ひたひたと雨だれの音がするあたり、屋根もあるらしい。

これさいわいと横になったが、翌朝、めざめてみると馬糞のにおいがする。退助はあわてて起きあがった。

どうやら農家の厩《うまや》らしかった。退助はこののちしばらく、土佐兵から、

アレわが参謀殿はいずこにおじゃる
馬の尿《しと》する古藁《ふるわら》に

などと下手な歌を歌われることになる。まことにあっけらかんとした、余裕ある人々の風景だった。

†

ただちに出発した。

ふたたびあの峠にさしかかった。もう感傷はなし。立ちどまらず盆地へと下《くだ》ろうとしたら、

「あっ」

退助は、ほとんど悲鳴をあげた。

おどろくべき光景をまのあたりにした。風呂敷づつみを背負った商人が、三歳くらいの丸坊主の男の子が、その母親らしい痩せた農婦が、ぞろぞろと道をこちらへ上《のぼ》ってくる。

百人はくだらぬ。僧侶もいるし、力士もいるが、武士はなかった。

退助は、隊列のなかほどにいた。

こちらが坂の上だからよく見える。兵たちを押しのけて前へ出て、商人ふうの男をつかまえて、

「貴様、会津の者か」

商人はうなずいて、

「んだ」

「逃げる気か」

「見りゃわかんべ」

「なぜじゃ」

「いのちは、惜しい。いくさに巻きこまれんのは嫌だ」

会津なまりで言う。その表情には挑発的なところはまったくなく、さとりをひらいた如来のようですらある。退助は、眉根にしわを寄せて、

「お殿様を、見すてるのか」

「殿様?」

「そうじゃ」

「殿様とは、あのまつだいら何とかさまか?」

とつぜん目の色をかえた。

退助はひるんだ。何とかさま、どころの話ではない。現藩主である第九代・松平容保《かたもり》は、さかのぼれば徳川宗家へつながる血筋をほこる。日本一の家柄である。これにくらべれば土佐の山内家など、しょせん地方の一豪族でしかない。

その容保をこのように言う。士民一如は、

(どこへ行ったか)

退助は、返事にこまった。商人はあたかも退助が容保その人であるかのように、

「殿様が、わしらに何をしてくれた?」

風呂敷づつみを背負いなおし、面罵《めんば》しだした。

「その家臣どもが何をしてくれた? この三百年間ただ武士に生まれたってだけで大いばりで商売のじゃまをしたんでねが。腹いっぱい白米のめしを食ったんでねが。それが京でしくじりをして、のっぴきならない立場《とこ ろ》になったらヤレお国の危機じゃ、いくさじ

ゃと。誰がすなおに金を出すか、米を出すか。虫がいいにもほどがある」

「それを、われわれが救いに来た」

退助、懸命に弁明する。なぜか役人のような早口になって、

「われわれが徳川の世を終わらせる。天朝の慈悲はあまねく民々《たみだみ》を照らすのである」

「あんたも、武士だべ」

「そうじゃ」

「んだら世は変わんね。武士のかわりに武士が世を治める、それだけの話だべ」

「いや、だから、天子様が……」

「天子様をかざって、あんたらがじゃ」

こんな不毛な会話をしているあいだにも、人々はどんどん商人を追いこして行く。亡命者の列にほかならなかった。商人もわれに返って、

「甲斐ないわ」

言いすてつつ、足をふみだす。

行ってしまった。背後から伊地知のからからと笑う声がする。

「道をあけい。通してやれ」

などと機嫌よく兵たちへ命令しているようだった。実際、気分は最高だったろう。自分を温情家と錯覚できる上、これからの市街戦が有利にはこぶ。住民の抵抗のあるところでは、よそ者は手も足も出ないのである。

もっとも、退助は、

(武士が、わるい)

とは思わなかった。

(いくさは、つまらん)

またしてもそう思ったが、退助はこのとき、商人の言《げん》をすでに自分の心のなかに存在している一般論とすりかえてしまった欺瞞《ぎまん》には気づいていない。

(武士の世は、まだつづく)

退助はふと、若いころのことを思い出した。

二十四、五歳のときだったと思う。退助は藩の免奉行に任ぜられ、年貢の取り立てのため辺境の津野山《つのやま》村へ出張したことがあった。村人はあらゆる手段を弄して税をまぬかれようとした。

懇願し、泣きわめき、屁理屈をこねた。貧しさの演出のため蕎麦の粉まで食ってみせた。それでも通用しないとなると退助をかこんで腕を撫し、暴力で決着をつけようとした。ああいう恥を知らぬ、骨の髄まで低俗なやつばらが近代国家のにない手になるには、

(千年単位じゃ)

と退助は思うのである。

千年単位の教化が必要になる。それまでは武士が世を主導するしかないのだ。退助のみならず、この時点では、全国のほとんどの志士がおなじように確信していた。薩摩の

西郷隆盛も、長州の桂小五郎《かつらこごろう》も。もしも土佐の武市半平太《たけちはんぺいた》や坂本龍馬が生きていたとしても、さだめし同様だったにちがいない。

(武士の世は、つづく)

亡命者の波が、一段落した。

路上がきゅうに静かになった。退助は、

「さあ、行こう」

兵たちを叱咤し、足をふみだしつつ、

「油断するなよ。会津武士は屈強じゃ」

会津武士というより、武士そのものを屈強と見たいのかもしれなかった。

†

土佐兵は、一番乗りで城下へ入った。

街なみは、うつくしい。

「高知よりも」

と、つぶやく者さえあった。寺や商家はきよらかな白漆喰《しっくい》の塀でみずからをかこみ、その塀の上空では、みどりの松の葉がほどよく針をのばしている。美というのは、退屈なくらいでなければ美ではない。

ただし住民の姿はなかった。みな国外へ逃げ出したか、国内の安全な場所に避難したかだろう。そのことを部下に告げられ、

「投石などの抵抗もないかわり、案内役も得られません」

と忠告されると、退助は、

(武士は、見すてられたのだ)

馬を進めつつ、鉄扇でほたほたと顔をあおいで、

「よい、よい。ここの街路は碁盤の目状じゃ。土地の者はいらぬ」

ときにはうっかり路地へ入り、町人地にふみこむことがある。美観はたちまち損なわれた。瓦の葺《ふ》かれた屋根はなく、たいていは板屋根にごろりと石をのせただけ。何よりも寒心《かんしん》に堪えなかったのは、長屋通りのどぶ板だった。

「あれは、どぶ板か」

と、退助は部下に聞いたほどだった。年輪が浮《ふ》き出して櫛《くし》のようになり、黒い黴《かび》のようなものがこびりついている。

朽ちているのだ。ふめば足が抜けるのではないか。これしきの板ですら敷きかえる金が大家《おおや》にないとは、武家によほど搾《しぼ》られたということもあるだろうが、本質的には、この藩は、人々の生計《たつき》が、

(ゆたかではない)

退助は憮然としつつ、長屋通りを抜けた。

抜けたとたん、
「あ」
まっしろな鳥が天を覆った。
退助がつい背中をそらし、あおぎ見たほどの巨大な鳥。
鳥ではない。五階七層の天守だった。なまり色の雲を背景にしていささかも減じない
その威厳、その純潔。土台部分をどっしりと支える野面《のづら》積みの石垣の素朴な黒さがいっ
そう鳥の白さをきわだたせる。
「これが、若松城（会津城）」
隊中から、声が沸《わ》いた。
退助は、歴史に気圧《けお》された。はじめての築城は約五百年前。室町幕府第三代将軍・足
利義満のころの武将である蘆名直盛《あしななおもり》がこの地に館をつくり、のちに豊臣秀吉麾下の大大
名である蒲生氏郷《がもううじさと》が拡張した。
やがて徳川の世となり、いまの天守が建てられた。譜代の松平氏が入ってからも、そ
の天守はあまりの壮麗さから、
鶴ヶ城
と人々に愛称された。世間のたいていの天守が落雷やら火災やらで世を去るあいだ、
この鶴は、とうとう羽をひろげつづけたのである。現藩主・松平容保もおそらく、
（あのなかに）

武士と武士の最後の決戦。退助は声をしぼって、

「先駆けのほまれは、われらにあり!」

突撃命令である。全員ためらわず、

「おう!」

勝ちに乗じた、つもりはなかった。

まわりの情況を冷静に見て、

(城攻めは、急がねば)

退助たちは、城下へ入るのが早すぎたのだ。会津兵はすべてが帰城したわけではなく、いまだ下野《しもつけ》や上野《こうずけ》、越後、羽前など隣国との国境ちかくに残っている。

——城が、取られる。

と知れば、彼らは取って返すだろう。

実際もうこちらへ向かっているのではないか。彼らがやがて四方から会津市街をおしつつむ、その前に城を落とさなければ、こんどは退助たちが背面攻撃を受けるのである。

おりしも、朝。

一日の時間はたっぷりある。退助はふたたび足をふみだした。

外濠をこえ、武家地に入る。ざっざっという行進の音が左右の塀にはねかえる。道はひろいし、どぶ板はまっ白だし、塀はいちいち大まかに地面を区切っている。高級藩士の住まいなのだろう。

武家地を抜けると、広場に出た。天守はやはり正面にある。

その手前には、小さな出丸《でまる》が張り出している。

出丸は横長の、ほぼ直方体のかたちの建物だった。その壁に穿《うが》たれた小さな銃眼《はざま》から、ひょこひょこと牛の尾のようなものが突き出てくる。

（銃身）

とわかった刹那、退助は、作戦を決定した。

「正面突破じゃ」

ただちに各隊長に命じた。あれは洋銃ではない。和銃にちがいない。

「それっ」

部隊を左右に展開させ、前駆させた。敵の銃が、いっせいに白煙を立てた。煙がむやみと太いわりには音はぱらぱらと小石をまくようである。いかにも旧式くさかった。火縄銃だろう。

「かまわん。行け」

退助は後方へさがり、各隊長に命令した。ここは火除地《ひよけち》なのだろうか、だだっぴろいだけで身をかくすための遮蔽物《しゃへいぶつ》はない。退助は気にしなかった。およそ火縄銃というものは狙ったところに弾がとばず、装塡《そうてん》にも時間がかかる。速攻こそが最大の防御でもあるだろう。

（鶴を、狩る）

敵の射撃は、しかし思ったよりも激しかった。

一発撃つと銃がひっこみ、すぐに次の銃が出てくる。撃ってまた次の銃。くるくると連射は已まなかった。意外だった。弾もふんだんにあるのだろうが、何よりも一組あたりの人数が多いのにちがいなかった。

火縄銃は、通常、数名一組であつかう。

一発ごとに撃ち手が交代することで装塡の時間を埋めるというのが織田信長このかた戦術の基本なのである。撃ち手が多いほど射撃間隔がみじかくなるのは、子供でもわかる算術であろう。このたびの会津は、あるいは十名以上で組んでいるのか。見たこともない連射だった。

命中率も高い。土佐兵はばたばたと首をそらして横だおしになった。距離がちかいためでもある。敵から見れば撃ちおろしで弾道がまがらぬせいもあるだろう。だが何よりも大きいのは、退助の目には、撃ち手の熟練の度だった。会津兵は近代化がおくれ、洋式兵備がじゅうぶんでないだけに和銃のあつかいは手なれていて、左官が鏝《こて》をあつかうような自在さがあるらしい。

(古道具も、つかいようじゃ)

感嘆しているひまはない。土佐兵はつぎつぎと負傷兵になり、後送されている。尖頭弾ではなく弾丸《まるだま》だから致命傷には至りにくく、かえって死ぬより効率がわるい。土佐兵は、隊列がみだれはじめた。

みだれつつも、少しずつは前進している。なかには出丸の手前の濠にまで到達する者もあるようだった。濠には水が張られていて、橋はない。退助のところからはよく見えないが、

（あらかじめ、敵が焼き落としたのだろう）

ほどなく退助のもとに、想像外の報告がとどけられた。

「橋が、ありません」

「わかっちょるわ。焼け跡になっちょる」

「焼け跡もないのです。橋はもともと存在しなかった。つ、つまり……」

「つまり？」

「橋は、門につながるもの。ここには門がないのです」

「あほう！」

退助は、報告者の頭をひっぱたいた。

「門のない城がこの世にあるか。敵はどこから入ったんじゃ。よいか、会津城は北側に大手門があるのじゃぞ。われらは北から攻めておる。すなわち門は、大手門こそが、われらの進む先にあるのじゃ。おまんらの目が節穴なんじゃ」

罵倒しつつ、前方を見た。なるほど出丸の壁は、銃眼を除けば、のっぺりと白漆喰がひろがるのみ。門も木戸もなし。出丸の奥の本丸にもそれらしい造作《ぞうさく》はない。だがそれはこちらの目をあざむくため、敵がにわかに塗りこめたのではないか。

「門をさがせ。目を皿のようにしろ。門がなければ壁をこわせ」

われながら無茶苦茶なことを言いだしている。

出丸ばかりではない。

そのうちに、本丸や二の丸からも銃撃がはじまった。本丸は出丸のうしろから左(東)へのび、二の丸はその奥のやや高いところにある。敵の攻撃はいわばWの字状にこちらへ集中する恰好になった。

前線は、はっきりと後退しはじめた。

こうなると勢いというのは恐ろしいもので、敵の弾は、まるで前線を追いこすようにして後方にも達した。火縄銃が性能以上の機能を発揮している。

後方には、各隊隊長がいる。

騎馬しているため、標的になりやすい。

「ああっ」

退助は、声をあげた。右翼に展開していた三番隊隊長・小笠原謙吉が、何やら不思議なうごきをしている。

まず馬を御《ぎょ》していない。馬はうろうろと左を向き、右を向きしている。それに束の間おくれるようにして謙吉の体はぐらぐらと左右にゆれた。

たおれる寸前の独楽《こま》のようでもある。馬が前脚で跳ね、後脚だけで立ったりすると、謙吉はくの字に体をまげ、尻がずるりと鞍《くら》から落ちた。謙吉の足は、すでに鐙《あぶみ》から落ちている。

（撃たれた）

ということはすぐにわかった。半マンテル（裾のみじかいコート）の胸のあたりに赤黒い斑点が散っている。近眼《ちかめ》の退助には傷のありかまでは見えないけれども、浅傷《あさで》ではあるまい。謙吉は、意識が朦朧《もうろう》としているのだ。

やがて手綱がはらりと落ちたと思うと、謙吉の体は、馬上から消えた。

兵士の海に落ちたのである。謙吉のつめたい死骸《むくろ》が戸板に乗せられ、運ばれてきたのは、それから半刻《はんとき》（一時間）ののちだった。退助は戸板のへりを蹴って、

「ええい。うごかぬ人間など打ちすてておけ。わざわざ届けるひまがあったら城を落としてこい」

兵士たちを蹴りまわった。

（謙吉。謙吉）

形影相伴《けいえいあいともな》う。

という慣用句が、これほどふさわしいふたりはないのではないか。退助は、いまさらながら内心で歯を軋《きし》っている。

退助が形とすれば、謙吉は影。

おなじ上士の家の出《で》で、ただし謙吉は長男ではなかったから、退助とは同格でありつつ下格《げかく》というような飾らない上下関係が成立していた。年まわりもよかった。謙吉のほ

うが三つ下で、やはり同格でありつつ下格の感じ。

いつから、親しくなったのだろう。

退助が江戸にいたころではないか。謙吉は高知城下にあったけれども、討幕思想をいだき、山内容堂に白い目で見られて脱出せざるを得なかった。退助の長屋にころがりこんだが、その当時、退助の長屋は、さしずめ梁山泊《りょうざんぱく》のようだったのだ。中村勇吉《なかむらゆうきち》、相楽総三《さがらそうぞう》といったような市井《しせい》の指名手配犯がごろごろしていた。謙吉は、いつしか退助の秘書のごときになっていたのだ。

このたびの東征でも、謙吉は、つねに退助のかたわらにあった。

甲府でも、勝沼でも、今市でも、白河でも。軍議の場では退助にはほとんど逆らうことをせず、聞き役に徹した。退助のような口に出さねば考えがまとまらぬ男に対しては、それが最高の貢献であることを知っていたのにちがいなかった。

それが証拠に、退助のいないところでは無法な面もあったようで、最近でも、

「おい、おぬし、相手をせい」

と隊中の若者へしばしば声をかけては剣の稽古につきあわせたという。命をかけた戦いの間《ま》の、わずかの休息の時間にである。若者が泣きそうな顔をして、

「隊長、少しは眠らせてくだされ。つぎの戦いの如何にかかわる」

と悲鳴をあげても、

「わしはもともと、槍ばかり習っちょったからの。剣もやらにゃあ」

自分の都合しか頭にないらしく、このへんは小退助というべき性格かもしれなかった。

それでいて謙吉のひきいる三番隊は、谷神兵衛の四番隊とならんで土佐迅衝《じんしょう》隊中、もっとも、

――統御の度が高い。

と称された。生きているときは目立たないけれども、うしなってはじめて価値がわかる。小笠原謙吉とは、そんな典型のような男だった。

(謙吉。謙吉)

内心で慟哭《どうこく》しつつ、退助は、なおも死骸へは目もくれない。あくまでも前方の城のみを見て、

「ひるむな。退《の》くな」

わるい知らせは、つぎつぎと来る。

「十番隊長・二川元助様お手負い。首に銃弾を受けたごとし」

「九番隊長・山田喜久馬《やまだきくま》様お手負い。詳細は不明」

「十二番隊長・谷口伝八様お手負い。味方の兵にもまれて落馬との報」

その上さらに、

「総督府大監察使・牧野群馬《ぐんま》様、ご重傷。みずから大砲を曳いて前線に出んとしたあげく、敵弾に左脇をつらぬかれたよし」

左脇から、あるいは心ノ臓をやられたのか。流血がとまらず、顔面蒼白となり、意識

がほとんどないという。牧野群馬は朝廷の使者である。軍の監察のため京の三条実美《さんじょうさねとみ》にさしつかわされた。

もとの名は、小笠原唯八《おがさわらただはち》。

あの謙吉の実兄である。もしもこれで兄までもが死んでしまったら、小笠原家は、長男と次男をうしなうことになる（翌日死亡した）。おなじ戦場で。おなじ退助の指揮のもとで。いくら三男がいるとはいえ、

（これは、罪がおもすぎる）

結論を言う。

この城には、やはり門はあったのである。

出丸のうしろには、本丸がある。

両者には境目があり、左右に石垣がのびている。その石垣の左（東）のほう、出丸の石垣と直角をなすところに刳《えぐ》れこみがあり、その内部に、大手門はひそんでいたのだ。

しかもその刳れこみは、鉤《かぎ》形になっている。

上から見ると、カギカッコ（」）のような感じだろうか。そのカギカッコの最深部に、いわば退助に背を向けるかたちで大手門はあるわけで、正面から見ても、ななめから見てもわからないのは当然のことだった。

じつは退助も、戦闘開始の当初から、

「左右の翼端の隊は、ひろがれ、ひろがれ」

と指示を出している。

「なるべく低い角度から濠を見、石垣を見るのじゃ。きっと急所があるはずじゃ」

が、彼らは刳れこみを見いだせなかった。石垣の右のはしにも同様の刳れこみがあり、西門がひそんでいたのだが、こちらもやはり目にとまらない。石垣の形状にも工夫があったのだろう。うつくしい鶴のはばたきは、つまるところ、この城の仮の姿にすぎなかったのである。

真の姿は、要塞《ようさい》だった。戦国乱世の余香《よこう》の濃厚にのこる、築城技術のもっとも高い時代につくられた実用優先、科学技術の粋《すい》をつくした軍事施設。退助は、策に窮した。

あとはもう、

（敵弾は、じき尽きる）

それを期待するよりなかった。

銃火はいっそう激しくなった。尽きるどころの話ではない。ぱらぱらと飛んでくる弾丸の横しぶきのなか、土佐兵はもはや前へ進みたがらなくなった。退助がいくら、

「もうすぐじゃ。もうすぐ敵の弾は尽きる。ここで引いたら末代までの恥ぞ」

と声をからしても、

「おう！」

返事はいいが、体がいっこう前へ出ない。兵と出丸のあいだには、あっけらかんと空き地ができた。

空き地の白砂《しろすな》は、血の網を投げたようになっている。死体がそこここで折りかさなり、腕と腕をからめ、もぞもぞしつつ退助もおどろくほど生き生きと断末魔のうめきを洩らしていた。

（引くか）

退助の脳裡に、そのことが浮かんだ。引けば謙吉の死が、

（むだになる）

この躊躇こそ敗軍の将のもっとも落ちこみやすい泥沼だろう。ひとりの死を意味あるものとするために、他の無数の死を生み出すのでは、意味に意味などないのである。

「引けい」

声を、ふりしぼった。

各隊長ないし副隊長を通じ、命《めい》はすみずみに伝えられる。兵はまとまり、五、六十間（約百メートル）ほど後退した。さっき通過した武家地にまで下がると、道はひろいし、どぶ板はまっ白だし、塀はいちいち大まかに地面を区切っている。高級藩士の住まいなのだ。退助は、あたりを見まわした。いまはむろん、どこも空き家。

「今夜は、ここに止営する。隊ごとに屋敷を侵《おか》し、交代で休め。家老屋敷での休息ぞ。一千石の夢を見い」

笑いは起きない。

「とにかく、態勢をたてなおすのじゃ」

敵は、それすらもゆるさなかった。城から火矢をはなったのである。火矢は屋根に落ち、庭木に落ち、つぎつぎと大きな炎になった。

ことに松の木は火つきがよく、土佐兵は、庭から逃げ出さざるを得なかった。消火のひまはない。道で隊列を組み、さらに退却。橋をわたり、ふたたび外濠の外に出たのである。

いわゆる郭外ということになる。やはり武家地にはちがいないが、こんどは庭つきの屋敷はほとんどなく、塀もない。道の左右に長屋の壁がせまっている。下級藩士のそれなのだ。

「路上で、休め」

言い置くと、退助は二、三の側近をつれて、さらに城から遠ざかった。寺の多い街区に入り、いいかげんな寺の門の前に立つ。

境内《けいだい》には、薩摩兵がたむろしている。門番に土佐の合印を見せて、

「板垣じゃ」

とのみ告げると、境内に入り、本堂へあがり、あぐらをかいて本尊へ手を合わせた。

しばらく瞑目《めいもく》していると、背後でトンと足音がして、

「負けたな」

ふりむき、見あげる。

伊地知正治である。戸外からの逆光で表情はわからない。退助はうなずき、

「助けを乞う」

頭をさげつつ、自問している。

(なぜ、まちがった)

いま思えば城攻めの前にむりやりにでも土地《ところ》の町人をさがし出して話を聞き、案内に立たせるべきだった。大手門は北にあるというそれだけの情報で兵をうごかすべきではなかった。

何が判断をあやまらせたのだろう。旅の疲れで頭がにぶったか。やはり国境外からの会津兵が気になったか。それとも、戦争そのものを厭《いと》うあまり、

(もう、がまんできなかったか)

伊地知は、

「助けよう」

うれしそうな声音である。わざわざ薩摩なまりをあらわして、

「城攻めァ、おいが、やっど」

さっさと出ていった。伊地知もまた、経験者の助言をもとめる気はないようだった。

†

伊地知も、やはり正面突破をえらんだ。

それしか方法がないのである。そして土佐兵とおなじように正面から射撃され、おなじように大手門をさがして見つからなかった。

伊地知は、動じない。

まるで後出しでじゃんけんに勝った子供のような目をして、薩摩四番隊長・川村純義《かわむらすみよし》へ、

「わしは、板垣とはちがう」

自分のこめかみを指さしてみせながら、

「大砲をもちいよ。後方にならべて前線へ撃たせろ」

やってみると、意外にも、砲弾は城に達しない。

天守どころか、本丸どころか、出丸の銃眼をすら傷つけられず手前の濠にばしゃばしゃ水柱を立てるのがほとんどだった。本丸も出丸もみな石垣の上にきずかれている上、広場はのぼり坂になっていて、思いのほか高低差があったのである。

「引け。引けい」

伊地知があっさりと命じたのは、謙虚な決断力に富んでいたからか。

不利をすばやく理解したためか。どちらもちがう。ただ単に、日没が来たのである。

敵の銃弾は、最後まで尽きなかった。

人的被害は、若干名の死傷にとどまった。交戦時間のみじかさのおかげだった。

いっぽう土佐のそれは死者だけでも二百名はくだらず、負傷者にいたっては正確な数

を出すこともできなかった。生きたまま戦場に見すてられた者もあっただろう。藩祖以来の大敗戦であり、この天朝の東征全体においても記録的な屈辱にほかならなかった。

†

もはや面子を張り合っている場合ではない。翌日の朝、退助と伊地知はふたたび一之町の会議所（本陣）で顔を合わせて協議した。その上で、それぞれの藩兵に手わけさせて、

「それっ」

かたっぱしから放火させた。

まずは郭外の、下級藩士の屋敷地を。

ついで外濠の橋をわたり、郭内に進入して、上級藩士の、きのう敵の火矢にやられた焼けのこりを。

朝露《あさつゆ》のしめりのせいか、なかなか屋敷には火がつかなかったが、退助はためらわず大砲用の火薬をつかわせた。硝石のにおいが鼻をつき、町はたちまち焦土となる。黒炭《くろずみ》や灰、燃えのこりの漆喰壁《かべ》などをがらがらと片づけてしまうと、退助はやや上きげんになって、

「さにわじゃ、さにわ」

死語を連発した。さにわ（清庭）とは、原始神道において神をまねき下ろすための清浄な場を意味する。とにかく、空がひろい。

声のひびきまで変わってしまった。そのさにわへ、兵士たちは、あらためて生木《なまき》の木材をはこびこんで逆茂木とした。しっかりと前線をこしらえておいて、

「ゆるゆる攻めましょう」

「そうしましょう」

退助と伊地知は、意見が一致したのだった。

絵図で見ると、会津城の北の外濠は、北にふくらんだ半円状になっている。その半円のその外周部に、西からおおむね、

長州、大垣

土佐

薩摩

の順で陣を張った。逆茂木は背面、つまり城とは反対の側にも設けなければならない。はるか国境地帯から帰参してくる敵の襲来をも想定しなければならないからだ。

すなわち、手間は二倍だった。郊外には森林が多いけれども、さすがに伐《き》って、削って、立ててのの連続は短時間でというわけにはいかない。

「はようしろ。敵が来る」

退助はそう土佐兵を叱咤してまわったが、むこうから薩摩兵を叱咤しつつ歩いてくる

伊地知と会うと、冷静になり、

「伊地知さん。あれを」

天守を、ゆびさした。

純白の鶴には、いまだ傷ひとつついていない。伊地知は、

「あれが、どうした」

退助は、指先をすっと左へやった。灰色の山がもりあがっている。稜線は左へ少し下がったかと思うと上昇し、そのままふたたび下がらなかった。

会津盆地の東の終わりである。伊地知はうなずいて、

「それは、わしも謀《はか》っとった」

その右端のもりあがりが小田山《おだやま》という名前であることは退助も伊地知もこの時点では知らなかったが、城から半里の距離といい、高台というより少し高めの標高といい、

「撃ちおろしには、最適じゃな」

「うむ」

誰にでもわかる。もしも頂上に大砲が置けたら、こんな有利なことはない。

「よし。さっそく斥候を出そう」

伊地知はそう言い、部下を呼んだが、しかしいざ出す段になって、

――まずい。

蒼白になった。

山すそに沿って、ちらちらと白い点々がながれている。左から右へ、つまり城のほうへ向かっている。遠めがねで見させると、それらは会津の、

會

の一字をそめぬいた旗だった。

旗の数からして、千人はこえる。あとで知ったところでは、これは藩家老・内藤介《ないとうすけ》右衛門《えもん》を大将とする東南部国境守護の大兵団で、母成峠は担当しなかったため退助たちと交戦はしなかったものの、急報に接し、にわかに引き返してきたのだった。

——山を、取る気か。

が、敵にその様子はなかった。

こちらの目にとまりたくないと言わんばかりの急ぎあしで山を抜け、平野へ下《お》り、天守のむこうへ消えてしまう。南門より入城して藩主・松平容保をしたしく護《まも》るつもりにちがいなかった。

大砲は曳いていないようだから、あるいは小田山など取っても使い道がないと判断したのかもしれない。

——あの隊列の、横っ腹を衝《つ》くか。

伊地知はそう思い、退助に相談したが、退助の返事は、

「それには及びませぬよ。見すごすべし」

「見すごす？　なぜじゃ」

「城には藩主がいる。ということは藩主一族や女房小姓もいる。たいへんな人数です。食糧にも限界がありましょう。さらに籠城兵がふえるなら、こまるのは畢竟、あやつらです」

「城より打って出られたら？」

「のぞむところです。おなじ平場《ひらば》での決戦なら、われらもぞんぶんに銃砲が使える。この前のようにはなりません」

「よし」

伊地知は、見すごした。

会津隊がすべて山から消えたのち、ようやく行動を開始した。あらためて斥候を出して偵察させた上、薩摩兵を出し、あとから到着した佐賀兵四小隊をも出して、小田山山頂を占領した。

土をならし、つきかため、木を伐り去って弾道を確保する。

大砲は、アームストロング砲。

佐賀藩ご自慢のイギリス製後装式施条砲である。砲弾はいわゆる尖頭形で、側周のわずかなくびれが砲腔内の螺旋状の腔線としっくり噛みあい、噛みあいつつ撃ち出される。回転しつつ飛んでいく。従来にはない高い命中精度と長い飛距離を実現した、イギリス本国においてすら一部の工場でなければ製造できないという最新兵器。そのアームストロング砲二門を、つきかためた土の上にしっかと据え、砲弾火薬の支度もして、

「いつでも、撃てます」

佐賀兵の若者が、ういういしい元気さで報告した。

「うむ」

と受けたのは、先ほどの薩摩四番隊長・川村純義。伊地知の腹心のひとりであり、いまはこの山頂隊の大将のような立場だった。

このころになると、城方《かた》もようやっと、

——まずい。

と思ったのだろう、東門をひらき、三小隊を繰り出してきた。

銃兵と槍兵が中心だった。甲冑《かっちゅう》をかちゃかちゃ鳴らしながら小田山の山すそめざして駆けてくる。川村はそれを見おろして、表情を変えず、

「来たわ」

この敵襲は、もちろん想定ずみ。

なので官軍はあらかじめ薩摩六小隊、肥前二小隊、大村一小隊および佐土原一小隊をもつづいてこの山に来させている。山頂はせまいので、山の中腹まで木がばたばたと倒されて陣地となった。

決着は、あっというまについた。

会津隊はろくろく山ものぼれぬまま撃退され、未練ありげに平地にしばし滞留したあげく、城へとふたたび消えたのである。消えたと同時に、川村が、

「撃て」

例のアームストロング砲二門が火をふきはじめた。標的は、もちろん天守だった。

これほど楽な仕事はなかった。要するに、地を這《は》う鶴に石をぶつけるのである。

砲弾は天守の壁にあるいは没《め》りこみ、あるいは大きな風穴をあけた。つづいて据えられた薩摩の山砲五門もどんどん砲弾をほうりこむ。こちらはおもに屋根ねらいである。

さすがに貫通はしないものの、二の丸や出丸の屋根はまるで布製のようにやわらかく凹《くぼ》んで轟音とともに瓦をつぎつぎと跳躍させた。

交互に撃つから連射性も高い。いまごろ城内の連中は、

(どんなに、ふるえあがっちょるか)

そう思ったのは、退助である。この砲撃のさまを北側の陣地から見あげつつ、

「やるのう」

「やるのう」

轟音のたびに顔をしかめた。

ときには心ノ臓の患者《やまいもち》のごとく、ほんとうに胸をおさえた。目をそむけるようにして振り返ると、北西方《がた》の山の中腹にぽつぽつと敵の旗がひらめいている。

国境からの帰参組だろう。番役《ばんやく》の兵につねに監視させているのだが、どうしたことか、うごく気配がなく、

——下山のそぶり、なし。

という報告ばかりが来る。わけがわからない。退助が敵なら一刻もはやく山をかけおりて突撃させるところだが、このあたり、膠着状態というよりは、

（何かこう、疲れたかのう）

ふたたび前方へ首を向けると、味方の砲は、なおも浮かれさわいでいる。

天守がまたひとつ壁をやぶられ、風穴をふやした。山頂隊から高木某という薩摩者《もの》の使者が来て、退助へ、

「敵兵、つぎつぎと城に流入中」

と報告する。何しろ山頂隊だから、ここからは見えない城の南門がよく見えるのだ。

退助は、

「その数は？」

「三千か、五千か」

「大兵だな」

「はっ」

（やはり国境組だろう）

と退助は思った。今市あたりで交戦した連中にちがいない。

「いかが致しましょう」

と使者は問うたが、質問者はもちろん彼ではない。彼をつかわした伊地知正治である。

「見すごすべし」

退助は、そっけなく即答した。もともと城の南側まで手がまわらないということもあるし、籠城兵の増加も結構なのだが、この場合はもっと単純に、

(それでええ)

微熱の出たような倦怠感《けんたい》。

(わしも、疲れた)

またひとつ砲声がとどろく。退助は、ふかいため息をついた。

†

小田山の砲撃開始から三日後、八月二十九日。

城が、突如うごきだした。

夜があけて少し経ったころ、

「わっ」

喚声とともに西出丸の門がひらき、大量の兵が吐き出されたのだ。

兵は、およそ千名か。

数隊にわかれているのだろうが区切りは鮮明でなく、単なる長大な群集に見えた。その群集が地ひびきを立てて外濠をこえ、郭外へおどり出て、官軍本隊の最右翼を奇襲したのだ。

最右翼は、薩摩の持ち場。

彼らは、これに対応した。あらかじめ逆茂木の奥に銃隊をならべていたのだ。いちどきに迎撃の銃声が起きると、四周の山に反響し、大きな山びことなって戦場にふたたび集まってきた。会津兵はあたかもその山びこに押し返されるかのように或る地点でとどめられ、へたへたとくずおれて道の砂に血を吸わせた。弾が命中したのである。

しかし何しろ会津側も大軍だった。なかには弾雨をかいくぐって逆茂木にたどりつくやつもある。逆茂木はにわかごしらえながらも人の背ほどの高さがあり、のりこえるのは不可能だが、丸太のすきまから槍は出せる。薩摩側はこの攻撃で、前線の隊列が少しみだれた。

少しである。

最初から刀槍で応じる気などないのだから、いったん逆茂木からはなれ、槍のとどかぬ位置まで引きさがって隊列をまたととのえる。

そうして連射につぐ連射。この逆茂木をはさんだ槍と銃との戦いは、もちろん銃の圧勝だった。会津兵の死体はおどろくべき速度でふえていった。それでも彼らは槍をかまえ、太陽よりも大きく目を見ひらいて味方の死体をふみこえる。まっしぐらに逆茂木につっこんでくる。

薩摩のとなりには、土佐が陣を張っている。

この酸鼻《さんび》には、むろん気づいている。退助ははるか後方で床几《しょうぎ》に腰をおろしているた

め、様子は目に入らなかったが、悲鳴と銃声の連続を聞いて、

（もしや）

立ちあがり、全隊へ、

「うごくな」

命じてから、首をうしろへ向けた。

例の、北西方の山の中腹。これまでは微動だにしなかった敵の大軍がいっせいに山をおりて、

（はさみ討ちに来るか）

戦慄した。そんなことをされたら、こちらの銃が足りなくなる。逆茂木を突破され、白兵戦になり、士気にまさる会津武士がここを先途《せんど》とあばれまわる。退助はのどがからからになり、井戸の水を桶いっぱい汲んでこさせた。

が。

番役の兵は、やはり、

――下山のそぶり、なし。

と言うのである。退助が見ても、旗の白い点々は単なる絵と化している。

「つまり」

退助はつぶやきつつ首を前に向け、足をふみだした。

みずから逆茂木のところまで出る。あたりの屋敷は焼き払われているし、官軍の前線

はいわば弧を描いているため、右どなりでも薩摩の陣の様子がよく見える。故郷・土佐の海岸では台風のあとに大量の魚が打ちあげられることがあるが、ああいう感じでころころと地上に会津兵が横たわっている。

（かわいそうに）

死体はときどき手に白い紙片をにぎりしめている。あるいは紙片はふところから少し出ている場合もある。

「あれは、何だ」

目をこらしたが、退助は近眼である。目のいい若者を呼んで見させると、

「ありゃあ名札です」

「名札？」

「日付もありますね。ええと、『八月二十九日討死　斎藤与右衛門』……そういうことか。あらかじめ用意してたんだ。弱兵の未練はみじめですねえ板垣様」

退助のほうを見て、へっへっへと追従笑いした。退助は、

「あほう！」

右のこぶしを鼻にめりこませた。若者は、

「ぎゃっ」

鼻血の航跡を曳きつつ、二、三間むこうへすっ飛んでしまう。退助はそれを追いかけていって、髪をつかんで引き起こして、

「貴様、やつらの覚悟がわからぬか。籠城をつづければ少しは命も長らえようものを、あえて負けいくさに打って出るという武士の面目がわからぬか」

「……ぶしの、めんもく」

なぐられながら、若者は聞き返した。退助の口からそのような感傷的なことばが出たことが信じられなかったのにちがいない。

「そうじゃ。武士の面目じゃ。やつらは一兵のこらず死ぬ気なのじゃ。おぼえたか。えい、おぼえたか」

若者は、ぐったりとしている。

目を半びらきにして、口から赤い唾をしゅうしゅう噴き出している。まわりから兵士があつまって、

「板垣様、お鎮まりを」

「同士討ちは軍法に反します」

大声をあげつつ退助をむりやり引き剝がした。退助はなお若者にくらいつこうとしたため、羽交《はが》い締《じ》めにされ、ズボンの足にそれぞれ誰かにしがみつかれた。

「わかった。わかった」

退助は全身の力をぬき、怒罵《どば》の意志のないことを示した。

兵がようやく手をはなし、遠まきにする。退助はしっかと地をふんまえて立ち、

「ならば、同士討ちはよそう。敵《てき》を討つ」

「敵を？」

「ならべ」

彼らはたちどころに退助の前にあつまり、整列する。二、三十人はいるだろうか。全員あんまり真剣な顔なので退助は憂鬱になり、横を向いて、

「ばかばかしいのう、謙吉」

言ってから、謙吉がもういないことを思い出した。

胸がきゅうに熱くなる。あえてどら声で、

「おまんら、やつらの望みを知っちょるか」

全員、沈黙。

「いま薩摩の陣につっこんでおる、会津人どもの望みを知っちょるか」

かさねて聞くと、ようやく右のほうの最前列、やや年かさの、太い眉の男が、

「死ぬこと、でしょうか」

「ただ死ぬのではない。武士として死ぬことじゃ。銃などという意気地なしの発明した飛び道具でわけもわからず逝くのではなく、怖れを味わい、刃《やいば》をまじえて散ることじゃ。一度くらい、つきあってやる」

「つきあう？」

「逆茂木を伐れ」

「えっ」

兵たちは、愕然たる顔になった。

あごが落ちるほど口をあけた者もあった。退助はいよいよ激語して、

「わしの言う意味がわかったようじゃな。逆茂木を伐るは、こちらの城門をひらくに同じいこと。みなみな刀の目釘をたしかめろよ。必要なら紙と筆も貸してやるぞ。ふところに名札を入れておけ」

「じゅ、銃は？」

「武士なら、もちいるな」

「はあ。しかし……」

「これは総督・板垣退助の命ぞ。そのまま天朝の命である」

土佐兵は、作業にとりかかった。

逆茂木の丸太にのこぎりを当て、ぎいぎいと音を立てる。敵はまだ気づかない。退助はそのあいだ三番隊および十二番隊を呼び寄せ、

「おまんらは、いまから統合の上、わしの指揮下に入る。遅れを取ったら斬りすてるぞ」

死傷した小笠原謙吉および谷口伝八のかわりに隊長となって、

（かたきを、取る）

などという殊勝な気持ちはさらさらない。ただ生き死にの場へ出たいだけ。退助はこんどは大軍監・谷干城を呼んだ。

かくかくしかじかと意図を述べると、谷はあきらめきった表情で、

「反対しても、行くんじゃろ？」

退助は、直接のこたえをあたえず、

「ほかの隊は、ここで待機してもらう。おんし、わしのかわりに統《す》べてくれ」

「わかった」

丸太の切断作業が終了した。退助は馬に乗り、みずから先頭ちかくにすすみ出て、

「やれっ」

逆茂木を足で蹴らせた。

ぐわらんと砂けむりを立てて丸太の壁がたおれ、幅二間ほどの出口ができる。

いましめを解かれた野犬のように三番隊、および十二番隊の兵たちが奇声を発しつつ駆け出る。退助も、

「それっ」

馬に一鞭くれて、何もない空間へおどり出た。

会津兵は、あいかわらず。

蛇のような陣形になっている。頭の部分のみが左右にひろがって薩摩にぶつかっている。その横っ腹へめりこむようにして、

「われは、板垣っ」

速度を落とさず突っ込んだ。蛇はくの字に体をまげ、そのまま左右から退助たちを押

しつつむ。

会津人は、槍が好きである。

槍隊が幅をきかせている。まるで竹林のように黒や赤のそれを立てていたものが、退助が来るや、そのなかの十数本があちこちの方向へななめになり、ふたたび立って穂先をいちどきに退助へ向けた。

「ありゃ、誰だえ」

「大将だんべえ」

ひなびた方言でさけぶ会津兵。にわかに目がかがやきだしたようだった。もともと馬上の人間というのは槍できわめて狙いやすい上、退助は、軍帽のかわりに白いふさふさの熊毛頭《くまげがしら》をかぶっている。

あきらかに見た目が一兵卒とちがうのだ。この首を打ち落とすことは、或る意味、全軍そのものの勝利よりも、

――一大事。

というのが会津武士の骨身にしみている中世的道徳の神髄だった。

「落とせ。落とせ」

「首を刎《は》ねろ」

退助は、護身具がない。

かぶとも甲冑も具足《ぐそく》もない。下半身はズボンだし、上半身は革の半マンテルをまとう

のみ。まわりの建物はみな焼いてしまったから何かを盾にとることもできないが、そのかわり土佐からはるばる随《つ》いて来《き》てくれた忠誠心あつき兵たちが馬をかこんで、退助に背中を向け、刀を抜いて敵を斬りはらってくれるのが護身具だった。

むろん、退助も抜刀している。

右へ左へと馬の向きを変えつつ、ときおり突き上げてくる銀色の穂先のひかりを、

「やっ」

「ええっ」

応じるうち、頬を、何かがかすめた。

血のにおいが走りだす。槍の穂先かと思ったが、つづいて肉の焼けるにおいが鼻をついたので、

（銃弾）

退助ははっとして頬を手でおさえ、薩摩の陣のほうを見た。

退助を、ねらっている。

はずがない。むしろ事態は逆だろう。退助のほうが彼らの射程内へわりこんだのだ。丸太で編んだ網のむこうの薩摩銃兵は、照準器から目をはなし、呆然とした目でこちらを見ている。

――じゃまだ。

という以前に、そもそも意図がわからなかったのにちがいない。戦況は官軍が圧倒的

に有利なのである。
土佐兵は、極端に言うなら、何をしなくてもいいのだった。全員その場にあぐらをかいて、指をくわえて見物していたとしても薩摩兵は抗議しなかったかもしれない。かえってこんなふうに何の通告もなく乱入されると射撃をひかえなければならず、敵の殺到をまねくのである。
——撃ち方、留意せい。
の命令が、実際すでに発されたのだろう。連射間隔は間遠《まどお》になり、銃口はやや下へふりむけられたようだった。薩摩の陣は、混乱しはじめている。
（ふん）
退助はなお突き上げてくる槍を戛々《かつかつ》と打ち除《の》けつつ、そちらのほうへ、
「撃てい！　撃てい！」
自分の命の責任くらい自分で負うわ。そう言い返したかった。
薩摩は、撃たなかった。銃声はしばらくして完全にやんでしまった。そのかわり隊列をととのえる気配がして、
おおおおっ
おおおおおおっ
という喚声とともに逆茂木の壁の一部がこちら側へゆっくりとたおれたかと思うと、
そこから薩摩兵がほとばしった。彼らは、土佐とおなじことをしたのである。

「あっ。ばか」

退助は、さけんだ。

そんな暴挙があるかと自分が最初にしたくせに思った。銃声はふたたび四周の山にひびくことがなくなり、薩摩と会津がきらきらと無数の刃をぶつけあう。戦場は、まったく白兵戦の支配するところとなった。

命じたのは、もちろん伊地知正治にちがいない。はるか後方でどっかと床几に腰をおろしつつ、軍配をもてあそんでいるのだろう。

（将には、何もわからん）

つくづくと身にしみた。一軍の将というのは、結局は、生きのこるようにできているのだ。どんなに愚劣な命令を出そうが、どんなに戦況を不利にしようが、死にぎわの美はただ一兵卒のもの。それがつまり、

（武士の、正体）

思索の時間はない。退助自身、地獄の針山に乗っているようなものなのだ。四方から槍がたえず伸びてくる。ひざ、腰、胸がねらわれて軽い傷がふえていく。

穂先はいよいよ、

（多うなったな）

気のせいではない。薩摩兵が打って出たため会津の前線が後退し、そのぶん退助のほうの人口密度が高くなったのだ。

土佐兵たちも、寄り集まる。

「きゃあっ」

という動物じみた声を発しつつ、血の霧のなかで懸命にふせぐ。なかには地にくずおれて動かなくなり、人の足に蹴られてぼろ布のように丸くなってしまう者もあらわれた。

会津兵は、ますますふえる。土佐兵もふえた。あんまり人が多すぎたため、退助のまわりは、斬るよりも揉みあいのほうが主《しゅ》になった。

槍はもちろん、刀や脇差でさえ長すぎて使いものにならなくなった。がちゃがちゃという鞘のふれあう音がいっそう安全さを演出する。馬上から見ると、どこか絵巻物のような様式美がそこにはあった。怒号も悲鳴も、気がつけばさほど聞かれなくなった。こうなると、かえって興奮するものがある。

「あ、こら」

退助は手綱をひきしぼるが、馬はいやいやをするように首をふりまわした。たてがみ越しに顔を見おろす。口がくつわを嚙んでいる、その口の左右から黄色いあわが噴き出して鶏卵大になったと思うと、風に乗り、退助へとんでくる。

「わっ」

まともに顔にあたる。べとべとと目にしみる。樹液の腐ったような強烈なにおいに口の奥がすっぱくなった。馬からすれば血と汗で蒸《む》れきった人間どもが首に、後脚に、しっぽに貼りついて離れないのだから興奮するのは無理もない。人間どもは、この場合、退助をまもる土佐兵だった。

その上どうかすると槍や刀が膚《はだ》にふれる。切り傷になる。不安と不快感がおそらく頂点に達したところで、天はこの馬にとどめをさした。風が吹きあがり、退助の熊毛頭を舞わせたのだ。

熊毛頭はつかのま空中に静止したのち、ふわりと落ちて馬の目をふさいだ。馬はヒヒヒと人間のように引きつった声を発して、竿立《さおだ》ちになった。

「よっ。よせ」

もはや制御できなかった。退助は刀をすて、手綱をはなし、馬の首にしがみついた。そうしなければ落ちてしまう。

(落ちたら、死ぬ)

そこは兵士の海なのである。いくら身うごきが取りづらくても、いくら土佐兵にまもられていても、敵は見のがしはしないだろう。

事によったら、斬られずとも、人の足にふまれて肋骨が折れ、肺にささるかもしれない。末代まで恥となるにちがいない落馬での死。

(それだけは、いやだ)

馬はなお惑乱している。二本の前脚はようやく地についたものの、こんどは後脚がもちあがり、また前脚がもちあがった。生きたやじろべえだった。退助もうしろへ前へ、がくがく傾斜をくりかえす。

「総督！」

「あぶない！」

土佐兵たちも、言うだけである。遠まきにして近づこうとしない。うっかり近づいて後脚でぽんと蹴られようものなら、不名誉な死は彼らのものになるのである。

馬は、ふたたび竿立ちになった。

こんどは信じられないほど長時間そのまま静止しつづけた。退助の尻はずりずりと落ち、鞍の後輪《しずわ》におしつけられる。

それはそれで安定だった。後輪がいわば腰かけで、退助はほぼ地面に対して垂直をたもっているのである。

（もちあげる）

馬はじき竿立ちをやめるだろう、前脚のひづめを地につけるだろう。そうして後脚を、
退助は、それにそなえる体勢を取った。鐙の両足に力をこめ、尻をそっと後輪から浮かしたのだ。

が。

つぎの瞬間、馬は予想外のうごきをした。

竿立ちのまま、雑巾をしぼるようにして体をねじったのだ。

前後ではなく左右の力学。退助は尻が浮いている。あたかも見えない手にひっぱられるようにして右へすっとんだ。

「おわっ」

ねじりつつ馬はどすんと前脚をおろしたため、退助は、かろうじて鞍の上にありつづけた。

もっとも、右足はあぶみから外れている。それにつられて腰が、左足が、ひもでつながれたように馬体の右へながれ落ちた。退助はとうとう両足がトンと地に立ってしまったのである。

両腕はいまだ首にしがみついている。不恰好という以前に背中ががらあきで、

(斬られる)

覚悟したのと、うしろで、

「ああっ」

という悲鳴があがったのが同時だった。

退助は、ふりかえった。土佐兵が一名、こちらへ背をむけて仁王立ちしている。彼はにわかに右へたおれた。

返り血をあびた敵兵が一瞬視界に入ったかと思うと、左から新たな土佐の一名がさっと来てキンキンと白刃をぶつけあった。退助は、一兵卒に護られたのだ。

(命を、救われた)

退助は腹が立った。馬のほうへ向きなおって、

「こいつ」

たてがみを雑草のように両手でひっこ抜いた。ぶつりと小気味いい音が立ち、指のすきまから風にわかれる。

馬は、もはや声を発しない。

さけび疲れていたのだろう。黄色い歯をむきだして、しっぽを立てて跳ねだした。

前脚が、後脚が、人の顔の高さで宙を蹴る。

ほんとうに人の顔を蹴る。そうしつつ、あっちこっちへ駆けまわる。向こうへ行ったかと思うと急角度でもどって来たりするものだから、土佐人も、会津人も、みな馬に轢《ひ》かれないよう右往左往しはじめた。

たった一頭の馬のおかげで敵味方の区別がなくなった。人間たちももう戦いに飽きたのかもしれなかった。あんまり密集しているので、全体としては、重湯《おもゆ》がねばる動きになる。

退助も、そのなかにある。

重湯の米の一粒になっている。右へ左へと揉まれつつ顔についた馬のあわを手のひらで拭って、

(わしも、将じゃな)

そのことに、思い至らざるを得なかった。

結局はやはり兵卒の犠牲の上に生きながらえる男。あまつさえ落馬のこの見苦しさはどうだ。どうせ落ちるなら三間先までほうり出されれば世間の言いぐさになろうものを、

最後まで馬の首にしがみついたあげく馬側《ばそく》にちょこんと降り立つという海内無双《かいだいむそう》の醜態をさらした。

(斬られよう)

退助は、瞑目した。

何もかもがどうでもよかった。自分のような人間など、あたらしい世には、(必要なし)

まわりの喚声がすーっと消えていく。喧噪《けんそう》が無音になり、無音が音のすべてになる。

この世にあるとは思われなかった。川のむこうの冥闇《めいあん》から一すじの強い光があらわれて体をやさしくつつみこむ、そんななつかしい感覚にとらわれたとき、

「板垣さん!」

どこからか、無粋きわまる呼び声がした。

無視した。目をつぶったまま、来るべきものに身をゆだねる。

「板垣さん。板垣さん!」

迷惑きわまる。声のぬしは明らかだった。退助はようやく薄目をひらいて、しぶしぶ、

「何しに来た? 申太郎《しんたろう》」

土佐藩大軍監・谷干城。

どこからか、どころの話ではなかった。目の前にいる。まわりが突然さわがしくなったのは、意識がこの世にひきもどされたのだろう。谷はぴたぴたと退助の頬を手でたた

いて、

「しっかりせい、板垣さん」

言いつつも、目がおよいでいる。まわりを気にする目である。あばれ馬がこわいのか。退助はうんと顔をしかめてみせて、

「しっかりせいじゃと？　わしのせりふじゃ。なんで落ち着いておられなんだのか。逆茂木の陣にとどまって兵を統べちょれ言うたはずじゃ」

「あれを」

谷は腕をあげ、退助のうしろを指さした。退助は、

「だから、馬一頭でそのような狼狽ぶり……」

「馬とちがう」

「え？」

「見い。見い」

指をふりふり、谷がくりかえす。退助はようやく振り返って、

「何と！」

あいた口がふさがらない。

「し、し……信じられん。谷よ」

「何じゃ」

「……これは、まことか」

「まことじゃ」

谷は、退助よりも早くからその変化に気づいている。声はやや冷めていた。

会津兵が、おなじ方向へ走っている。

トトトと軽い地ひびきを立てて、群れをなして城へと先を急いでいる。きびすを返して向かってくる者がひとりもいないところを見ると、これは潰走ではない。組織的行動にちがいなかった。

「……命が、出たんじゃ」

会津側の大将が撤退命令を発したのだ。退助の馬はどこへ行ったのか、すがたが見えなかった。

（どうりで、わしは）

斬られなかった。そう思いあたった瞬間、退助は、

「何じゃあっ」

谷干城の胸ぐらをつかんだ。

谷が、きょとんとした顔をする。その鼻っぱしらに思うさま唾をとばして、

「引き返すくらいなら、はじめから出てくるな！」

要するに会津には、何の戦略もなかったのだ。退助は確信した。あるなら城と山とで呼応して両面攻撃をしていただろう、そもそもこんな刻限にいくさを仕掛けることはし

なかっただろう。もっと早く、そう、夜のあけぬうちに強襲すれば薩摩の銃兵も支度がおくれ、逆茂木を突破されたにちがいないのだ。

畢竟、やつらが鶴ヶ城を出たのは、

（戦うため、ではなかった）

ただ単に城内があんまり人口稠密《じんこうちゆうみつ》でありすぎたからか。あるいは兵糧がつきただけか。そんなくだらぬ理由に、いや、くだらぬ理由だからこそ、

――殿様の、楯《たて》になる。

とか、

――会津武士の気骨を見せる。

などという魂の衣裳をまとわせる。ふところに名札をしのばせる。だとしたら彼らは、何という、

（程度のひくい連中か）

単なる酔っ払いとおなじではないか。酒ではなく、精神にみずから酔っ払う恍惚《こうこつ》の人。退助もむろん人のことは言えぬ。たったいま見せた落馬の醜態のこともそうだが、それ以前から戦いに集中していなかった。

われながら厭戦気分にみちていて、その気分に酔っ払っていた。恍惚よりも始末がわるい。こんな将のもとで玉と砕けた土佐の若者たちこそ哀れのきわみ。何のために生まれてきたのか。攻めるほうも攻めるほうだが、受けるほうも、

（受けるほうじゃ）

ほんとうにこれが朝権奪回の聖戦なのか。ほんとうにこれが、

――慶応の、関ヶ原。

などと称される天下の権のあらそいなのか。子供のころ鏡川の河原《かわら》でよくやった水合《みず》戦とどこがちがうのか。大根《おおね》はおなじではないか。

「べこのかあ。べこのかあ」

退助はなおも胸ぐらをつかんだまま、子供のように谷干城を押し引きしている。谷は、自分への罵言《ばげん》でないことはわかっているのだろう。がくがくと首を前後させつつも、

「わしらの勝ちじゃ、板垣さん」

上品にほほえみさえしている。退助は、

「敵が自滅したにすぎん」

「いやいや。あんたが打って出たからじゃ。いくさは畢竟やはり銃よりも兵じゃのう、板垣さん」

「べこのかあ」

退助は、谷を解放した。何だか腕が疲れてしまった。谷はいっそうにやにやして、

「あんたの評価《ねぶみ》は、高まるぞ」

「勝手にせい」

「わしの評価も」

会津兵は、すべて去ってしまった。

のこされたのは、おびただしい死体。

ほとんどは会津兵のそれであり、二百や三百はくだらぬが、ときどき土佐兵がまじっていて、薩摩兵はなかったのが退助の胸をちりつかせた。

将の差だったろう。生きのこった兵たちは味方の死体を戸板にのせて運んだり、銃弾をひろったりと事後処理に余念がない。会津の死体は放置させた。敵をもねんごろに弔《とむら》うなどと称して懐中の金品をさぐりまわる不心得者がいないとも限らないからだった。

「おう」

「おう」

と、腕くみあって笑みを交わしているのは、しばしば薩摩兵と土佐兵だった。長州や肥前のそれのこともある。いちように爽やかな笑顔だった。

仕事のあとの連帯感。あしたには消え去ってしまう永遠の友情。

「あとは、城じゃ」

「城をとる」

彼らの視線は、上を向いた。

退助は地を向いている。そぞろに歩いて馬の死んでいるのを見つけ、しゃがみこんだ。

退助を落とした馬だった。人間のように目を閉じている。一見やすらかな死に顔だったが、くつわが嚙み切られ、地に垂れているのが最期の世界の凄惨さをしのばせた。馬体には大きな傷もなく、大量の血もながれていないから、

(狂い死に、か)

退助は手をのばし、たてがみをやさしく撫でて、

「松虫」

馬の名を呼んでやった。死んだ小笠原謙吉が、

——松虫。松虫。

といつくしんでいた、その声がふいに耳朶《じだ》へよみがえった。

†

その後、約一か月。

戦況は大きく動くことがなかった。

†

しかし会津藩は降伏した。城から使者が来て、土佐の陣営にそのことを告げ、開城式がおこなわれた。

式場は、野外。

出丸の北の広場。あの小笠原謙吉をうしなった退助大敗の戦場である。地面にじかに赤い毛氈《もうせん》をひろげ、まわりで官軍兵が銃を立てて整列したところへ、太鼓の音もなく、城から藩主・松平容保があらわれた。

裃《かみしも》をつけ、顔をこわばらせ、意外な急ぎ足でこちらへ来る。うしろには十四歳の世子・喜徳《のぶのり》や、家老・萱野権兵衛《かやのごんべえ》らがしたがっている。毛氈の上に立ち、無表情のまま、官軍軍監の前にすすみ出た。

官軍軍監は、江戸から派遣されてきた中村半次郎。

薩摩出身の三十一歳。黒うるし塗りの低い椅子にすわっているが、生来の粗野はかくしようもなかった。尻を前にずらし、右足をなげだして、鼻を天に向けている。

容保は、その前に着座した。

まず左、つぎに右のひざを屈した。ふところに手をやり、

上

と書かれた書状を出し、両手で白木の三方《さんぼう》にのせ、うやうやしく差し出した。臣下の礼である。

中村は、

「ふん」

とでも言いたげな目つきで書状をつまみ取ると、状袋《じょうぶくろ》をひらき、なかの書面を読みあげた。

大した内容はない。要するに謝罪文なのだが、中村は、まるで自分が天子でもあるかのように気分よく、薩摩なまりで朗唱している。

(茶番じゃ)

退助は、やはり低い椅子に腰かけていた。

中村の横で、中村のほうを向いていた。こんな茶番は一刻もはやく終わりにして、

(土佐へ、かえりたい)

妻すずの顔を見たい。もう九歳と五歳になっている娘たちの顔が見たい。こんな人生のむだづかいがあるだろうか。

ぷいと、目をそらした。

天守を見あげた。天守は穴だらけだった。

あの小田山の山頂に乗せたアームストロング砲のせいだった。五階七層の瓦屋根はことごとくゆがみ、ひしゃげ、しばしば瓦が剝げ落ちて白い地《じ》をむきだしにしている。羽根をむしられた鶴だった。ほかの砲のそれと合わせて一日に千発以上を受けたこともあったが、しかしその凍鶴《いてづる》は、満身創痍のまま、とうとう立つことをやめなかった。

退助たち地上軍も結局のところ、この一か月間、どんな有効な手段も打てなかったので

ある。

突入もできず、放火もできず、多少こぜりあいをしたほかは、事実上、手をこまねいていたも同然だった。退助はとうとう大手門がどこにあるのかもわからずじまいだった。こんなことで、ほんとうに、

——城を、落とした。

などと言えるのか。

ほんとうに官軍は勝利したのだろうか。退助は、首をひねらざるを得なかった。松平容保がようやく降伏を決心したのも、とどのつまりは、いくさに負けたからではない。この一か月間、米沢藩、福島藩、上山《かみのやま》藩などの同盟他藩がつぎつぎと官軍に降伏し、会津にも使者をおくって、

——もう、終わろう。

と勧告したことが大きかったのである。籠城戦は、同盟者なくして勝利はあり得ない。会津はいわば軍事的にではなく、政治的に敗北したのだった。

その意味では、官軍は、勝利者ではない。

少なくとも退助はそう思っていた。とはいえ会津者が善戦したわけでもない。彼らは彼らで稚拙だった。結局、この戦争における勝利者は、

(あの、鶴だけ)

いまは大手門の位置もわかっている。この開城式のはじまりのとき、出丸のうしろ、

本丸の手前の石垣の左にひょっくりと白旗が立ち、そこから松平容保が出てきたので、

(あんなところに)

退助は、はじめて剳れこみの存在を察したのだった。攻めて、攻めて、最後には攻めあぐねて退助の幕末は終わった。

退助は、目をもどした。

儀式はまだつづいている。中村のがなり声は曇天にひびき、容保は顔を伏せている。その残酷なほどの対照がこもごも目にしみるにつれ、退助の心は、おのずから未来へ吸い寄せられた。爾後の世は、

(薩摩の世になる)

退助は、目をとじた。これまでさんざん時代おくれだと軽蔑してきた山内容堂の苦り顔が、どういうわけか、いつまでも脳裡から離れなかった。

13　箇条書きの男

江藤新平《えとうしんぺい》。

という男がいる。

肥前国佐賀藩八戸《やえ》村、手明鑓《てあきやり》の家柄に生まれた。

手明鑓とはこの藩特有の身分であり、もともとは次男や三男というような手あきの者に槍をもたせたのが起源という。

要するに、雑兵である。

下級武士というよりは、半士半農にちかい。新平はおさないころ父母とともに煙草をきざみ、木綿を織ることで、かろうじて食うことができた。長じて藩校・弘道館《こうどうかん》に入学すると、米が納められないので菜《さい》のみを食った。尊攘思想に傾倒したのは、こういう逆境が、

――徳川の世とは、いつわりの世ではないか。

そう彼をして思わせたためでもあったろう。文久二年（一八六二）、脱藩。ときに二十九歳だから、志士としては晩稲《おくて》だった。

京にのぼり、長州の桂小五郎、公家の三条実美らの過激分子とまじわったが、帰藩命令にしたがい、永蟄居。以後五年間を無為にすごした。ゆるされたのは慶応三年（一八六七）十二月。風雲の世は、ほとんど終わっていた。

新平の活躍は、むしろここから始まった。

翌年は、明治元年にあたる。藩代表のようなかたちで江戸へのぼり、新政府より江戸軍監に任ぜられるや、

「天子は、このまま京にあらしめてはなりません。江戸にご動座いただくべし」

日本最初の東京遷都論だった。理由は、間然《かんぜん》するところがない。

「天皇が日本を更新する。徳川の悪政をぬりつぶす。そういう印象を内外へあざやかに与えるには、天皇がみずから徳川の本拠地にのりこむに如《し》くはない」

この献言は、採用された。

新政府は江戸を東京と改称し、旧江戸城に天皇（明治天皇）を定住させたのだ。南北朝時代をのぞけば、あるいは南北朝時代をふくんでも、天皇が京をはなれるのは延暦《えんりやく》十三年（七九四）の桓武天皇による平安京入京以来のできごとだった。

新平はこれで、新政府の座長というべき岩倉具視《いわくらともみ》の信頼を得た。

それからは、水を得た魚のようだった。仕事は、政府そのものの手づくりだった。あたかも陶芸家が粘土をこねて茶碗をこしらえるようにして、新平は制度をこしらえ、組織をこしらえ、法律をこしらえた。わずか四年後には初代司法卿（こんにちの法務大

臣）にまでのぼりつめたのはむろん頭脳の切れ味によるところが大きいが、じつはもうひとつ、ものの言いかたが独特だったことにもよる。新平は、箇条書きを多用したのだ。

具体的には、

「これこれの法案に関しては、施行した場合、七つの弊害が予想されます。ひとつ、これこれ。ふたつ、これこれ」

などと言う。そうして七つ全部ならべたところで、

「これらの弊害を除くには、つぎのようにすべきです。第一に対して、うんぬん。第二に対して、うんぬん」

これは効果的だった。なぜなら、ここは新平の流儀にしたがって箇条書きにするならば、

一、わかりやすい。

一、説明の時間がみじかくてすむ。

一、不毛な抽象論が避けられる。

などという利点がある上、何より大きいのが、

一、相手が態度をきめやすい。

このことだった。いったいに人間というのは誰かの意見に百パーセント賛成、百パーセント反対ということは少ないので、ほとんどの場合、賛成と反対がまだらになる。本人にも区別がつかない。その区別がはっきりするから議論が建設的になりやすいわけだ

った。

政府づくりの現場とは、突貫工事の現場である。何より効率がもとめられる。新平のこういう議論のしかたは、強引は強引ながら、まさしく時代にもっとも必要な人間行動でもあった。

ちなみに言う。このとき新平の部下のひとりだった司法省権判事・河野敏鎌《こうのとがま》は、土佐出身、かつては武市半平太の勤王党に属したため三年あまりも獄につながれ、たびたび拷問されたけれども、仲間の名前を吐くどころか弱音ひとつこぼさなかったという剛の者である。その河野ですら、新平の舌鋒のするどさ、声のかん高さに遭うと、

——あれだけは、かなわん。

なさけない顔になった。

新平とは、そんな人間である。

†

はじめて会ったのは、明治元年（一八六八）十月だったろうか。

退助はあの記念すべき会津城落城を見とどけると、兵をまとめて帰途についた。ふたたび江戸の土をふむと鍛冶橋の土佐藩邸へ行き、戦勝報告かたがた藩主・山内容堂のもとへ伺候《しこう》した。

「ご老公。ただいま江戸にもどりました」

「乾よ」

「板垣です」

「乾」

と容堂は無視して、手のひらほどもある大杯《たいはい》をいっきに干して、

「ここはもう、江戸ではない」

脇息《きょうそく》にもたれた。退助は、

（あいかわらず、大酒のみ）

みょうに心やすらぐのを感じつつ、顔をあげて、

「聞いております。東京と名があらたまったのでしょう。天子もすでに入城されたとか」

「入城のさいは、わしも供奉《ぐぶ》をつとめたわ。まことに喜悦これに過ぐるものなし」

などと言いつつ、その顔に喜悦の色はない。ほとんど機械的というべき手つきで大杯をぐいと突き出してくる。退助は大徳利をとり、どぶどぶと音を立てて酒を入れ、

「ご不満のようですな」

「江藤に聞け」

「え？」

「言いだしたのは、鍋島《なべしま》のところの江藤新平という小吏じゃそうな。貴様のような風狂

者とは話も合おう」

飲みほして、また突き出してきた。一合はかるく入っていたはずで、退助はさすがに、

「やまいが昂じましたな」

「やまい？」

「お見受けするところ、もはや人が酒を呑んでいるのではない。酒が人を呑んでいる。もうお若くもないのじゃから、ご自重を……」

「よこせ」

容堂は、無表情で言った。退助はしぶしぶ徳利をとり、酒を入れる。それはそれとして江藤とかいう男、

(おもしろい)

翌日。

退助は、佐賀藩へ使いをおくった。

新平をまねいた。場所は、土佐藩邸である。上士用の屋敷の一室で待っていると、その男は退助の正面に端座し、

「江藤です」

律儀に礼をした。

退助の三つ上だから、当時、三十五歳。

切れ長の目が、顔をとびださんばかりに左右にひろがっている。眼光はするどい。優

秀な頭脳のもちぬしと一見してわかるのがむしろ欠点といったような風貌だった。

「新政府にて、会計官出張所判事をつとめております」

「ふむ」

退助には、新政府の機構はわからない。

(何やら、小さな役所の長官《おかしら》みたいじゃのう)

実際には、小さいどころではない。会計官出張所とは、のちに大蔵省に発展する一大行政機関である。新平はすでにして高級官僚にほかならなかった。

その官僚に、退助はいきなり、

「東京奠都《てんと》は、そこもとの案ずるところと仄聞《そくぶん》した。なかなか奇想じゃて」

新平はにこりともせず、わずかに鼻を鳴らして、

「一里塚にすぎませぬ」

「一里塚?」

「拙者の最終《つい》の目標《めじるし》は、郡県制を敷くことにある。奠都はそのための準備にすぎぬ」

(てんくろうめ)

退助は、ぶん殴ってやろうと本気で思った。てんくろうとは土佐のことばで、腹黒い口舌《くぜつ》の徒、くらいの意味である。

郡県。

という用語そのものは、むろん退助も知っている。元来は中国史の用語である。秦の

始皇帝による天下統一によって完成したもので、国土全土を皇帝の私有地とし、実際の支配は皇帝の派遣した役人たちがこれをおこなう。

いわゆる中央集権の一形態であり、現在の日本のありかたとは正反対だった。現在の日本では、国土は諸大名によって分割所有され、しかも実際に支配されたからである。徳川将軍など単なる最大の大名にすぎず、他家の領地には刑法ひとつ及ぼすことができなかった。封建制とは、存外、謙虚な制度なのだ。

新平は、たたみかける。

「将来のわが国はなぜ郡県制を敷くべきか。その理由を列挙しましょう。第一に、皇室は武家ではない。封建制そのものが成立しません。第二に、諸外国に対抗するには兵馬の権をあつめなければならない。第三に、各大名はおおむね財政が破綻状態である。第四に……」

得意の箇条書きである。退助はそれを聞きつつ、なおも、

（てんくろうめ）

机上の空論ではないか。そう感じたのである。早い話が、退助がこれまで会津討ちに出ていたのも、形式的には土佐藩主・山内豊範《とよのり》の命による。

薩摩兵は島津様の、長州兵は毛利様の、やはり命で出征した。それをにわかに、

――朝命による。

と改めたとして、さて藩ごとの装備の差、組織の差、気質の差のあまりにも激しいの

をどうするのか。

だいいち江藤自身も、いまの身分は朝臣《ちょうしん》ではないはずだ。あくまでも佐賀藩主・鍋島直大《なおひろ》に命じられた派遣官のかたち。文官ですらそうならば、いわんや軍人においてをや、だろう。

だがまあ、それはそれとして、

「おんしは、なかなか剛の者じゃのう」

退助は、にわかに破顔した。

かんがえを改めたのである。新平は口を半びらきにしたまま、きょとんとして、

「……は？」

「剛の者、剛の者」

「どういう意味です」

退助は二、三度、手をたたいて、

「皮肉ではない。ほんとうにそう思うちょる。郡県の議論そのものは時期尚早というほかないが、しかし何しろわしは凱旋将軍じゃ。会津を討伐し、天下をあまねく平らげた英雄じゃぞ。しょせん虚名にすぎぬが、それでもいまは、たいていの人間はわしの前へ出ればへいへいどもどもするか、阿附迎合《あふげいごう》の言を弄するか。おんしには、それがない」

「胆力があると？」

「というより、よほど持論に自信があるのじゃな。向後、世の中がおちつけば、めきめ

き頭角をあらわすのは板垣のごとき荒武者ではない。おんしのような頭のいい、考えのひろい利け者《きもの》じゃ」

新平は、ほどなく辞去した。退助の心には、

（あいつとなら、新しい世も生きていける）

春風がそっと吹きはじめている。その心のまま容堂のところに行って、

「会いましたぞ、ご老公」

「誰に」

容堂は、また飲んでいる。この日は塗りの杯だった。退助は端座して、

「佐賀の江藤新平にですよ。会えとおっしゃったではありませんか」

「言ったかな」

「ええ」

「何を話した？」

「郡県制」

退助は、かいつまんで述べた。土佐藩および山内家の存在そのものを否定する未来図である。

「ふうん」

容堂は、ただ酒を口にはこぶばかり。退助はわざと煽《あお》るような口調で、

「天下には、まだまだ人が埋もれておりますな」

「ふうん」

「ご老公、どのように思われまするや」

「よいようにしろ」

無関心、あるいは無抵抗。白目はどろんと濁っていた。容堂はこののち中納言の官職をあたえられ、新政府にまねかれ、名誉職を歴任するが、もはや自分の時代は、

――終わった。

という諦念にとらわれたのだろうか。建設的な仕事はひとつもせず連日連夜、柳橋《やなぎばし》あたりの料亭で芸妓を呼んで鯨飲した。たまたま親しく接する機会の多かった後藤象二郎は、退助への手紙のなかで、

――あまりにもひどい。

と嘆いた上、容堂の行状を「御失徳」という強いことばで批判している。容堂はもはや、身分ある放蕩無頼にすぎなかった。

四年あまり、のち。

容堂は、入浴後に昏倒した。意識は回復したものの半身不随、言語不明瞭、頭の右半分がひどく痛んで苦しんだという。いったんはドイツ式の電気療法により漢詩を賦《ふ》すまでに回復したが、半年後にふたたび倒れ、逝去した。

享年四十六。人々は、

――酒のせいじゃ。

そううわさしたが、ひとり退助は、

「どうかのう。あれで憂うところ大きかったか」

人々は、また板垣のへそまがりが始まったと受け取ったという。

†

容堂はともあれ。

この初対面以降、退助と新平は、にわかに親友になった。

討幕前後の政局で苦楽をともにした薩摩の西郷隆盛——かつての吉之助——をのぞけば、

「江藤氏が、いちばん気が合う」

退助はしばしば人にそう述べた。本心だった。その江藤が、容堂の死から二年も経たぬうちに土佐に来て、ぼろぼろの姿で、事実上、

「板垣さん。たのみます。助けてください」

と助命を乞うたのである。

まことに生死《しょうじ》は流転する。きっかけは郡県制だった。

†

日本はこの間《かん》、激動した。

退助との初対面の翌年にはもう版籍奉還が実現し、そのさらに翌々年には廃藩置県が実現した。これにより諸大名のもつ土地および人民はすべて天皇の所有物となり、大名自身も、

――東京に、住め。

と強制されることになった。

まさしく第二の東京奠都。先祖代々の支配地から引き剝がされたのだ。

かわりに地方へ派遣されたのは、天皇に任命された行政官だった。

そこ出身の人間ではない。世襲で交代するわけでもない。文字どおり役人にすぎなかった。××藩という呼称も、××県、ないし××府とあらためられ、日本はにわかに中央集権体制となった。家《いえ》の国から国家へと面目を一新したのである。

新平は、この変革の黒衣《くろご》となった。

おもてむき政治を主導した岩倉具視、木戸《きど》孝允《たかよし》、大久保《おおくぼ》利通《としみち》らの背後にあって策を献じ、質問にこたえ、事務をささえた。巨視的に見れば、版籍奉還、廃藩置県という電撃的措置は、そもそも江藤新平という辺境出身者のあの箇条書きの議論によるところが大

きかった。どんな大事業の実現も、はじめは机上の空論なのである。

退助も。

或る時期からは、

「壮挙なり」

とみとめ、積極的に協力した。

とりわけ土佐藩の廃藩に関しては、退助がみずから山内容堂の説得にあたり、首肯《しゅこう》せしめた。土佐は西国の雄藩である。これにより他の小藩はおとなしく追随し、ほとんど混乱することがなかった。軍人として世を終わろうと思っていた退助も、これを機に、何となく政治の世界に深入りした。

ところが。

皮肉なことに、新平は、これが原因で新政府から離脱したのである。

事実上、辞めさせられた恰好だった。廃藩置県はいろいろと新たな社会問題をもひきおこしたが、そのうち最大のものは、大量の失業者を生んだことだった。

その数、無慮《むりょ》数十万。

——旧藩士を、どうするか。

このことである。

何しろ彼らにしてみれば、この改革はおのれの身分をうばう。生活費をうばう。殿様という直属の上司にして経営者がいなくなるのだから当然である。史上まれにみる悪法としか思われなかった。あらたに「士族」なる呼称をあたえられたところで、呼称では腹いっぱいにならないのである。

むろん県庁や府庁、警察、あるいは公立学校などにあらためて雇用される例はある。俸給ももらえる。しかしそんな幸運にありつけるのは一部だけ。せまき門というより、もともと武士というのは全国的にあまりにも数が多すぎたのだ。地方分権体制というのは、本質的に、人員過剰体制なのである。

ともあれ。

日本に、無数の失業者が生まれた。彼らが口をそろえて、

――徳川の世のほうがよかった。

などと言うのは当然だったろう。その怒りはすさまじく、暴動も起きかねぬ情況だった。うっかり全国に波及でもしたら、彼らはまがりなりにも戦闘のくろうと。生まれたばかりの嬰児《えいじ》のごとき中央政府など容易にひっくり返しかねないのだ。

何とかしなければ。

というのは、中央政府の閣僚のひとしく思うところだった。そこで新平のとなえたのは、

「彼らを、朝鮮におくりこみましょう」

ということだった。

「そのほとばしる怒りの熱気を、そっくり国外へ向けさせましょう」

いわゆる征韓論《せいかんろん》である。天下統一直後のいまだ沸騰のおさまらぬ軍事的エネルギーを手近な隣国へながしこむという点では、三百年前の、あの豊臣秀吉による朝鮮出兵とおなじ性質の発想だった。おりしも朝鮮王朝（李朝）は新政府との国交樹立を拒否していて、日本の世論は、

——失礼なやつらだ。

かねてから態度を硬化させていたところだった。

征韓論は、多くの賛同者を得た。

西郷隆盛

後藤象二郎

副島種臣《そえじまたねおみ》

らである。退助もそのひとりだった。いずれも政府内の最高会議員というべき参議である。西郷のごときは、その肥大した腹をしきりと手でなでまわしながら、

「自分が使節となり、朝鮮にわたろう。しからば朝鮮人民はかならずや自分を殺すにちがいないから、それを口実に開戦すればよい」

とまで言った。

武士の作法と近代外交の区別のつかぬ暴論だけれども、これは実行にうつされることにきまり、あとは外遊中の右大臣・岩倉具視および大蔵卿・大久保利通（一蔵《いちぞう》）による賛成を待つばかりになった。大久保はもともと西郷とはおなじ鹿児島城下、加治屋町出

身のおさななじみである。賛成は、容易に得られるものと思われた。

が、大久保は、

「冗談じゃない」

帰国そうそう、西郷の案を一蹴した。

「私はこれまで約二年のあいだ欧米十二か国を歴訪して要人と会い、条約改正の交渉をし、さらには先進の制度文物をもじかに調査してきたが、わが国は、まだまだ地力が足りぬ。その充実こそが最優先だ。対外戦争など、はるか先の話であろう」

「いまさら何を言うか。一蔵どん」

西郷はむろん激怒する。一蔵は大久保の旧名である。

「もはや方針は決している。あとへは引けぬ」

と西郷が言えば、大久保も、

「貴殿らが勝手にきめたのではないか。私たちの留守中に」

「行かせろ」

「行かせぬ」

押し問答は、とどのつまり、大久保のほうの勝利に終わった。この事実上の最高権力者は、もうひとりの最高権力者である岩倉具視とともに天皇をじかに説得したのだ。そうして、

——西郷の朝鮮派遣は、これを中止せよ。

という上諭《じょうゆ》を得た。おもてむき議論をつくすと見せかけて、裏では寝技よろしく玉（天皇の隠語）にふれるというのは幕末のころからの大久保の得意技だったのである。

征韓派は、負けた。

玉を取られるという、旧幕府が負けたのとおなじ手順で負けた。

——はい、そうですか。

というわけにはいかない。何しろ国論を二分したのである。彼らはいっせいに官職を辞した。

政争が、とうとう政変になったのだ。西郷が辞した。退助が辞した。後藤も副島も辞した。もちろん新平も辞した。新平は病気保養を理由に東京をはなれ、横浜で船に乗り、はるばる故郷の佐賀へと戻ったときには佐賀ではもう士族どもが蜂起している。

——われわれを、困窮のうちに殺す気か。

ととなえて銀行を占拠し、県の施設を占拠したのである。

首領というべきは、もと佐賀藩士の島義勇《しまよしたけ》。島はさっそく新平をたずねて、

「江藤氏《うじ》、よう帰郷された。われわれ正義の徒とともに天下に威を示さんか。貴殿ひとりを得ることは、百万の援軍を得るにひとしい」

新平は、

「うーん」

腕組みをした。まるで他人事のような事務的な口調で、

「あなたたちは、しょせん二千五百人程度なのでしょう？　多勢に無勢でありすぎる。薩摩や土佐の同志たちと同時蜂起したのならまだしも……」

「佐賀のみで、じゅうぶん天下を震撼させられる」

「むりです。何の意味もありません。あなたたちは正義の徒どころか、単なる暴徒として終わる」

「ならば江藤氏、貴殿は何のために帰郷したのだ」

「あなたたちを暴発させないためにです。地方が中央にたてつくべきではない。……結果は、ひとあし遅かったが」

最後の一句も、やはり他人事。まるで将棋さしが対局後に感想戦をおこなうような口調だった。

†

ところが。

数日後、こんどは林有造《はやしゆうぞう》という男が来た。

林は、土佐人だった。ながらく外務省に出仕していたものの征韓論で官を辞し、土佐へかえった。退助の、

——一の子分。

といったような恰好である。しかし海をへだてた九州の佐賀で反乱が起きたという一報に接して、

（様子は、どうじゃ）

単身、視察に来たのだった。

新平はほほえんで、

「ご安心あれ、林さん」

「ほう」

「佐賀はこんな情況だが、私は、挙兵には加わらんよ」

「よかった」

林は、ほっとした。もともと土佐藩領・宿毛《すくも》を支配する伊賀氏（山内氏の一族）の臣の家に生まれ、優秀な兄と弟にはさまれた次男坊としておっとりと育ったこともあり、血を見るのが好きではない。

その上さらに、外務省のころ、ときどき新平と仕事をした。新平は書類仕事の迅速さも類がなく、この点では、たとえばおなじ土佐の英雄である退助ごとき、

（比較にならん）

林は、そう思っていた。退助にはデスクワークの才がなさすぎた。

となれば、林には、とるべき行動はひとつしかない。

「江藤さん」

「何です」

ひざを進めて、身をのりだし、

「私とともに、これから高知へ行きませんか」

「高知へ？」

「ええ」

林は、熱っぽく説いた。新平はこんなところで死ぬべき人間ではない。いつ戦場になるかわからぬ佐賀にとどまって、あたら流れ弾にぶつかるよりは、いまのうちに高知へのがれるのが上策だろう。

「高知には、不平士族はいないのですか」

新平が問う。あきらかに、

（心が、うごいている）

林は内心、ほっとしつつ、

「むろん、おります。彼らの怒りもまた激しい。しかし世情はおちついている」

「政府は、この佐賀へは？」

林はうなずいて、

「もう手を打っています。まずは権令《ごんれい》（県知事）を交代させました。あたらしい佐賀権令は、大久保利通の腹心の、岩村高俊《いわむらたかとし》という男です」

新平は目をつぶり、腕を組んで、

「そうですか」

「岩村は、すでにこちらへ向かっています。兵をひきいて」

「兵?」

「赴任の途次、いったん熊本に寄って熊本鎮台兵六百あまりに随行を命じたと」

大したことではない。

林は、そう思いすごしていた。たかだか六百あまりで佐賀鎮圧うんぬんは考えないだろう、軍事衝突の可能性はひくいだろう。が、

「何っ」

新平はくわっと目を見ひらき、林の肩を両手でつかんで、

「それはまことか、林さん」

「え、えっ」

林は、口ごもった。意外すぎる反応だった。ようやっと、

「まことじゃ」

と応じると、新平はいっきに目を赤くして、火を吐くような口調で、

「ばかな!」

「あの……何が?」

「権令というのは地方官です。鎮台(のちの師団)というのは国家の軍です。地方官が国家の軍に出動を命じるなど、命じるほうも命じるほうだ。受けるほうも受けるほうだ。

中央集権の何たるかを理解しておらぬ！」

（そこか）

林は、ようやく頭が追いついた。新平はさらにまくしたてる。

「鎮台兵をうごかせるのは天皇のみであり、天皇に任命された陸軍卿のみである。当たり前の話なのだ。なるほど熊本鎮台はまだ成立したばかり、組織も命令系統も未熟だが、むしろ未熟であればこそ政治家がまず制度を遵守しなければならないのだ。さもなくば、天下の識者に笑われる。諸外国にあなどられる。私は立つ」

「えっ」

林は、腰を浮かして、

「そ、それはつまり……」

「この乱の、首領になる」

新平は、片膝立ちになった。中空に浮かぶ何かへ言うように、

「島義勇君はじめ二千五百人の同志とともに、天下に正義を問う。もはやこれ以上、大久保卿に横車を押させはせぬ」

（ばかな）

林は内心、ふるえあがった。

新平の決意それ自体より、むしろその理由のほうに戦慄した。なるほど法理論上は新平の言うとおりだろう。中央と地方ははっきり権限を分けなければならず、ことに軍の

指揮権のありどころは毛ほども曖昧であってはならない。それが近代国家の秩序なのだ。

がしかし、理論は正しいとしても、

(それが、蹶起《けっき》の動機になるか)

常人には理解しがたい心理だった。敵をたおすとか、主君を諫《いさ》めるとか、苦しむ民を見すてられないとかいう理由なら古今にあまたの例がある。だが江藤新平という男は、あろうことか、

――規則違反だから。

それだけの理由で立つというのだ。規則はしょせん規則ではないか。そのために慣れぬ刀槍をとり、朝敵の汚名をかぶり、ほぼ敗れるにきまっている戦場へと死にに行く。

「おやめなされ！」

林は手をのばし、新平の袴のすそをつかまえた。新平は、

「何っ」

「江藤さん。あなたはいずれ中央官界に復帰する。官界のほうが放っておかない。そんな貴重な人材がこんなところで、薩摩や土佐との連携もなしに……」

「なくてもよい」

「むりです」

「じゃまをするな！」

新平は、林をばさりと蹴りとばした。

こうして。

江藤新平は、佐賀の乱の首領になった。

冗談のような光景だった。新平があの版籍奉還、廃藩置県の実施によって大量の失業者を生みだしたら、失業者が、まさしくその失業の故に、新平を神輿《みこし》にかついだのである。彼らは、

——江藤さんが、来た。

気勢をあげ、さっそく行動に打って出た。刀槍をとって佐賀城を占拠し、郭内のほとんどの屋敷を焼いたのである。

そのまま城にたてこもった。島義勇など、

「天下のこと、ここに成れり。ここに成れり」

夜どおし感泣したほどである。これが彼らの頂点だった。

ほどなく、大兵にかこまれた。

熊本から、鎮台兵の本隊が到着したのである。数千の規模である。新平は激怒して、

「まだ制度の何たるかを知らぬか、大久保っ」

兵を出したが、戦力の差はあきらかだった。本隊をくわえた鎮台兵は数でまさる上、ずらりと銃砲をそろえている。

新平の兵は、あっさりと負けて戻ってきた。

それでもう反乱士族たちは戦意を喪失。城は開城ときまったが、新平はその前に、

「本陣をうつし、なお戦う」

と言った上、夜陰《やいん》にまぎれて城をのがれてしまっていた。味方をあざむいたのである。

十人ほどの側近とともに南へ向かい、有明海にのぞむ丸目《まるめ》村で船に乗った。

島原湾、八代海と南下して、米ノ津《こめのつ》から薩摩に上陸。薩摩には、これもやはり東京を去った、

——西郷隆盛が、いる。

それが新平ののぞみだった。鹿児島城下へもぐりこみ、西郷宅をおとずれたが、しかし家は留守だった。近所の者に聞いてみると、

「指宿《いぶすき》に、鰻《うなぎ》温泉というところがある。そこで養生しておられる」

鰻温泉は、鹿児島の南方約五十キロ。敗残の身には山川万里《さんせんばんり》の道のりだった。

「……行こう」

新平は、とぼとぼと歩いて三日後にようやくそこへ着いた。西郷の泊まっている宿をたずねあてて、

「私とともに、戦ってくれ」

しかし西郷は、風呂あがりの浴衣すがたのまま、

「時期が、はやい」

「はやいものか。現に佐賀の同志はこうして奮戦している」

「一蔵どんには、勝てんじゃろう」

「勝てる。あんたが薩摩の士族三万とともに発心してくれれば」

「……」

西郷は、とうとう諾《うべな》わなかった。三万という数字の大きさがかえって腰をおもくしたのだろう。新平が立ちあがり、部屋を出ようとすると、西郷が、

「どこへ行かれる」

新平はふりかえり、

「高知へ」

「板垣さんを、たのむ気か」

「あの人は、あんたとはちがう」

新平は胸をはり、ほとんど勝利者のように言いはなった。

「板垣さんが官を辞そうとしたとき、大久保、岩倉の佞臣《ねいしん》めらは『虎を野に放つようなもの』とあわてて引き止めた。それほどの逸材じゃ。あんたや私より、はるかに」

「……」

「板垣さんは、正義の士じゃ。事ここに至れば、かならずや、かならずや土佐に号令してくれる。ゆくゆくは東京に、薩長政府ならぬ土肥政府ができるであろう。真の近代がはじまるのだ。さらば」

新平は、対岸の大隅半島へ船でわたった。大隅半島を徒歩でよこぎり、外浦《とのうら》のみなと（宮崎県）で漁船をやとって乗りこんだ。四国は、すぐそこである。

†

そのころ、退助は。

すでに東京をはなれている。横浜から船に乗り、海路、四国に向かった。桂浜《かつらはま》をかすめ、浦戸《うらど》湾へもぐりこむ。みなとに上がる。土佐の地をひさしぶりに踏んだ草履の足のうらが、

（あたたかな）

退助は、みょうに安心した。こよみの上では新暦三月だが、関東はまだ真冬のように寒かったのである。土佐人には、やはり寒さは似合わない。

退助は立ちどまり、ふたりの従者に、

「先へ行け」

と言うと、その場にたたずんだ。ほかの船客があらかた消えてしまったところで、

「よし」

足をふみだした。ひとりになりたかったのである。

高知城下への道は、むろん熟知している。鏡川《かがみがわ》の堤防《どて》の上を、北へ、つまり川をさかのぼるよう歩くのだ。退助はひとり鼻歌など歌いながら、遠くの山へ目をやり、

「おう、おう。みどりが淡々《あわあわ》しゅうなりおったわ」

役者のように言ってみる。足の運びがゆるやかになる。こんなに心がのどやかなのは、いつ以来だろう。ひょっとしたら、そう、徳川征伐のため兵をひきいて土佐を出たあの慶応四年（一八六八）の正月以来ではないか。

慶応四年は、のちに明治元年になった。もう六年前のことである。

「わしも、そろそろ四十《しじゅう》かあ」

鏡川は、しだいに左へまがる。

或る程度まがったところで橋をわたれば、そこはもう高知の街である。ちょうど橋のまんなかへ来たところで、

「ちっ」

退助は、舌打ちした。橋のむこうから、四人もの男たちが、

「板垣さん」

「板垣さんっ」

息せききって駆けてくる。ふたりは従者だった。先に街へ入って退助の帰郷を告げたのだろう。

四人全員、退助の前で立ちどまり、のこりのふたりが、

「よう、お帰りを」

「お待ちしておりました」

ふかぶかとお辞儀をした。退助は、

「林。片岡」

とそれぞれの姓を呼んでから、苦虫をかみつぶしたような顔をしてみせて、

「せっかく宮づかえから解放され、身もかろやか、心もうららかに故郷の景色を味わっちょったに。おんしらのしかつめ面《づら》でふっとんでしまったわ」

「佐賀城は、鎮圧されました」

林有造が、まじめに告げた。あの新平にじかに会って自重をもとめ、しかし果たせなかった男である。退助はため息をつくと、声を落として、

「知っちょる。江藤さんは？」

林が口をひらこうとする前に、さらに退助は、

「戦地をのがれて薩摩に行ったらしいとまでは船で聞いた。みなこの話ばかりしちょったわ。だが、その後、薩摩は蜂起しちょらん。江藤さんは死んだのか？」

「ここに」

口をはさんだのは、片岡健吉《かたおかけんきち》だった。

はやくから退助の片腕だった男である。旧幕時代、あの退助の庇護者というべき仕置役・吉田東洋が暗殺されたとき手紙でまっさきに報じたのは片岡だったし、戊辰戦争にさいしても、勝沼の戦いから会津戦にいたるまで退助とともに無数の軍議をかさねたのは片岡だった。

維新後も、同様である。

海軍中佐として新政府に出仕したが、退助が征韓論で官を辞すや、

――私も。

未練なしに連袂《れんべい》した。ひとあし先に土佐へかえり、不平士族のなだめすかしに当たったのも、これもまた、

――片岡、たのむ。

という退助の依頼による。退助自身は影響の大きさをかんがえて、これまで東京にいたのである。

その片岡健吉が、まわりへ目をやってから、退助の耳に口を寄せて、

「江藤さんは、ここにいます」

とささやいたのである。さすがに退助はのけぞって、

「ここに？　高知にか」

「ええ」

「高知の、どこに？」

「私の家に」

退助はぐいっと袖を引いて、

「連れて行け」

「はい」

片岡と林は、ぴったりと退助の左右について歩きだした。まるで用心棒のようだった。

退助の目はまっすぐ橋の向こう、高知の街をおおう屋根がわらの海へ向けられている。故郷の景色をたのしむ風流は、すでに脳裡のどこにもなかった。

†

片岡の家は、中島町にある。

退助のそれとおなじ町内だった。退助はわが家へは立ち寄らず、妻へ使いも出さず、じかに片岡家の門をくぐった。

勝手知ったる他人の家である。片岡に、

「土蔵です」

と言われるや、母屋の手前で立ちどまり、左のほうへ敷石をはずれ、濡《ぬ》れ縁《えん》にそって母屋の北へまわりこんだ。

土蔵の戸をあけ、なかに入る。

かびくささが鼻に来る。なかの様子を一瞥《いちべつ》して、退助は、

(これは)

顔をしかめた。木製の棚がきれいに三方の壁にそってならんでいるが、その上には書物だの、具足櫃《ぐそくびつ》だの、雛かざりの箱だのが乱雑に置かれている。乱雑というより、無秩序だった。子供のころ、ここで何度かかくれんぼをしたことが

あるが、あのときはもう少し、

（整理が、ゆきとどいていた気が）

健吉がながらく東京づとめで家をあけていたことが原因なのだろうか。複雑な思いにとらわれたのと、右奥のほうから、

「板垣さん！」

呼びかけられたのが同時だった。ぎょっとしてそちらを見ると、蔵のすみっこ、棚と棚のあいだにもぐりこむようにして、ひとりの男が。

（江藤さん）

退助は、絶句した。

もと会計官出張所判事、中弁、左院議員および副議長、司法卿である正四位・江藤新平は、ひびの入った石臼の上に茣蓙《ござ》を敷き、そこへちょこんと腰かけている。

背中は、老爺のように曲がっていた。髪はぼさぼさで垢光りしている。すりきれた着物の裾からのぞく毛臑《けずね》には無数の赤い傷があった。

石臼の横には、ながい木の枝がころがっている。

ここまで来るのに杖にしたものか。あとで聞いた話では、新平は薩摩を出たあと、宮崎県外浦のみなとで漁船をやとって四国にわたったが、後難をおそれたのだろう、船頭が手近な宇和島《うわじま》（愛媛県）に船をつけてしまったため、新平はそこから高知へ行くべく陸路をたどらざるを得なかった。

新平は、南行した。六十キロの山道をとぼとぼと歩いた。文人肌で体力にとぼしい新平はさだめし、泣きそうになったことだろうが、下田《しもだ》（高知県）に着くと、幸いにも、そこでふたたび漁船をやとうことができたため、東へすべり、高知城下に上陸した。

はじめは十人ほどもいた側近も、この間《かん》、順次、消えてしまっていた。警察の目をくらますべく別行動をとったまま二度と合流できなかったのである。

――もう、いやじゃ。

「板垣さん」

新平は、また呼んできた。

かびくさい土蔵の薄暗さのなか、目だけは狐火のように明滅している。退助はようやく、

「何です。江藤さん」

「私とともに、戦ってくれ」

なめらかな口調が、かえって退助の胸を衝《つ》いた。ここへ来るまで、何百回おなじせりふをくりかえしたのか。退助は首をふって、

「……すまん」

「ばか！」

新平はきゅうに立ちあがり、しかし立ったとたんよろめいて、

「あなたも、佐賀を見すてるか。悲運にまみれた全国の同志を見すてるか。板垣の名は地に落ちますぞ」

と決めつけ、なぜ地に落ちるかを箇条書きで説いた。

が、それはもはや単なる脅迫の連続だった。あの科学的なまでに明快な、具体的な、相手が態度をきめやすい整然たる論理はそこになかった。新平自身の性格というより、人間というのは、

（窮すれば、かえって頭をさげられない）

そういう動物なのだろう。退助はしばし暗然とした。実際、追捕《ついぶ》のための人相書は、すでにこの高知でも出まわっているのだ。

人相書は、常軌を逸していた。写真もついているというのに、

佐賀県士族　征韓党　江藤新平

右人相

一、年齢四十一歳

一、丈高く肉肥へたる方

一、顔面長く頬骨高き方

一、眉濃く長き方

一、眼太く眦《まなじり》長き方

一、額広き方
一、鼻常体
一、口並体
一、色浅黒き方
一、右頬黒子あり
一、言舌甚だ高き方
其他常体

詳細というより執拗。精密というより偏執的。あの大久保利通の指示によることはあきらかだった。誰がどう見ても、中央政府は、新平を抹殺する気しかない。それが制度にかなおうが、かなうまいがだ。

(あわれな)

退助は、ただうなずいた。

新平のめちゃくちゃな非難罵言《ひなんばげん》をただ拝聴するだけだった。背後に立っている片岡と林はときどき言い返そうとしたけれども、新平の独演はやまなかった。

もっとも、十分もつづかなかった。

いまや体力がもたないのだろう、新平はとつぜん口をつぐむと、ひざを折り、ふたたび石臼にすわったのである。

退助は、立ったまま。

頭をさげて、

「すまん」

「なぜ謝ります？」

「あんたに何を言われようとも、わしは、高知を戦場にする気はない」

「あんたもやはり『時期がはやい』か？」

新平は首をもたげ、皮肉な笑みを浮かべてみせた。退助は、

「ああ」

「あんたもしょせん、西郷とおなじじゃった。こんなに臆病者とは知らなんだ」

挑発しようとしたのだろうが、退助はむしろ、のんびりとした口調で、

「ちがうなあ」

「え？」

「西郷とおなじ、ではないよ。この板垣はもはや西郷よりもはるかに、いや日本一、臆病な人間になり申した」

「何だと？」

新平は、顔をあげた。

高窓からさしこむ山吹色の光線がその顔をまるく照らし出す。ごつごつと濃い翳《かげ》が曳かれる。左右に離れた切れ長の目がいっそう離れて見えるのは、あるいは顔全体がちぢ

んだせいか。退助ははっきりと、

「時期がはやいも遅いもない。わしはもう、いくさは心底いやなのじゃ。銃声、砲声は聞きとうない」

「死ぬのが、こわいか」

「あんたが言うな」

と、退助はあやうく口に出しかけた。正義をとなえて佐賀城にたてこもりながら緒戦の敗退ひとつで動揺し、味方をあざむき、はるばる六百キロも逃げ出して高知の土蔵のすみっこで猫のように背をまるめている新平にだけは言われたくないせりふだった。が、退助はことばをのみこんで、

「そのとおりじゃ」

うなずいてみせた。新平は目をしばたたいて、

「……え？」

「死ぬのがこわい。それが板垣の結論じゃ。あんたの力になれぬことは、かえすがえすも申し訳なく思う」

新平は、その日のうちに出奔した。

退助はもちろん林有造にも、世話になった片岡健吉にも挨拶せず、ゆくえをくらました。

杖をつき、いたむ足をひきずって山中を東へ行ったのだろう。つぎに発見されたのは

数日後、旧土佐国領東端の安芸郡甲浦《かんのうら》においてだった。

大坂か神戸めざして、

――渡海しよう。

とでも思ったのか。浜にあらわれ、漁船をさがしているところを見とがめられたのである。

新平は、

「私は、山本清という者である。近ごろ不平士族の紊乱《びんらん》を見るにあたり、右大臣・岩倉具視殿のご内命によって佐賀、高知、鹿児島の三県を探索している」

などと主張したが、あやしまれ、とらえられ、村のまとめ役である副戸長・浜谷某の家におくられた。新平はそのつど抵抗したが、漁村の住人というのは、女でも、新平よりも屈強なのだ。

浜谷は、ただちに高知県庁へ人をやった。以下のように書いた手紙をとどけたのである。

甲浦の浜に、あやしき者がありました。当人はいろいろと申しておりますが、かねてご布達のあの江藤新平人相書に似寄りの者につき、留置してあります。如何《いかが》つかまつり候や。

すなわち新平は、あの執拗きわまる人相書にとどめを刺されたのである。そのまま警察に身柄を拘束され、佐賀におくられ、ごくごく形式的な裁判がおこなわれたあと、除族（士族籍剝奪）の上、梟首《きょうしゅ》。斬首以上の極刑だった。

裁判長は、河野敏鎌。

むかしむかし、といっても二年前だが、新平が司法卿だったころ部下のひとりだった男である。当時は新平の舌鋒に手も足も出なかったこの男は、のちにこの裁判をふりかえって、

「江藤の陳述は、まったく要領を得ぬものだった」

と言っている。狼狽の極《きわみ》か、もはや箇条書きどころか論理の一貫もなかったのである。

その首は、佐賀市街をながれる嘉瀬《かせ》川の河原にさらされた。近隣の者が写真を売り出し、評判になったが、県庁も政府も、取り締まることをしなかった。地方と中央はここでは措置が一致したのである。

14　臆病者

士族の反乱は、これで終わらなかった。

佐賀の失敗でいったんは下火になったものの、二年後の明治九年（一八七六）、各地で再爆発した。

きっかけは、またしても政治だった。

まず三月、廃刀令《はいとうれい》が発せられた。刀剣の携行が禁じられたことで彼らは「武士のたましい」をうばわれた上、八月には生活の実質をも召し上げられた。いわゆる秩禄処分《ちつろくしょぶん》である。徳川時代から米ないし現金のかたちで支給されてきた家禄という名の定収入が、完全に、例外なしに、廃止されたのだ。

士族は、日本の人口の六パーセント前後を占める。史上最大の人員整理にほかならなかった。

これにより十月以降、

神風連《しんぷうれん》の乱（熊本）

秋月《あきづき》の乱（福岡）

萩《はぎ》の乱（山口）

とつぎつぎに反乱が勃発し、しかしいずれも鎮圧された。やはり中央政府と兵力の差がちがいすぎる上、首謀者に人を得なかったのである。神風連の乱の太田黒伴雄《おおたぐろともお》、秋月の乱の宮崎車之助《みやざきくるまのすけ》、萩の乱の前原一誠《まえばらいっせい》、いずれも圧倒的多数の同志をあつめるほどの人物ではなかった。

とはいえ、俗に、薩長土肥という。

薩摩、長州、土佐、肥前。中央政府にもっとも人をおくりこんで事実上それを支配している四藩閥。その長の山口、肥の佐賀までが地元で暴動を起こしたのだから、

――こんど立つのは、薩か、土か。

日本中が、うわさした。

――立つなら首魁はきまっている。薩摩は西郷隆盛、土佐は板垣退助だ。

この観測ないし期待は、きわめて自然なものだった。ふたりとも中央政府と決別しているし、人物、知名度ともに先の三件のそれとは段ちがいである。西郷などは鹿児島にかえり、私学校をつくり、士族の教育という名目であからさまに軍事訓練をおこなっている。篠原国幹《しのはらくにもと》、桐野利秋《きりのとしあき》といったような西郷崇拝の軍人も、すこぶる意気がさかんらしい。

退助は、高知。

自宅でのんびり草とりをしている。

†

十二月に入っても、この年は、なかなか冬にならなかった。汗ばむほどの晴天と霖雨《りんう》とが数日おきに繰り返される秋の季節が漫然とつづいて去らなかった。或る朝、退助は、ふとんを蹴って起きあがると、空気はやはり冬の厳寒とはほど遠い。

（むしろ、好都合）

雨戸をあけ、東の山をあおいだ。

二日半しとしとと降った長雨にきれいに洗われたのだろう、空気は澄んでそのまま空となり、山と空の境目には鮭色の太陽がちょっぴり頭をのぞかせている。

「うむ」

退助は部屋に入り、ことさらに足音を立てて家中をまわりつつ、

「おい、起きろ」

「起きろ起きろ」

「これから一家をあげて敵を殲滅《せんめつ》する。敵は庭にあり。雑草という名の残党狩りじゃ」

十分後。

庭池の前に、すべての者が整列した。

妻のすずは、かんたんな化粧をすませている。その横に、十七歳の長女おひょう、十三歳の次女おぐん、九歳の長男鉾太郎《ほこたろう》、それに維新後に生まれた五歳の三女おえんの黒髪が階段状にならんだ。ほかには旧幕以来の家令が三人と、女中たち。

あと、もうひとり、

「だんなあ、勘弁してくれよ。まだ六時じゃありやせんか」

歯ぎれのいい江戸っ子ことばで泣きごとを言っているのは、五十なかばの、背のひくい男だった。

わざとらしく手首の袖で目をこすっている。退助はそっちへ、

「あほう。六時だから決行するのじゃ。きょうは天気がいい。昼になれば地が乾き、しっかと草の根をつかんでしまう」

「抜かなくたって、この季節だ。じき枯れましょう」

「意志ある人間は、おのずからを待たぬ。われから決行する」

「夏は、はやし放題だったくせに」

「東京へかえすぞ、二三蔵《ふみぞう》」

「へいへい。やりまさあ」

くるりと背を向け、駆けだした。と思うと二、三歩でしゃがみこんで、ぞんざいな手つきで雑草をするする抜きはじめた。

代書屋《だいしょや》二三蔵。

旧幕時代、土佐藩邸の中間《ちゆうげん》だった。まあ退助ひとりの子分のようなものだったが、二三蔵自身は、退助の、

——命の恩人。

を称していた。

まんざら詐称でもない。藩内で上士と下士（勤王党）の対立が激化していたころ、退助は勤王党の暗殺者、「人斬り以蔵」と呼ばれた岡田以蔵《おかだいぞう》に夜道で襲われたことがある。あやうく腹を裂かれるところだったけれども、二三蔵がその場をはなれ、藩邸に急を知らせたため、九死に一生を得たのだった。

退助はその後、無役となった。退屈しのぎに中村勇吉、相楽総三などの激徒を藩邸の長屋にかくまうようになると、二三蔵はそいつらと毎晩のごとく飲みに出かけたが、そのくせ退助がほかならぬ彼らの隠匿の故《ゆえ》をもって切腹を命じられると、

「あたしぁ、よくわからねえよ」

言いのこし、あっさり逐電したのである。まきぞえを食うことを恐れたのだ。

ところが戊辰戦争が終わり、明治の世となり、凱旋将軍としての板垣退助の名がにわかに高まると、

「こんにちは」

平気でふたたび築地の板垣邸の門をたたいてきた。退助がわざと、

「どこの誰かな」

首をかしげると、まるで犬畜生にも劣ると言わんばかりに、

「やれやれ。命の恩人の顔をわすれるたあ」

二三蔵は、ふたたび退助の子分になった。

下足番をしたり、誰かへの使いに立ったりした。

――参議、正四位、板垣退助君の相棒なり。

などとうそぶいて柳橋あたりでは妓《おんな》にもてたようだが、退助が中央政府と決別し、築地の邸をひきはらって高知にもどることを決めると、

「だんな。あたしは、きっすいの江戸っ子で」

退助は激怒して、

「高知にも妓はおる。来い」

そんなわけで、草とりである。庭のあちこちに家の者が散り、みどりと枯れ色のまだらになった葉茎《はくき》の山をせっせと積んでいるが、退助はひとり腕を組んで仁王立ちしている。誰よりも仕事にうちこむ顔をしているが、しかし着物の裾はよごれていない。

その足もとへ二三蔵が来て、ことさら大げさに草を抜きつつ、

「だんなは、立ったままですか」

「……」

「あたしらを牛馬のように使ってさ」

「むだ口をたたくな」

退助は、苦い顔で一蹴した。二三蔵め、

（知っていて、言っておる）

旧幕時代から、退助は、潔癖性だった。ふとんで寝るのにも塩をまき、息でふうふう吹き飛ばしてからでなければ気がすまぬほどだったが、維新後はさらに昂じた。塩の使用量が大幅にふえた。小用に立って手を洗うにも塩をすりこみ、手水鉢《ちょうずばち》がからっぽになるまで流し去るのだ。

どうしてここまでになったのか。きっかけは、

（会津の、いくさじゃ）

退助自身は、そんなふうに思っている。あまりにも汚泥にまみれ、あまりにも敵味方の血をあび、しかしその結果にあまりにも幻滅したのが心のふかい傷になった。

「あ、だんな」

二三蔵が草とりをやめ、ひざの土を払って立ちあがり、

「まーた会津のことを考えてましたね」

「な、何だ」

ひるむ退助。二三蔵は一歩つめよって、

「顔でわかりまさ。言っときますがね、だんなの癇性《かんしょう》やみ（潔癖性）は、戦争のせいじゃありませんぜ。貧乏のせいだ」

「はあ？」

「板垣家は、すっかり貧乏になっちまったから。気鬱のあまり」

鼻をこすり、得意そうに言う。江戸っ子はしばしば手よりも口がうごく。どうせ草とりを怠けたい一心で口走ったにすぎまいが、退助は、

（おもしろい）

ちょっと思案して、

「つづけろ」

二三蔵はえへんと咳払いして、

「何しろ秩禄処分にやられましたね。土佐藩上士馬廻格、板垣家は家禄二百石をなくしちまった、ほかのあらゆる藩の連中とおんなしに。しかも、よく知らねえが、維新の功臣にあたえられるっていう賞典禄もご破算になっちまったんでしょう。家ごと追い剝ぎに遭ったようなもんだ。この家にも、以前はさだめし家令がたくさんいたんじゃありませんか？」

「まあな」

「わざわざ庭の草とりに奥様やご子息ご令嬢まで駆り出すなんてこたああり得なかった」

首をうしろに向け、子供たちのほうを向いた。九歳の長男・鉾太郎は、もう飽きたのだろう、女中たちの抜いた草の山へつぎつぎと両腕をつっこんでは撥ねあげ、歓声をあ

げている。

草は盛大に爆発し、おとなたちの悲鳴が上がる。退助はそちらへ大またで歩き、

「自家の些事《さじ》をも成せぬ男に、どうして天下の大事が成せる」

鉾太郎の頭へぞんぶんに拳骨《げんこつ》をくれてやってから、ふたたび二三蔵の前へもどって、

「たしかにな」

「でしょう?」

二三蔵が、また鼻をこする。退助は首をふって、

「しかしわしは、それを気鬱になどは思っちょらん。もともと政府にいたころはわしも廃藩置県には賛成したし、その意味では武士の無力化を進めたひとりじゃが、それを除いても、胸がさっぱりしちょるんじゃ」

「さっぱり?」

「ああ」

「家禄がなくなって? 負け惜しみじゃないんですか」

「ちがう」

退助は、言って聞かせた。退助の見るところでは、家禄というのは、元来もらえぬのが当然なのである。

元亀天正《げんきてんしよう》の世においては、逆に、もらえるのが当然だった。隣国とのあいだに戦争が

いつはじまるか知れないし、はじまったら家臣はただちに主君のもとへ馳せ参じ、勇戦奮闘しなければならない。そのいわば待機手当として米は支払われたのである。腹がへっては軍《いくさ》はできぬ。家禄とは、むしろ合理的な経済制度だったわけだ。

が、その後、平和になった。

徳川の支配が安定し、大名どうしの戦争がなくなった。当然、家臣たちの待機手当も無になるべきだが、どういうわけか継続され、こんにちに至った。これが大きなまちがいなのだ。なまぐさ坊主ですら布施を受けるには経のひとつも読む世にあって、ひとり武士のみが、その長男のみが、ただ生まれて息をしているというだけの理由であたらむだ米を食らいつづけたのである。

「その米を『没収された』と言うて不満を鳴らすのは、わしに言わせれば道理ではない。単なる欲深《よくぶか》じゃ。昨今いわゆる不平士族とは、欲深士族にほかならないのじゃ。その欲深があまっさえ徒党を組み、武器をとるとは盗人《ぬすっと》たけだけしい」

「へえ。じゃあだんなは、政府に反旗をひるがえす気は……」

「ない」

「政府に追ん出されたのにぃ？　まったくぅ？」

二三蔵が、ねばり気のある口ぶりで問う。退助ははっきりと首肯《しゅこう》して、

「まったく」

実際、退助は、二年前には江藤新平の助力要請を拒絶している。そうして二か月前に

は神風連の乱の太田黒伴雄、秋月の乱の宮崎車之助、萩の乱の前原一誠……ほとんどすべての首魁から、

——われらに呼応し、挙兵してくれ。

依頼され、拒絶した。世間はもちろん同郷の土佐人でさえ、

——板垣、臆したか。

とささやかれるほどの不動ぶりだった。

「西郷さんは？」

二三蔵が問う。

退助は、動揺した。口をひらきかけて閉じ、横にひん曲げて、

「む……」

「誘いが来たら、い、い、い、どうします？」

「ことわる」

われながら、ことばに力がない。

西郷隆盛、旧名吉之助は、それこそ二三蔵などよりも遥かに本質的な意味において、
退助の、

——命の恩人。

と呼べる人だった。

初対面は、薩土密約のときだった。あれが成立したのは西郷および薩摩藩家老・小松《こまつ》

帯刀《たてわき》のおかげと言っていいのだが、もしも成立していなかったら、土佐藩はあくまでも容堂主導の佐幕路線をたどらざるを得ず、維新の大業には乗り遅れていたにちがいない。

実際、大政奉還の下ごしらえをしたことで、あやうく遅れかけたのだ。うっかりすると会津藩とならぶ逆賊になりかねなかった。

たまたま退助自身も容堂に切腹を命じられていたことを思い合わせると、退助は西郷に、

（大恩がある）

その上、西郷は、下野《げや》した現在でも存在感がすさまじいのだ。鹿児島の私学校の連中はますます露骨に武器弾薬をあつめているし、蜂起は時間の問題だろう。退助のもとへ、

――ともに戦おう。

という誘いはまだ来ていないけれども、じき来ることは確実だった。二三蔵はそのことを恐れている。

「だんな」

からかい口調で、しかし目の色はまじめに問うのだった。

「ことわれますかね、ほんとうに？」

「むむ」

退助、沈黙してしまう。二三蔵はさらに、

「かりに肘鉄くらわすにしても、理由はどうします。家禄とは元来もらえぬのが当然だ、不平士族は欲深士族だなんて馬鹿正直にこたえたら、西郷さん、気をわるくしますぜ」

（くそっ）

退助は、横っ面を張りたくなった。二三蔵め、心のあやを知りぬいている。退助にとって西郷隆盛というのは、どこか人の道徳をためすような、議論の理非より義理不義理のほうを意識させる存在だった。気をわるくなど、させたくない。

「……二三蔵」

退助は、うめくように言った。

「何です」

「草を引け」

翌々日、鹿児島から使者が来た。家令のひとりが取り次いで、

「鹿児島の西郷隆盛様から、伝言だと」

（来た）

退助はつとめて冷静に、

「通せ」

†

退助はその使者を、わざと座敷へは通さなかった。

「濡れ縁へ通せ」

と家令に命じた。ひとりで先にあぐらをかき、草引《くさひ》きの終わった冬の庭をながめながら、

（二三蔵には、感謝せねばな）

苦笑いした。おかげで心の準備ができた。西郷からの使者に会ったら、すぐさま言ってやるのだ。

（立たぬ、と）

濡れ縁で会うのも、そのためだった。座敷へ通し、羽織袴《はかま》など身につけて応対したら、その威儀自体にこっちの心がひるむかもしれない。われながら、つまらぬ配慮ではあった。

使者が、来た。

家令にみちびかれ、退助のとなりに正座する。退助は庭から目をはなし、ゆるりとその横顔を見たとたん、

「わっ」

のけぞってしまった。相手の顔を指さして、

「お、おぬし、西郷」

ぐらぐらと決意がゆれるのがわかった。相手はこちらを向き、聞きおぼえのある薩摩弁で、

「ご無沙汰しといもす、板垣さあ」

「あ、ああ」

「戊辰の役、以来ですかな」

その口調、やや緊張ぎみである。

戊辰の役とは、八年前、慶応四年（一八六八）戊辰《つちのえたつ》の年におこなわれた、鳥羽伏見の戦いを嚆矢《こうし》とする旧幕勢力掃討戦の総称である。なかでも退助が思い出ぶかいのは、あの土佐兵、薩摩兵その他が組んで若松城を落とした会津戦争のあれこれだった。

「いかにも、あれ以来」

退助がようやく息をしずめると、相手の男は、

「わが薩摩では、はんのご活躍はいまも語りぐさになっといもすよ。ことに会津での、最後の市街戦。板垣さあが土佐兵とともに逆茂木をやぶり、敵兵のなかへ打って出たのが決め手になったと、事あるごとに、伊地知正治さあが」

「ほう、伊地知さんが」

「ええ、ええ。あんお人は、よほど板垣さあに惚れといもす。あの大勇《たいゆう》のおかげで自分

まで誉《ほま》れ儲《もう》けした、おいはおなじ戦場で銃兵のみをもちいて刀創の兵をもちいず、あたら彼らの気をくさらせていたが、板垣さあの挙で、いっきに薩摩も士気が上がったと」

「いやいや」

退助はうれしそうに笑ってみせつつ、

（さすがは伊地知）

あきれかえった。八年たっても何ひとつ理解していないわけだった。あれはどう振り返ったところで戦略的には愚挙にすぎず、むろん退助はそのことを知りつつ、後世の、——嘲罵《ちようば》を、買いたい。

ほとんど自暴自棄だったのだ。

にもかかわらず、退助は、このぶんだと嘲罵どころか賞讃をあびることになる。それが国民の常識になる。伊地知正治はいま、どういう策を弄したものか修史局《しゆうしきよく》という官立の歴史編纂所の副総裁の地位にあり、国家の正史を編纂というより製作し得る立場にあるのだ。

（ばかばかしい）

退助は、こんな話題に耐えられない。

あたりさわりのないほうへと舵を切るべく、

「おぬし」

「何です」

「少し、やせたか」

尋ねてみた。相手の男は、小刀でざっくりと削ぎ落としたような頬を手でなでて、

「こんなものですよ、もともと」

「いくつになった」

「三十です」

「わしの十《とお》年下か。そうか。じゃったな」

「兄とは、二十も年下です」

男はそう言うと、ひたと退助の目を見た。

（兄）

そのことばに、退助は、われながら嫌になるほど敏感に反応してしまっている。

男の名は、西郷小兵衛《さいごうこへえ》。

西郷隆盛の実弟である。兄とはあまりに対照的なほっそりした体つき、針のような目、神経質そうな口もとのうごき。

おなじ鹿児島城下、加治屋町の家でそだったというが、何しろ隆盛は二十も上の長兄だから、感覚的にはむしろ父親にちかかったか。小兵衛がものごころついたときには隆盛はもう郷中の二才頭《ごじゅうのにせがしら》、つまり地域教育の頭領だったということは、あるいは教師のようでもあったかもしれない。

どちらにしても小兵衛は、この兄を、尊敬というより、

（崇拝している）

退助はそのことをもう戊辰の役のときから感じていた。退助はあの会津戦争の前、白河城下に滞在中、転戦中の小兵衛とはじめて会ったが、そのときの、

「吉之助の、弟です」

と自己紹介したときの鬼の首でも取ったような表情はわすれられない。この男はいつも、このひとことで、

（衆目を、得てきたのだな）

小兵衛は戦後も東京で官途《かんと》に就くことをせず、薩摩にとどまり、小役人などしていたが、

――名利《みようり》は、追わぬ。

そんな隆盛の流儀をきどっていたのか。隆盛の流儀というよりは、そのように世間が信じている大人《たいじん》の流儀をなぞっているように退助には見えた。仏を信じず祖師を信じる、本末転倒の愚僧のいき。

現在は、もちろん隆盛の側近のひとりなのだろう。あいかわらず、

「弟です」

そのひとことで得られる絶大な反応をたよりに日々を生きているのだろう。あるいは高知の退助のもとへ、

――説得に、行く。

ということになったのも、隆盛の命ではなく、小兵衛自身の意志かもしれない。自分が行けば兄同様の効果が得られると誇大な期待を抱いたのだ。

（べこのかあ）

退助は舌打ちしたかったが、顔は庭に向け、

「兄上は、お元気かな」

われながら、しらじらしすぎる。小兵衛はひどく切迫した口調で、

「板垣さあ」

「何だ」

「兄とあなたが合《がっ》すれば、戊辰の役の再挙になる。天下は、うごく」

「わしは、立たぬ」

言ったとたん、唇が凍った。

ぞわり、と首すじを千匹の虫が這いおりた。そう感じられたのは、実際は一滴のあぶら汗だったろう。

（恐怖している）

自分でわかった。視界のはしっこの痩せた男が、まるで西郷隆盛その人のように怒張している。小兵衛のあの自分に対する誇大な期待は正しいと言わざるを得なかった。

小兵衛は無礼にも、なおもこちらを見つめて、

「江藤氏には『死ぬのがこわい』と申したそうですな」

「申した」

「板垣さあは、大勇の士ではなかったのですか」

「おぬしの兄も、拒絶したぞ」

「あのときとは情況がちがう。もはや政府の横暴は人倫の限界をこえた」

「立たぬ」

「なぜです」

「戊辰の役じゃ」

「え?」

意外な答だったのだろう、小兵衛は、ちょっと声をうしなった。退助はようやく小兵衛のほうを向いて、

「わしは、もう二度といくさはせぬ。あのとき心決めしたのじゃ」

目の前にいるのは、西郷小兵衛などという凡骨《ぼんこつ》ではない。

(隆盛、その人じゃ)

そのつもりで、退助は、本音をあびせる決意をかためたのである。これまでは、片岡健吉、林有造というような土佐におけるごく少数の同志をのぞいて誰にも決して洩らさなかったことどもだった。

「わしはあのとき、つくづくと、武士の世がいやになった」

一方的に話しだした。

いまでも思い出されるのは会津入りのときのことである。二本松《にほんまつ》を発し、猪苗代湖の横をとおり、山をのぼり、いよいよ会津平（会津盆地）へなだれこもうと最後の峠にさしかかったところで、退助は、庶民の逆流に出くわしたのだった。

逆流は、百人をこえていた。商人、職人、女子供、僧侶……力士までいたというのに、武士はいなかった。退助はそのひとり、風呂敷づつみを背負った商人ふうの男をつかまえて聞いてみると、男は何と、

「殿様が、わしらに何をしてくれた？」

藩主の松平容保を痛罵しだしたではないか。

「その家臣どもが何をしてくれた？　この三百年間ただ武士に生まれたってだけで大いばりで商売のじゃまをしたんでねが。腹いっぱい白米のめしを食ったんでねが」

と、痛罵はたちまち藩士におよんだ。よその国の国人《くにびと》からは、

――士民一如。

などと言われ、鉄の結束をほこると恐れられた会津がこのありさまなのである。何が士民一如だろう。退助はそのときは顧慮しなかったけれども、いくさが終わり、落ちついて考えられるようになると、

（土佐や薩摩の商人も、おなじでは）

そのことが、心にのこった。

徳川時代の日本は六十余国、約三百藩にわかれていたが、それは表面的な区分にすぎ

つに分断されていたのではないか。実際はそんなものは無きにひとしく、そのかわりまったくべつの、地勢や政治や大名の血すじとは何の関係もない区分があって、それによって日本はふたつに分断されていたのではないか。

すなわち。

武士の国と、それ以外の人々の国。

政治的には前者が後者を完全に支配し、経済的には後者が前者をしばしば翻弄したが、基本的にはほとんど相容れることがなかった。だとしたら戊辰の役とは何だったのだろう。官だ賊だ、正だ邪だと言いつのって決着をつけた気でいたが、何のことはない、ただ武士が武士に勝ったというだけの話。その内実は、たいへん大規模かつ公的な私闘の域を出なかったのではないか。

「武士が消えてなくなれば、そうした分断状態もなくなるだろう。日本は真にひとつになる。それは同慶《どうけい》のいたりではないか、小兵衛。おぬしらの挙は、まちがっている」

退助がそこまで言って息を入れると、小兵衛は、うらみ顔をして、

「つまり板垣さあ、いんは東京の狗《いぬ》か」

と、ひどく話を矮小化《わいしょう》した。退助とても疲れて、

「思いたいなら、そう思え」

「なら、そもそも……」

「何だ、小兵衛」

「そもそもなんで板垣さあは、三年前、征韓論に賛成しましたか。兄とともに下野しましたか」

（う）

退助は、顔をしかめた。これは痛いところだった。

（たしかに）

あのときは、参議だった西郷隆盛など、

――朝鮮討つべし。自分が使節となり、朝鮮にわたれば殺されること確実だから、それを口実に出兵せよ。

などと暴論を吐いたけれども、その暴言に、退助はたしかに賛成したのだった。江藤新平、副島種臣、後藤象二郎といったような同志に強要されたなどという言い訳はゆるされない。退助は、その出兵が実現したあかつきには、

――征韓大将軍に任じる。

という政府内の合意まで得ていたのである。徳川慶喜《よしのぶ》が大政奉還により征夷大将軍を辞任したわずか六年後に、退助が、あやうく次の将軍になるところだったのだ。

「おんしの言うとおりじゃ、小兵衛」

退助は点頭《てんとう》して、

「わしはあれに票を入れた。おんしの兄《あに》さんの言うことを至極正しいと思うちょった。武士など消え失せてもかまわんちゅうのは理想論で、現実には、いたるところで息をし

ておる。その不平の総量は大したものじゃ。まとめて外国へ気を向けさせねば大破裂はまぬかれぬと、わし自身、そう恐れちょったんじゃな。へたをしたら国が二分し、ふたたび戊辰の役が起きると」

「ならば」

と小兵衛が腰を浮かしかけたのを退助は、

「しかし」

手でさえぎり、顔をゆがめて、

「その論は、結局のところ岩倉、大久保、木戸らに葬られたわけじゃ。わしは敗兵となり、東京を追われ、地方の容態《ようたい》をうかがうことを余儀なくされた。土佐はもちろん、東海、近畿、山陽あたりの噂をつぶさに聞きこんで、それで目がさめたのじゃ。武士は、まったく大したものではなかった」

退助はつづけた。彼らはせっかく汗水たらして働くことなく日々を送れる身でありながら、維新後も銃の練習をするでもなく、剣技をみがくでもなく、書物を読むでもなく、子弟を学校へ行かせるでもなく、ただただ座食して家禄の減少をかこつばかり。慣れない商売に手を出して財産をすっかり失うなどはまだしも評価できるほう。彼らはつまり、明日への支度をしていないのだ。

自分（退助）は、ここでようやく誤りをさとった。大破裂などという話ではない。こんな連中をまとめて朝鮮へ派遣したところで役に立たないのみならず、かえってみじめに敗走して日本の恥を世界にさらしかねない。征韓論など、しょせん机上の空論だったのだ。

「薩摩はちがう」

と、小兵衛も引かない。濡れ縁のへりを手のひらで叩いて、

「薩摩隼人《はやと》は、よその武士とはちがいもそ。きっと東京政府にひとあわ吹かせる」

「江藤新平もそう言うちょったよ。佐賀はちがう、蜂起すれば勝てるとな。結果はどうじゃったかな」

「われわれは何千挺もの銃をもっている」

「みな旧式じゃ」

「勇猛果敢の心魂《こころだま》が」

「心ノ臓がふたつになるわけじゃない」

退助はつぎつぎと一蹴して、とどめとばかり、

「佐賀だけではない。熊本も、萩も、福岡も、あっさり静かになったではないか。無為徒食の帳尻じゃ」

「貴殿はどうじゃ」

と、小兵衛はなお退《ひ》くことをしない。退助はとつぜん矛先を向けられて、

「はあ、わし？」

意味がわからず、首をかしげた。小兵衛は目をらんらんと輝かせて、鬼の首でも取っ

たように、

「さっきから聞いておれば、真義にめざめたのは自分ひとり、あとはみな無知蒙昧《むちもうまい》の泥沼の底と言わんばかりの増上慢《ぞうじょうまん》。貴殿もやはり士族のひとりではないか。戊辰の役でおなじ味方の武士をさんざん死なせたあげく勝利を得、手柄をひとりじめして、天下の名士となりおおせたのは板垣退助その人ではないか。貴殿は武士のため、いや士族のため、力をつくす義務《せめ》がある。恩に報いるのは人として当然とは思わぬか」

「いかにも」

「何かしたか、板垣殿？」

と語尾をきゅうにもちあげたのは、西郷小兵衛、これはもちろん、

──何もしていないに決まっている。

という心なのにちがいない。退助はしずかに首をふって、

「してるよ」

「え？」

「わしは、士族に恩がある。それはおんしの言うとおりじゃ。その恩に報いるちゅうのは、戦場《いくさば》をあたえることとはちがう。つまりは士族授産ちゅうことじゃ。あの連中にあたらしい職業《しごと》をあたえ、収入をあたえ、人生の主題をあたえてやる。そんなことなら、わしはもう二年も前からしておるわ。そうさなあ、それこそ江藤新平が佐賀の乱を起こすころからな」

「職業、とは？」

「言論じゃよ」

退助は舌を出し、おのれの指でちょんとつついて、

「わしはもう、銃刀は手に取らん。人にも取らせせん。そのかわり、これ一枚で戦うんじゃ」

小兵衛は、ばかにされたと思ったらしい。鼻を鳴らして、

「民権運動というやつですか」

「いかにも」

「具体的には？」

「片岡健吉、林有造らと政治結社を設立した。立志社《りっししゃ》という。社員はまだ二百人ほどじゃが、みな生き生きとはたらいておるよ。むろん士族じゃ」

「ばかばかしい」

小兵衛はそっぽを向いて、

「民権運動などという、あんな空騒ぎに引っかかるとは、板垣さあも焼きがまわったようですな。あんなもの引かれ者の小唄にすぎん。肌をやぶり血をながす勇気のないやつばらの……」

「わしは臆病じゃ」

「聞きました」

「そしてこの世は、九分通り、臆病者の世の中じゃ」

退助は、まじめに言った。人の勇気をあてにしないところから近代社会は出発する。命が惜しいという当たり前の感情をみんなで当たり前にみとめあうのだ。退助はちかごろ、そんなふうに考えはじめている。

「それに民権運動は、なあ」

と、退助はにわかに口調をくずし、冗談めかして、

「案外なことに、金になるのじゃ」

「何」

小兵衛は、こちらを向いた。

やはり気になる話題なのだろう。退助はほほえんで、

「土佐の士族は、全員ではないが、けっこう食うには困っておらんよ。蜂起を厭《いと》うているのではない、蜂起の必要がないんじゃ。これが板垣の恩返し……」

「もうよい」

小兵衛は立ちあがり、まるで汚いものでも払い落とすかのごとく尻を痈性に手の甲ではたいて、

「もう二度とお会いすまい。いまのお話、すべて兄に伝えさせてもらう」

「なら」

退助はにわかに顔色をあらため、立ちあがり、

「もうひとつ、伝えてくれんか」

「何を」

「西郷さん。吉之助さん。おんしこそ、わしらに加勢してくれと」

「へっ」

と小兵衛は声をあげ、もう冗談は聞き飽きたという目をしたが、退助はその両肩をがっしと左右の手でつかんで、

「この板垣、まっすぐ言うちょるぞ。勝つ見込みのない戦争であたら身を散らすくらいなら、みんなで土佐に来てくれんか。暮らしは立たせる。仕事もしてもらう。東京政府の顕官《けんかん》どもは、砲声ではなく、ことばで懲らしめようではないか。そのほうが結局のところ薩摩の士族の利にもなる。いや、日本中のすべての人民の利にも……」

「裏切り者」

「なあ、小兵衛、おんしも分別《ふんべつ》してくれい。おんしの兄さんは、ほかとはちがう。真の英雄じゃ。江藤新平とか太田黒伴雄とか前原一誠とか宮崎車之助などという短見浅慮の連中とおなじ仲間に入れとうないんじゃ。後世の評判もかんがえろ。なあ」

小兵衛の肩を前後にゆすったが、小兵衛は身をねじり、うしろへ下がって退助の手をのがれると、

「裏切り者」

くるりと背を向けた。これでもう永遠に、西郷隆盛とは、

（縁が、切れる）

そう思うと退助はなぜか洟《はな》がとまらなかった。何度も袖で目をぬぐいつつ、

「これだけは伝えてくれ」

「またですか」

小兵衛は、ふりかえりもしない。すたすたと歩み去ってしまう。その背中へ、すがりつくような口調で、

「これで終わりじゃ。板垣が心から、心から『申し訳ない』と言うちょったと。西郷さんが旧幕軍を江戸の薩摩藩邸で挑発し、鳥羽伏見で粉砕してくれたからこそ、板垣は、いや、乾退助は、ふたたび世に出られたのだ。あれがなかったら、わしは高知でひっそりと学校の先生のまま一生を終えちょった。西郷さんは恩人じゃ。わしは、わしは、心から感謝しちょるんじゃ。それはまことじゃ。たしかに伝えてくれ」

小兵衛は、足をとめなかった。

退助のことばが終わるころには、廊下の奥ですがたを消してしまっていた。退助はその場に突っ立ったまま、日が暮れるまで顔を上げることをしなかった。

†

二か月後。

西郷隆盛は、とうとう進軍を宣言した。

鹿児島には稀有な大雪のなか、一万二千の兵をひきいて北へと向かった。兵はほとんどが私学校の生徒であり、もちろん士族に属していた。

西郷の名は、やはりちがう。

進軍を決めると、人吉《ひとよし》、飫肥《おび》、延岡《のべおか》、佐土原《さどわら》、高鍋、中津といったような九州各地の兵が呼応し、合流し、最終的には総勢三万にふくれあがった。戦力が倍以上になったのである。西郷配下の隊長たちは、これを見て、

――この一戦、われに神意あり。

と勇気づけられただろう。その興奮のまま、

「敵は、熊本城にあり」

と兵を鼓舞した。ほかに目的地はあり得なかった。日本には、この時点では六つの鎮台がある。東京、大阪、熊本、仙台、名古屋、広島。そのうちのひとつ、九州で唯一最大の熊本鎮台は、ほかならぬ熊本城に駐屯していたのである。西郷軍は、一部を鹿児島にのこし、主力がみな北へ向かった。

熊本城下には、すでに鎮台兵三千がある。ほかに東京から駆けつけた巡査等七百。兵はもちろん徴兵令によるものであり、生まれながらの武士ではない。西郷軍は、

「百姓に、何ができるか」

とわめきつつ、ためらわず城下へなだれこんだ。

戦闘がはじまった。西郷軍のほうが士気は高い。たちまち優勢があきらかになった。熊本鎮台司令長官・谷干城はあっさりと、

「むりに出るな。城にこもれ。わが軍はこれを見こして米や塩をあらかじめ運びこんである」

と命令を出したが、これはあの谷干城である。土佐藩出身、もともとは儒家の生まれながら、幕末の緊迫の時期には退助とともに土佐藩代表として薩摩との会見にのぞみ、討幕の約束をした。

いわゆる薩土密約である。あの会見の場では、西郷と谷のあいだの人物の差が、

――月とすっぽんじゃ。

というのが退助の率直な感想だった。むろん西郷が上なのである。あれから十年を経て、その月とすっぽんは戦場で再会したわけだった。

退助はこれを聞いたとき、

「また申太郎のばかが、作戦を誤りおった」

憮然とした。古来、籠城戦というものは、攻めるほうの勝利に終わるとほぼ決まっている。楠木正成の築いた千早《ちはや》城ですら最後には畠山基国《はたけやまもとくに》に落とされたほどで、勝つには打って出るしか方法がないのだ。

ましてやこのたびは、銃砲をもちいた近代戦である。数においては西郷軍が圧倒的に

まさっている。いくら天下の名城・熊本城といえども、まず数日と保《も》たないだろう。この期におよんで米だの塩だのを気にしているところが、

(中太郎らしい。太平楽じゃ)

結果は、谷の勝ちだった。

案外よく城をまもった上、援護の大軍が来たからである。彼らは博多から上陸し、熊本へ南下し、西郷軍の包囲を突破して入城した。谷のよろこび、いかばかりであったろう。

西郷軍はちりぢりになり、集合離散しつつ南九州の各地を占領したが、これをひとつずつつぶすのは、政府軍にとってはもう羽虫をつぶすようなものだった。西郷軍は連戦連敗。西郷小兵衛は、この過程で戦死した。

西郷隆盛は、精鋭三百とともに鹿児島へもどった。

いわば出戻りのような恰好で、城下西郊の城山《しろやま》にたてこもった。最後の抵抗をこころみたけれども無慮五万の政府軍にかこまれて自刃。享年五十一。あの威勢のいい進軍開始の七か月後のことだったが、その実質的な活動を熊本城での敗戦までと見るならば、西郷軍は、わずか二か月も保たなかった。完敗というより惨敗だった。

この間《かん》、東京政府は西郷軍を正式に、

——反徒。

と規定し、西郷の官位を剝奪した。したがって西郷はまごうことなき、

として生を終えている。かつての会津藩と同様の、いや、それ以上の汚名だった。賊は官に負け、西郷隆盛は谷干城に負け、士族はつまり百姓に負けた。

——賊。

†

暴挙鎮圧、西郷自刃の第一報を新聞で読んだとき、退助は、

「ああ」

新聞をほうり出し、茶をがぶりと飲んだ。

それほど安堵した。もう日本では士族の反乱は起こらないだろう。食うためには働かなければならぬ、街で汗をかかねばならぬという当然のことが当然のごとく通じるようになるだろう。薩長土肥の四藩閥のうち、土佐だけが、

(一貫して、騒がなんだ)

そのことに多少の優越感をおぼえた。

優越感は、その日一日つづいた。夜も上きげんだった。二三蔵を相手に、

「お前も飲め」

と手ずから酌をしてやったり、

「とことん飲むぞ」

と豪語したり、

「中太郎のやつ、いくさ上手になりおったのう。わしはもうなまくらじゃ。すっかり勘がにぶってしもうた」

などと気前よく谷干城をほめたりした。二三蔵はまるで自分がほめられたみたいに赤い鼻を指でこすって、

「気分いいね」

「おう」

「でもね、旦那」

「何じゃ」

「街のうわさじゃあ、西郷めは死んでねえって」

「え」

退助は、さかずきを運ぶ手がとまった。二三蔵は気づかず、

「城山じゃあ影武者の死体《むくろ》をころがしておいて、本人はひそかに朝鮮へわたって、ゆっくり傷養生してるんだって。いずれは朝鮮人や支那人の大軍をつれて日本に攻めてくる……」

と、そこまで言ったところで耐えきれず、畳の上にあおむきになり、腹をかかえて笑いながら、

「ばかだねえ、旦那。そんなことあるわけねえじゃねえか。生きてててほしいって気持ち

はわかるが、その傷養生を見たやつがいるなら出てこいってんだ。死んだやつは死んだやつさ。ねえ旦那」

ようやく身を起こし、退助の顔をのぞきこむようにして、

「……旦那？」

退助はようやく、

「あ、ああ」

笑いをつくり、酒を乾《ほ》した。味がしない。

さかずきを置いて立ちあがり、

「寝るぞ」

二三蔵、目を白黒させて、

「まだ八時ですぜ」

「うるさい」

「ほんと、気まぐれな旦那さ」

ぶつぶつ言うと、二三蔵は、徳利にじかに口をつけて酒ののこりを飲んでしまった。よほど勿体なかったのだろう。

その晩。

退助は、夜着のなかで目がさめた。

小用に立ちたくなった。便所は戸外にある。母屋の北側、枇杷《びわ》の木のかげ。いまはむ

ろん悽愴たる秋風《あきかぜ》と黒闇《こくあん》のなか。

（西郷さん）

脳裡には、まだ二三蔵の話がまたたいている。体がふるえるほどの恐怖を感じ、退助は、ついに朝まで夜着から出ることができなかった。

15　ことばの戦争

とにかくも。

退助は、これより自由民権運動の荒海にのりだすことになる。

すでに事態は進んでいた。直接のきっかけは、四年前にさかのぼる。退助が征韓論にやぶれ、西郷隆盛、江藤新平、後藤象二郎、副島種臣とともに政府参議の職を辞した時点である。

このうち首領格というべき西郷は、ただちに、

――わが道を行く。

と言わんばかりに鹿児島へ帰郷した。腹心である篠原国幹や桐野利秋もそれにしたがったし（ともに西南戦争で戦死）、あるいは薩摩出身の近衛隊将兵もぞろぞろと無断で帰郷してしまったけれども、それ以外の旧参議は、じつは帰郷しなかった。

政府から、

――御用滞在。

という名目を立てられ、事実上、東京を去ることを禁止されたのだった。

うっかり帰郷させたりしたら地元の不平士族に歓迎され、推戴され、武力蜂起の原因になると恐れられたのにちがいなかった。

逆にいえば、西郷は、そういう政府の警戒心をつとに知りつつ東京にあっさり背を向けたことになる。のちに西南戦争という最後にして最大の士族反乱が彼の故郷を出来《しゅったい》の地とするのは、まことに首尾一貫しているというべきだった。

退助は、東京にある。

こっちはこっちで、

——座して、命《めい》を待つ。

という気にはむろんならない。下野《げや》後ほどなく自邸へ江藤、後藤、副島をまねき、洋風のリビングルームに通した。明治六年（一八七三）というのは政治の世界でも人間関係の秩序がまだまだ未成熟で、こんな大物がかんたんに、居酒屋にあつまるように会見することがしばしばだったのである。

たまたま午後二時ころだったため、退助は家職《かしょく》に命じ、煎茶と羊羹《ようかん》をふるまった。入口にいちばん近い席を占めると、テーブルの向こうの後藤象二郎などは顔をしかめ、

「わしらは土佐の男ではないか。酒を出せ」

虫の死骸でもつまむように羊羹をつまみあげ、皿へぺたりと落とした。

退助はゆるやかに笑って、

「われらは政府に追放された身じゃぞ。まっぴるまから梁山泊の豪傑よろしく酒くらい

つつ怪気炎をあげちょるなんぞと世間にささやかれでもしたら、岩倉、大久保、木戸の政府がまたどんな横槍を」

「やつらが恐いか、イノス」

という象二郎の挑発には、退助は乗らない。このおさななじみを、

「何を言うか、後藤殿」

わざと慇懃《いんぎん》に呼称してから、ほかのふたりへ、

「さてさて。われらは今後、何をしましょうかな」

「何をするにしろ、まず法令に拠《よ》らねば」

とまじめ顔で応じたのは、象二郎の右の江藤新平だった。何しろ初代司法卿が言うのだから説得力があるが、放っておくとまたぞろ箇条書きの議論がはじまってしまう。ここは役所ではないのである。象二郎があわてて、

「いやいや、江藤さん、何をするかはわかっておる。ことばの戦争じゃ。民衆のもとめる『自由』ちゅうのを実現すべく、政府に圧力をかける。そうじゃろ副島さん」

助けをもとめるがごとく、向かいの副島種臣に水を向けた。副島は両手をひざに置き、

「うむ」

師範さながらの荘重《そうちょう》な返事。のこりの三人、つられて、

「はい」

征韓論に失敗したから、民権運動に向かう。

一見すると両者のあいだには何らの理路のつながりもない。木に竹を接《つ》ぐような塩梅《あんばい》だけれども、この四人のあいだでは、それは自然な話のながれだった。

元来、彼らの征韓論は、外征よりも内治のほうを主眼としていたからである。没落士族に仕事をあたえ、給料をあたえ、それによって日本社会から内乱の原因をとりのぞく。そのことの緊急性にくらべれば朝鮮王朝の外交上の非礼などしょせん感情的な問題にすぎず、極端にいえば、相手は台湾でもよろしいのである。

その征韓論が、つぶされた。

となると、民権運動は、次善の策として最適である。政治結社を結成し、そこに士族を所属させれば給金はいくらかなりとも払える上、彼らの抜きがたい自尊心をみたすことができる。

——俺たちはやはり、ばかな庶民とはちがう。

などと満足させることができる。何しろ民権運動は「ことばの戦争」なのだから、読み書きの能力、抽象的思考の能力、議論の能力は一定以上に必要なわけで、それらにおいては士族はたしかに分《ぶ》があるのだ。

この点で民権運動は、じゅうぶん征韓論のかわりになる。人間はたとえ職がなかろうと、給料がなかろうと、究極的にはこういう階級的な安堵があれば我慢して生きていけるものなのだ。

逆に言うなら、職だの給料だのいうやつは、ひっきょう自尊心の口実にすぎないので

ある。退助はがたりと腰を浮かし、

「そのとおりです」

と副島へ一揖してから、全員へ、

「そのとおりじゃが、しかしわしは、どうせやるなら、その先をめざしたい」

「自由の、先？」

象二郎が眉をひそめるのへ、退助は、

「そうじゃ、ヤス」

ふだんどおりに象二郎を呼んでから、

「わしは、四民を一《いっ》にしたい。それが終《つい》の目標じゃ」

熱っぽく説いた。いまはまだ士族の自尊心もみたさねばならないし、授産もかんがえてやらねばならないが、ゆくゆく世の中がおちつけば、彼らにはもう身分も禄も必要ない。身ぐるみ剥いで庶民とともに「日本臣民」という単一の階層へぶちこんでしまうのが正しいだろう。結局はそれが士族をもっとも自由にする措置でもある。

象二郎が揶揄《やゆ》するように、

「めずらしいのう、イノス。おぬしが理想を語るとは」

「理想ではない。現実的な富国強兵論じゃ。四民が一にならなければ国はどれほどおとろえるか。どれほど容易にほろびるか。わしがそれをつぶさに見たのは、そう、戊辰の役のとき、会津平へ攻めこむべく……」

と、例の、峠で庶民の逆流に遭遇した話を述べようとしたけれども、象二郎が顔の横で手をふって、

「その話は聞き飽きたわ。そうじゃろ副島さん」

と、またしても向かいの男へ話をまわした。副島はただ、荘重に、

「うむ」

副島種臣、佐賀出身。号蒼海《そうかい》。国学者・枝吉南濠《えだよしなんごう》の子として生まれ、兄の神陽《しんよう》も国学者で藩校・弘道館の教授という教養一家の生まれである。

弘道館では江藤新平、大隈重信《おおくましげのぶ》、大木喬任《おおきたかとう》といったような尊王論者とともに学び、維新後は薩長土肥の肥の藩閥の重鎮となり、いっときは外務卿もつとめた。

いまこの席でひどく仰慕《ぎようぼ》されているのも、そういう教養、そういう経歴の故であるが、また最年長の故でもあった。退助より九つ年上の四十六歳。

その副島が、このときは片目の瞼《まぶた》をもちあげるようにして、

「板垣殿」

「はい」

「貴殿の論は、よくわかる」

「はい」

「四民を一に。よい文句じゃ。しかしそれには、本源的に、紙が要《い》るように思う」

「紙?」

と聞き返したのは、江藤新平。まるで機嫌をうかがうようにして、

「副島さん、それはどういうご主旨なので?」

「紙とはつまり、書物じゃよ。ひとくちに『自由』だの『民権』だのと言うてもヨーロッパにはベンサム氏の功利主義があり、ミル氏の自由論あり、ルソー氏の民約論ありと、立場が豊富であろう。われらの運動もそういうものに拠らなければ、いくら結社したところで識者にはかえりみられず、民衆の興味も引くことはない。士族もあつまらぬ」

学者らしく本末《もとすえ》の本を大事にする、杓子定規《しやくしじようぎ》ともいえる意見だった。のこりの三人、しんとしてしまう。

(それは、そうだ)

退助はテーブルの上の羊羹の、すみっこの砂糖が粉を吹いているところを見つめつつ、思いをめぐらした。それはそうだが、ここには学者はひとりもいない。副島その人は旧幕時代に長崎にあそび、アメリカ人宣教師フルベッキにあれこれ西洋事情を伝授されたこともあったらしいが、それもしょせん葭《よし》の髄から、

——天井をのぞく。

という程度のこと。維新後に洪水のごとく流れこんできた社会思想の新思潮には適応し得ないだろうことは、ほかならぬ副島自身がいつか嘆いていた。

退助は、顔を伏せた。

が、すぐにまた顔をあげて、

「蒼海先生。われわれは政治家です」

「うむ？」

副島が、ちょっと目を見ひらく。退助はにやりとして、

「政治家というのは、自分で勉強するのではない。勉強した人をよく使うのが極意です。われらが学者である必要はない。そこで本日は、この席で、ふたりの人物を紹介したい」

最後のせりふは、全員に向けている。退助は手をたたいて家職を呼んだ。家職が来ると、耳もとで、

「彼らを呼べ」

ふたりの男が入ってきた。

ひとりは、一目見たら忘れられない顔である。顔が牛蒡《ごぼう》のように長く、その下三分の一のところに大きな耳がついている。上の前歯はぐっと前へせり出し、みょうにしらじらと光っているため、まわりの唇がやぶれた風呂敷のように見えた。肌の色もわるい。まだ二十代後半だが、あまり若そうではない。

もうひとりは、三十代。こちらは麺棒でのばしたような丸顔で、善人にも悪人にも見えなかった。凡相である。

「こっちの出っ歯が、古沢滋《ふるさわうろう》君。丸顔のほうが小室信夫《こむろしのぶ》君じゃ。すでに相識《あいしき》の人もお

られようが、まずはわしから、小室君を」

退助は、簡潔に紹介した。

小室信夫はもともと丹後国《たんごのくに》、天の橋立をのぞむ岩滝村《いわたき》の縮緬《ちりめん》問屋の家に生まれたが、時勢に感じるところあり、京へ出て、三輪田元綱《みわだもとつな》、師岡正胤《もろおかまさたね》といったような平田国学系の過激派浪士とともに大騒動をまきおこした。

のちに、

――足利三代木像梟首事件《あしかがさんだいもくぞうきょうしゅ》。

と呼ばれることになる。洛北の名刹・等持院《とうじいん》に安置されていた足利尊氏《たかうじ》、義詮《よしあきら》、義満《よしみつ》の木像の首をひっこぬいて三条河原にさらし、打ち首にした罪人とおなじ体《てい》にして、以《もっ》て現在の武家政権、つまり徳川将軍への天誅の意をあらわしたのである。

行為そのものは、他愛ない。

ただ幕府を激怒させただけだった。しかしこれで維新後、

――討幕に功あり。

と政府にみとめられ、登用された。政府も人材難だったのだろう。官費によるイギリス視察はわずか一年ほどだったけれども、とにかく本場の立憲制度をつぶさに見たことは事実だから、

「いまのわれわれには、打ってつけの人材です。それと、こちらの古沢君」

古沢滋は、もう少し頭がいい。

土佐藩士の次男に生まれた。十歳にならぬうち四書五経を読んだことから、

――神童。

と称せられ、その牛蒡のような異相までもが天与の才のごとく言われた。気概もなかなかのものだった。京洛に出たときには、右の木像事件には参加はしなかったが、下手人《げしゅにん》が投獄されるや幕府老中・板倉勝静《いたくらかつきよ》の屋敷へおもむいて、

「あるじに会わせろ。解放するよう要求したい」

たかが一藩士である。門番はもちろん、

「殿様は、お会いにならぬ」

「けっ」

と、古沢は顔をゆがめて、

「近ごろは関白殿下ですら草莽《そうもう》の志士とひざを突き合わせ、天下の時勢を論じられる。幕府の閣老ごときが傲慢な」

言いすてて帰ったという。こんな駄々っ子のようなふるまいが評価されたわけでもあるまいが、維新後やはり登用され、こちらは三年間イギリスに留学。ベンサムやミルを原書で読み、みずからも英語で法文《ほうぶん》をすらすら書けるようになって帰朝した。やはり神童なのである。

「副島先生の言われる紙の必要は、このふたりでまかなえましょう。何しろふたりとも気がきかん、要領がわるい。われらの下野《げや》についてくるくらいじゃからのう」

退助が言うと、

「うむ」

と応じた副島をのぞき、全員破顔した。後藤象二郎も、江藤新平も、政治家としては百戦錬磨の驍児《きようじ》だが、このときは、さすがに政府に対して少人数で戦う不安がぬぐえなかったのだろう。味方はひとりでも多いほうがいい、そう言いたげな笑い声だった。

笑いがおさまると、後藤象二郎が、

「具体的には？」

顔をふたりのほうへ向けた。

同志というより、まるで入学の可否を審査する試験官のような口調で、

「もとより民権運動の大方針はきまった。不平士族を容《い》れる政党も結《けつ》するとした。あとはその政党が具体的に何をするかじゃが、かんがえてみれば、これが最大の難関じゃからな。ことばの戦争であるならば政府へ建白書を出すか、新聞雑誌に寄稿するかが常道じゃろう。というより、われらにはそれしか手だてがない。しかしどちらをやるにしても、その内容があんまり穏和では向こうは屁とも思わんし、あんまり過激では処罰をくらう」

「処罰？」

きまじめに問うたのは、江藤新平。

「投獄や死罪がこわいのですか、後藤殿」

「まさか。わしが言うのは時機の問題じゃ。さあ旗あげじゃという日にいきなり投獄、死罪では運動全体の発展を害する。そもそも人があつまらん。まずは確かな一歩をふみださねばならんのだ。江藤殿、わしらはもう武士ではない。犬死《いぬじに》には何の価値もない」

「なるほど」

と、のちに佐賀の乱でほとんど犬死することになる江藤はうなずき、新参のふたりのほうへ、

「いかがかな?」

やはり、品さだめの口調だった。お前らがどれほどの切れ者か、

――ためしてやる。

と言わんばかりの、切れ者に特有のわかりやすい目つき。

ふたりは顔を見あわせ、末席に着座した。

小室信夫のほうが、

「では」

咳払いし、丸顔の口を割って、

「われわれの腹案は、政府に建白書を出すことです。やはり敵塁《てきるい》は正面から突破せねば。新聞雑誌での攻撃は、しょせん間接攻撃にとどまりましょう」

「建白の内容は?」

「民撰議院を設立すべし」

小室は、胸をそらした。江藤は、

「はあ？」

部下の書類に三十五か所の字の誤りを見つけたような顔をした。小室はかまわず、

「議会とか国会とか、名称はいろいろ考えられましょうが、つまりは一部の者の専制ではなく、ひろく四民よりえらんだ人々の公議によって国家の意思を決定せよということです。『ゆくゆくは』などと言っては政府への圧迫になりませんから、設立は即時であるべきと、ここは特筆して……」

「何だそれは」

江藤は、もう聞く気がない。わざと大きな音を立てて茶を飲んで、

「どう思う、後藤殿？」

象二郎も、似たような顔をしている。退助へ、

「どういうことじゃ、イノス」

荘厳な態度を持していた副島でさえ小鼻をふくらませて、

「せっかく新時代の政党をつくり、新時代の運動をなさんというに、いまさら民撰議院とは。旧套陳腐《きゅうとうちんぷ》もはなはだしい」

いったいに、

——議会をつくれ。

というのは、最近あらわれた主張ではない。

すでにして幕末のころには各国の志士がうったえていた。退助とおなじ土佐出身者では坂本龍馬あたりが嚆矢だが、それはまた徳川幕府という将軍家や譜代大名のみが重要事をきめる専制国家体制を否定するための武器でもあった。幕末というのは、政治理論的には、けっして尊王攘夷まっしぐらの時代ではなかったのである。

幕府をたおして成立した新政府も、発足直後に天皇（明治天皇）みずから建国宣言というべき五か条の御誓文《ごせいもん》を発表したが、そのうち最初の二か条までがこの問題にからんでいる。

第一条　広く会議を興し、万機公論に決すべし
第二条　上下《しょうか》心を一《いつ》にして、さかんに経綸《けいりん》を行うべし

すなわち明治政府は公議政体をめざすものとして出発し、いまもめざしている。大久保利通、木戸孝允、伊藤博文《いとうひろぶみ》、松方正義《まつかたまさよし》といったようなそれこそ万機公論をつくさず決しまくっている薩長閥の連中ですら、面と向かって問われれば、

——そうなるべきです。

と答えるにちがいないし、またそれは空念仏《からねんぶつ》ではないのである。というのも、彼らはいま、欧米諸国へしゃにむに不平等条約の改正を申し入れているが、欧米諸国はまったく応じない。

――日本はまだまだ蛮国である。われわれのような文明的な政治体制が整備されていない以上、わが国民の安全をまもるには、治外法権の撤廃は困難である。

などと言って相手にしないのだ。日本は、議会政治に達しなければ対等になれず、永遠に三等国の屈辱に甘んじなければならないのである。

が、しかし。

現実には、遅々として進んでいない。

好意的に見れば政府の連中も目の前の些事《さじ》をかたづけるので精いっぱいなのだろう、悪意で見れば自分たちの権限を殺《そ》ぐ体制をわざわざ急いで建てる気はないのだろう。そこで、

――約束がちがう。とっとと議会をつくれ。

という民間人の攻撃記事も、もうだいぶん以前から新聞雑誌をにぎわしていた。

なかには執拗なものもあったし、非礼にすぎるものもあったけれども、政府はいちいち取り締まることをしない。主題自体がまさしく旧套陳腐化していたからだ。いまさら退助たちが新たな紙一枚さしだしたところで、政府側から、

――受け取りを拒否する。持って帰れ。

とはまさか言われないにしても、受理して終わりにはなるだろう。

つまり、にぎりつぶされる。

いま江藤新平、後藤象二郎、副島種臣が、

——興ざめだ。

というふうな顔をしたのは、そんな理由があったのである。この期におよんで旧式銃でつっこんだところで、何の戦果が得られよう。

こんなつめたい反応に対しては、

「いや」

古沢滋が論駁《ろんばく》した。出っ歯のせいか、もっくもっくとした口調で、

「ですから、そこは私たちが文飾のかぎりをつくします。世間をにぎわせる新聞雑誌にはあり得ぬほどの堅固かつ挑発的な文章で建白書を……」

「われらは詩人ではない。政治家だ」

と口をはさんだのは、後藤象二郎。とんとんと指先でテーブルを打って、

「修辞がちがっても主旨がおなじなら、それはおなじ文章じゃ」

「ですから主旨も、さっきも申したとおり、民撰議院を設立せよではない。即時設立せよなのです」

「五十歩百歩じゃ」

「いえ」

「おい、イノス」

象二郎は、もう一杯酒が入ったかのような乱暴な口調で、

「こんなことでは、政府の連中はびくともせんぞ。われわれは朽ちて死ぬのを待つばか

りじゃ。おんしはこんな石頭をつれてきて、よほどの秘策があるのか」

「ないよ」

退助は首をふり、ため息をついて、

「わしは、しょせん頭より体の人間じゃ。文章のことはわからん」

「おいおい」

「だからさ、ヤス」

片目の瞼をひくりと上げて、

「体をうごかせばええ。それだけの話じゃ」

とたんに江藤が、

「武力蜂起？」

信じられないという顔をしたが、退助は、

「まさか」

にやにやしたまま、列席者の顔を見わたしている。政府を去ってからというもの、われながら、

（頭が、冴えちょる）

退助は内心、苦笑いした。ふりかえれば旧幕時代もそうだった。藩庁に登用されるより、干されるほうが知恵がまわる。心がいきいきと跳ねる。

単なる天邪鬼《あまのじゃく》なのか。それとも異常人格の父・乾正成のもとに生まれたという心の鬱

屈と関係があるのか。いずれにしろ、板垣退助とは、そういう損な人間のようだった。

†

翌月は、明治七年（一八七四）一月。

退助たちは正月祝いもそこそこに愛国公党《あいこくこうとう》という名の政党を組織し、ほぼ同時に、政府左院へ、民撰議院設立の建白書を提出した。

草案は、古沢滋が英文で書いた。

その日本語訳をみんなで点検して、署名した。署名者はあの板垣邸のリビングルームでの会合に参加した退助、後藤象二郎、江藤新平、副島種臣、古沢滋、小室信夫のほか、

岡本健三郎《おかもとけんざぶろう》

由利公正《ゆりきみまさ》

を合わせて八人。

岡本健三郎は土佐国、高知郊外潮江《うしおえ》村の出身。やはり外遊経験のある官僚だったのが退助らとともに野《や》へ下《くだ》り、資金調達に奔走した。

けっこうな自信家である。これはまだ役人だったころの話だけれども、或る日、旧主である山内容堂に呼びつけられ、

「おんしも、いまや朝廷の大官じゃのう。さだめし、わしよりも人間がすぐれていたの

じゃのう」

嫌味たっぷりに言われた。むろん飲んでいたのだろう。岡本は恐縮するどころか、

「ま、財政に関しては」

鼻を天井に向けたという。

もうひとりの由利公正は越前国出身、あの五か条の御誓文の起草者である。このときはもう四十六歳になっていて、運動への貢献はなく、退助たちも参加を乞うたのは一種の床の間かざりとしてだった。

由利はこれ以降、自由民権運動というより政治そのものから身を引き、保険会社の社長などをつとめることになる。余生である。

建白書は、本文が二千五百字をこえた。

内容は、意を汲んで要約すれば以下のとおり。後述するが、退助自身、長すぎると辟易した文章である。


方今《ほうこん》の政権は誰のものか。帝室でもなく、人民でもなく、ただ少数の藩閥政治家のものである。

おかげで政治は情実にながれ、進言の道は閉ざされた。これでは天下の安寧など無理ということは、三尺の童子《どほう》でもわかるではないか。

このまま行けば国家は土崩へ向かうだろう。それを救うのは、ただ民撰議院の設

立のみである。

そもそもわが人民にして、政府に租税を払う義務がある者は、政府の行為にかかわりをもち、可否を論じる権利をもつ。これは天下の通論である。いまさら贅言《ぜいげん》するまでもない。すなわち民撰議院設立の必要なゆえんだが、これに反対する者はしばしば、

——時期尚早だ。

と言う。なぜならわが人民は無知蒙昧《もうまい》で、いまだ開明の域に達しておらず、それを集めたところで天下の愚をあつめるにすぎぬからだと。

しかしこれは逆であろう。なるほど無知蒙昧は事実だが、それを開明の域に達せしめる道こそが民撰議院の設立なのである。

高官たちよ、わが身をかえりみたまえ。君たちは無知蒙昧とは反対の有識の者だが、維新前はどうだったか。大したことはなかっただろう。維新後、立法行政の第一線に置かれたことが君たちを有識の者にしたのではないか。人民またしかり。民撰議院の設立によって彼らを学ばせ、開明させ、野蛮の域を脱せしめる。それにまさる策はない。いまのままで開明しろと言ったところで百年河清《ひゃくねんかせい》を俟《ま》つようなものであろう。

あるいは時期尚早論者は、またべつの反論をするか。こんにちの欧米各国の議院はみな一朝一夕に成ったものではない、社会の進歩につれて少しずつ実現したのだ

から、わが国のそれも急がず、徐々に、人民啓蒙の進展とともにつくりあげるべきであると。

それもおかしな話であろう。かの国々において少しずつ実現したのは議院だけではない。およそ学問、技術、機械みなそうなのだ。

それこそ数百年の久しきを経ている。しかしながらそれは結果を知らない状態で、いわば手さぐりで実験をくりかえしたからであろう。われわれはちがう。結果をすでに知っている。わざわざ蒸気の原理を発見してから蒸気機関をもちいる必要はないし、電気の法則を解明してから電信の線を引く理由もない。そもそも時間とともに自然にできるなら政府が手をくだすこともないわけで、くだすなら、一気にやるべきなのである。

かくしてわれわれは議院を設立し、公論を伸張し、天下の元気を鼓舞することを欲する。上下親近し、帝国を維持振起し、幸福安全を保護することを欲する。もとより愛国の情の故である。請う、これを採用されんことを。

(新味がない)

と、署名した退助自身しらけてしまう文章だった。

だいたい長すぎる。古沢の文はあんまり意を尽くそうとして同意の句をくりかえす癖《へき》があるので、気のみじかい退助は、

「刃《やいば》は、削らねば切れん。半分にしろ。せんとわしの署名はないぞ」

しかしこの削除案は、意外なことに、象二郎以外のすべての同志に反対された。

「厚みも風采のうち」

などと身もふたもないことを言ったのは副島種臣。退助は方向を変えて、

「愛国、愛国とこんなにうるさく言う必要があるのか。かえって政府に媚びを売っているようではないか」

これは江藤新平が、

「むしろ理に即しているでしょう。何しろ結社名からして愛国公党なのだ」

さらに古沢滋と小室信夫が、くちぐちに、

「結党時の本誓《ほんぜい》を思い出してください。第一条の冒頭に、われわれは天賦人権論を謳《うた》いました。『天は民を生むや、ゆるぎなき普遍的なる権利を付与した。人の力で移奪《いだつ》することはできぬ』と。これはもちろん欧米諸国では二百年も前からナチュラル・ライトと称される当然の思想にすぎませんが、あれは何しろフランス革命やアメリカ独立戦争の強力な論拠になりました。それは事実です。わが国では、国家転覆の旗じるしだと見られかねん」

「愛国の情は、しちくどいほど示すほうが後難の回避になります」

ふたりから集中的な砲撃を受けて、

「わかった、わかった」

退助は天をあおぎ、髪の毛へくしゃくしゃ手を入れた。降参の意である。ことばの戦争というのは、どうやらひどく面倒くさい戦争らしい。

「服従するわい。署名する」

そういうしだいで、退助たちは、政府左院へ建白書を提出した。左院とは官選議員による立法機関であり、そこでの議論はいちおう公開を旨《むね》とする（右院は官僚による立法・行政機関だが活動実績ほとんどなし）。厳密にいえば建白書の内容も、受理した以上はかならず独占契約をむすんだ新聞紙上に伝達し、報道させなければならないのだが、そのへんはもちろん恣意的な運用がまかり通っている。退助は、はなから期待していない。

「さて」

提出は、一月十七日。その日の朝、退助はふらりと家を出た。

「どこへ行かれます。皇城《こうじょう》へ？」

と家職が聞く。皇城とは皇居であり、その敷地内に左院はある。退助はクックッと笑って、

「そんなところへ行ったところで、一銭銅貨もひろえんじゃろ。銀座へじゃ」

「銀座？」

家職は、血のめぐりがわるい。首をひねって、

「銀座へ、銭ひろいに？」

「あほう」

†

翌日、一月十八日付の新聞「日新真事誌《にっしんしんじし》」が特種《とくだね》を発した。退助たちが左院へ提出した民撰議院設立の建白の全文が、一面から、もれなく掲載されたのである。

これには政府が衝撃を受けた。このときの左院副議長は、つくづく因縁の相手というべきか、たまたまあの薩摩出身の伊地知正治だったけれども、

「新聞屋め。裏切りおったな」

と口走ったという。

「日新真事誌」は、左院の御用新聞なのである。ふだんから一定部数を定価で買いあげたり、議事録、命令、布告、建白書等の独占掲載を許可したりと便宜をはかってやっているのに、何とまあ、

――飼い犬に、手を咬《か》まれた。

そう言いたかったのに相違なかった。この件に関しては、最初からにぎりつぶす気でいたのだろう。

もちろん、退助のあらかじめ察するところだった。だから退助は前日のうちに、小室信夫とともに、銀座四丁目の「日新真事誌」発行所へ建白書の写しを持ちこんで、

「左院は、すでに受理したぜよ」

と言いそえたのである。

「日新真事誌」社主兼主筆は、イギリス人ジョン・R・ブラック。小室による通訳を聞くや、

「そうか？　左院からは、何の音沙汰もないが」

にやりと笑った。これまでたびたびこの手の秘密主義をやられてきたのだろう。退助はしれっとして、

「口をつつしめ。左院様ともあろう面々が、そんな姑息なことはせん」

「オフコース、板垣さん」

ブラックはこのとき四十八歳。

スコットランド生まれのイギリス人ながら、幕末にはもう横浜に来ていて、英字紙「ジャパン・ヘラルド」ついで「ジャパン・ガゼット」の編集にたずさわった。明治に入り、こんどは日本語の新聞を創刊した。

その日本語の新聞が、つまり「日新真事誌」なのである。紙名はややこなれないけれども、これは The Reliable Daily News の訳という。内外のニュースはもちろん、論説、広告、出入船舶表などを掲載する日刊のクオリティペーパーで、これほど堂々たるものは日本になかったため、左院もむしろ、権威を借りるかたちで独占契約に応じた面があった。このとき左院は知らなかった。このブラックというのが尋常の人ではなく、イギ

リスの板垣退助というべき極度のあまのじゃくだったことを。

政府の御用をつとめると、かえって、

――やっつけたくなる。

そんな性格。もともと祖国イギリスでは議会政治があたりまえであり、

――こんなことも、日本政府はわからないのか。

などと伎癢《ぎよう》をおぼえたことも、このたび建白書の公開というよりリークにふみきった大きな理由だったにちがいない。ちなみに言う、日本政府はこの翌年、新聞紙条例を布告して、外国人が新聞社の社主になることを禁止した。

ブラック個人をねらい撃ちにした。よほど根にもっていたのだろう。これにより「日新真事誌」は廃刊となり、ブラックは左院に雇用された。

ろくな仕事はあたえられなかったから、要するに飼い殺しである。その後は上海へわたり、あらたに英字紙を創刊したりしたが、健康を害し、ふたたび横浜へ来て脳卒中で急逝した。五十四歳だった。晩年の不遇はなかば政府の弾圧により、なかば自業自得による。ことばの戦争とはジャーナリズムの戦争である。退助たちの運動は、こういう犠牲の上に成り立っている。

それは、ともかく。

建白書は白日の下にさらされた。世間は、蜂の巣をつついたような騒ぎになった。加《か》藤弘之《とうひろゆき》、大井憲太郎《おおいけんたろう》、森有礼《もりありのり》、西周《にしあまね》、津田真道《つだまみち》といったような従来から民権論への関心

の高いほんものの知識人があちこちの新聞雑誌で意見を表明したのはもちろん、市井《しせい》の無名人までもが投書したり、羊羹を切り分けるように明快にふたつにわかれた。

彼らの態度は、賛成論と時期尚早論である。あらかじめ建白書のなかで古沢滋がしつらえた対立軸に、

「世間の賢者ども、まんまと巻かれおったわ。他愛ないのう」

退助はそう豪語した。ブラックの新聞はどちらの論も載せたから部数がのび、これはこれで上きげんだった。退助はまた、

「この程度のさわぎでは、まだまだ大したことがないのじゃ。二の矢、三の矢を放とうぞ」

などと言いつつ、内心では、

（これが、ことばか）

満足よりも恐怖心にとらえられている。

間接攻撃というのは、ときに正面突破よりも直接的な攻撃になるのだ。このまま行けば、われらの運動は、

（地方へひろまる。全国規模になる）

その確信を得た。世界最速のフリゲート艦よりも、ことばのほうが足が速いのである。が。

結果的には当て外れだった。いっとき東京内外をにぎわす以上のものにはならなかっ

たのである。

原因は、世間ではない。政府でもなく、新聞でもなく、もっぱら味方にあった。署名者のひとり江藤新平が、故郷の佐賀へかえってしまったのである。

――島義勇ら不平士族二千五百名が蜂起した。武力で銀行を占拠し、県の施設を占拠。の一報を受け、さらなる暴発を阻止しようとしたのが理由であることは前述した。

ことばの戦争の一味としては当然この上ない行動だったが、しかし現地に入ると考えをあらため、かえって反乱の首魁となり、敗走して九州、四国を転々としたあげく旧土佐国安芸郡甲浦《かんのうら》で逮捕された。

除族の上、梟首。

このあおりを受けて、乱とは無関係だった東京の愛国公党も、

――非愛国の徒党。

と見られるようになった。

京橋区銀座三丁目の本部のまわりに巡査の影がちらつきだしたのは、むろん政府の監視だった。世間の好意もうしなわれ、情況はまさしく小室信夫や古沢滋の危惧したとおりになったのである。

愛国公党は、ほどなく活動を停止した。

自由民権運動の口火を切るという歴史的意義を果たしながら、わずか三か月しか保た

なかった。退助も途中で東京に見切りをつけ、佐賀の乱が一段落した（まだ江藤は逮捕されていないが）時機を見て、

「ひまを、賜え」

と、政府に申し出た。

政府は、なかなか許可しなかった。どうやら内部で、

——板垣を帰郷させるは、虎を野に放つようなもの。

という反対論が多かったようだが、結局、許可した。退助が言い立てた、

——議会政治の実現のためには、東京のみならず、地方の人民を教育しなければならぬ。

という名目論に反対できなかったのだろうか。あるいは東京でまたぞろ民撰議院設立建白のごとき大波風《おおなみかぜ》を立てられるのはこりごりだったのか。

どっちにしろ、退助は、古沢滋をともなって東京をあとにした。大阪に少し滞在したあと、船に乗り、高知に向かった。

高知に入れば、そこにも不平士族はいる。

——佐賀の乱には間に合わなかったが、薩摩の西郷隆盛が立ったら呼応する。

などと息まいている。そいつらを、

「鎮めねば、な」

そう古沢へ言ったとき、退助は、船の甲板に立っている。

瀬戸内の海をおおう空には灰色の雲が多く、しかし風はいささかの温気《うんき》をはらんで春のおとずれを告げていた。

「あの連中を鎮めるためには、これまで以上に、ことばの戦争をやらなければならんな」

そう言った。具体的には、愛国公党の土佐版にあたる民権結社を、

（つくる）

古沢が、ふと思いついたという感じで、

「板垣さん」

「何じゃ」

「結社の名は、きめたのですか」

「うん」

退助はうなずいて、

「立志社《りっしゃ》」

「はあ」

古沢が、首をひねった。素朴でありすぎると言いたいのだろう。退助は顔をしかめて、

「こころざしを立てるから立志社じゃ。何がわるい。四民の幸福につくすのに難解な語をかかげる手はなかろう」

「はあ」

まだ納得しないようだったけれども、退助が、

「設立の趣意書は、おんしが書け」

と言うと、古沢は、牛蒡顔をにわかに赤らめ、

「ええ」

よほど文章を書くのが好きなのにちがいない。今後はいっそう貴重な人材になるだろう。

†

土佐へかえれば、うるさい元《もと》参議連はいない。

退助はのびのびと仕事ができる。もちろん腹心である片岡健吉、林有造、谷重喜《たにしげき》（神兵衛）らはひとあし先に高知へ入り、立志社創立の準備をしていたが、退助が入るや、いっきに話がすすんだのである。

創立のためには、趣意書がいる。

社内にむかっては参加者を感奮させ、社外に対しては勧誘文ともなる趣意書が。退助はそれを古沢に書かせた。もっともその文面においては、退助はやや勇み足をしたかもしれない。なぜならそれは、立志社の名前で書かれたにもかかわらず、一人称が「我輩」だった。

「我輩」には、複数と単数の意味がある。しかしこの場合、文中には、
――我輩斯《こ》の立志社を建て、以て諸君と茲《ここ》に従事せんと欲す。
という一節があるから明らかに「われわれ」ではなく「私」。つまり形式の上では、その文章は、退助個人の宣言文になってしまったのである。

あの民撰議院設立建白にも言及した。要約すれば、

　さきに私は、同志とともに政府に献言し、天下の民会（国会）を建てることを献言した。このたび立志社を創立するのも同様のこころざしによる。諸君とともに勉励し、このこころざしを達せんと欲するのである。

　まことに民会はこれを建てなければならない。人民の権利はこれを伸張させねばならない。しかしながら人民の品行が卑俗であれば、民会がいくら建ったところで機能は発揮し得ないだろう。人民はすべからく自分自身を尊敬し、信義をおもんじ、恥を知り、私利に走らず、一般の公益をはかるべし。ひとりではなかなかむつかしいから、みんなで組合《くみあい》し、国家の基本をなそうではないか。

明治七年四月　　　立志社

「いいんですか」

古沢滋が、ペンをとめた。

机にむかって座ったまま、頭だけをうしろへ向けた。うしろには退助が立っていて、

「何がじゃ」

「矛盾してます」

「矛盾？」

「人民の権利を伸張すると言いながら、その人民に対して信義をおもんじろだの、恥を知れだのと、まるで子供あつかい。ほんとうは板垣さん自身、まだまだ人民を信じていないと露呈しています」

「ふむ」

内心、どきりとした。そのとおりかもしれない。やはりあの二十四、五歳のころ、土佐藩の免奉行として津野山村へ年貢の取り立てに行ったときの思い出がどこか頭にのこっているのだろうか。

あのときの村人どもは、近代市民とは正反対だった。自分自身を尊敬せず、信義をかろんじ、恥を知らず、私利のためならどんな嘘でも平気でついた。こんにちもわが国では、いたるところが、

（あの村じゃ）

そういう国で、退助は、民権民権とさえずっている。

「そのまま行こう、古沢君」

ほどなく。

高知城下旧郭中《かちゅう》、帯屋町にて、立志社の発会式《はっかい》がひらかれた。

東京で愛国公党が民撰議院設立建白を左院に提出した日から、わずか三か月後。会場は、武家屋敷を改造した旧兵舎の中庭だった。

和風建築の白漆喰にかこまれた、ただの方形の空間である。そのすみには一本だけ桜の木が立っていて、ちょうど花のさかりだった。風が吹くたびサササと音を立てて薄桃色のふぶきが散るのが、逆に、

「わびしいのう」

退助は、つぶやいた。そこには十人ちょっとしか参加者がいなかったのだ。

「わびしい、わびしい。土佐の開化はこの程度か」

何しろ人数が少ないので、全員の耳にとどいてしまう。会場が微妙な空気になった。

となりに立っている片岡健吉が苦笑いして、

「やはり、三か月では拙速にすぎましたな」

「拙速は、わしの性《さが》じゃ」

退助は、急ごしらえの演壇にのぼった。あたかも百万人に対するかのごとく、

「立志社創立を宣言する。その趣意をここに謳う」

例の趣意書の浄書をひろげ、朗々と唱した。

聴衆は、みな士族。

片岡、林、古沢らは壇の左右で、聴衆に対して立っているので、聴衆はさしひき七、八人である。若者が多い。いちはやく呼応しただけに意識が高いのか、それとも単なる興奮の故か、

「応《おう》!」

とか、

「天寵《てんちょう》あり!」

とか、さかんに合いの手を入れてくる。退助の目には、勇気づけられるというより、

(他愛ないのう)

唱するうち、その聴衆のいちばんうしろに、若者というより少年がひとり立っているのに気づいた。

腕組みをして、仏頂面でこちらを見あげている。その髪型が独特だった。髷《まげ》のないのは当然ながら、左右へながながと黒髪を垂らしている。肩の上でぴょんと外側へ跳ねているため、左右対称の印象がつよく、或る意味、新時代の人工美だった。

そのくせ顔は、肌の色があさぐろく、目がほそく、太古以来の土佐人そのまま。

朗唱を終えると、爆発音がした。

そいつ以外の聴衆が、幹部連が、熱烈な拍手をはじめたのだった。歓声も沸いた。退助は片岡を手まねきして、ひたいの汗をぬぐわせてから、

「いんや」

かぶりをふった。聴衆ふたたび寂然《せきぜん》とする。退助はかさかさと原稿をおりたたみ、背広の胸ポケットにねじこむと、

「こんなのは紙じゃ。建前にすぎん。ありがたがるに値しない。問題は実質、何をするかじゃろ。われらが第一の目的は……」

「民権の伸張！」

誰かが言うのへ、

「金もうけじゃ」

あっさり応じると、横を向き、

「片岡」

と声をかけ、さっさと壇をおりてしまった。かわりに片岡健吉が登壇して、

「いや、その、金もうけと言うとあれだが、つまりは士族授産です。のちに条例（規則）を制定し、そこに明記しようと思いますが、さしあたりは、次のような体制で行きたいと」

温厚な口調で説明をはじめた。まず立志社は、その社内に、
授産課
運搬課
のふたつの機関をもうけることとする。

授産課は、ものづくりを担当する。むかしながらの土佐の産業である茶、楮《こうぞ》、苧《からむし》など

の栽培をいっそう大規模におこない、あるいはそれらを購入して、茶葉や、紙や、織物などを製造する。

あらたな山野の開拓も一手であろう。田畑をひろげ、鉱物を掘り、牧場も経営したらおもしろいかもしれない。とにかくそのような県産業の振興を通じて士族に職をあたえ、給金《てあて》をあたえ、家や土地を維持させるのである。

そうして生産されたものを全国にはこび、売りひろめるのが運搬課である。売りひろめつつ全国の流行を観望し、相場の高低《たかひく》をたしかめる、いわば調査員ないし斥候の役割も兼ねる。このふたつの機関が車の両輪のごとく……。

「愚なり！」

聴衆から、声があがった。

あの長髪の少年だった。片岡は口をつぐみ、会場はしんとなる。少年はほかの聴衆をかきわけて前へすすみ、片岡のすぐ足もとに来て、

「愚なり、愚なり！　それが政治結社のやることですか。世間の風を知らぬ士族に、農民のまねごとをさせる。商人のまねごとをさせる。それが車の両輪なのですか」

「もともと西洋流の会社《コムパニー》とはそうしたものです。食うために働き、働くために食う」

片岡はおだやかに諭すけれども、少年は、なかなか勉強しているらしい。むしろ目をかがやかせて、

「それは利潤追求の組織の話でしょう、片岡さん。私たちのごとき政治にこころざしを

もつ結社の話ではない。われわれは民のために立ち、民のために学び、そのためには命をなげうつ覚悟でもって……」

「植木君《うえき》」

片岡はおだやかな口調のまま、しかし平然と曝露した。

「君のお父上は存じている。すぐれた国学者であり、有力な学派のながれを汲み、いざとなれば手習いの先生をしてでも糊口《ここう》できる。いわば手に職がある。そういう恵まれた家の子であればこそ、君も『命をなげうつ』などと容易に口に出せるものなのだ。黙っておれ」

少年の名は、植木枝盛《えもり》。

変わった名前だが、本名である。

退助はあとで聞いたのだが、父の名は植木直枝《なおえ》、もと土佐藩士、四人扶持二十四石どり。格式は小姓組だった。いちおう上士に属するが、ただし馬廻のひとつ下だからまあ上の下といったところ。国学者としては、鹿持雅澄《かもちまさずみ》の弟子だった。

鹿持雅澄は、かの武市半平太の叔父にあたる。

日本国学史に冠たる名著『万葉集古義』百四十一冊を完成したときには、直枝もその校正にたずさわったという。そういう優秀な父の子に生まれながら、枝盛はしかし学問をするどころか、八歳まで読み書きができなかった。

――習字など要《い》りませぬ。読書など要りませぬ。

などと言って就学を拒否したのである。父への反抗というよりは、そういう性格だったのだ。

十一歳でようやく藩校・致道館にかよいはじめると、態度がころりと変わった。一転して、勉学に打ちこんだ。その打ちこみかたも臭みがある。真夏だろうが真冬だろうが一番鶏の鳴き声とともに起きだし、家を出て、学校の門の前に立つ。そうして門のひらくのを待つのである。

ひらくや否や、学舎へ入り、登校板のいちばん左に名札をひっかける。一番のりの誇示である。ときたま寝すごしたり、家の事情があったりで二番目以下になってしまうと一日中もう不機嫌で、昼めしを食いながらも、

「まずい、まずい」

あたりをはばからず言いちらした。

要するに、支配欲である。

学問をするにしろ、しないにしろ、その行動の裏にはつねに他人への旺盛な競争意識があり、しかもそれを隠しておけない。そういう性格だったから、枝盛には親友と呼ぶべき存在がなかったようだし、また実際、

――なくてもよい。

というのが枝盛自身の決意だったのにちがいない。独立不羈《どくりつふき》といえばまあそうだが、根底にあるのは他愛ない甘ったれだった。

維新をむかえると、藩校は、閉鎖となった。

そこの先生のひとりである退助がごっそりと生徒を戊辰戦争へ駆り出したのだから、まあ当然の結果ではあったろう。枝盛はこの徴兵には応じなかった。世の中がおちつくと、藩校のかわりに、旧藩主である山内家が、

——東京に、洋学校を設立する。

というはこびになった。校名を、海南私塾という。フランス人教師をまねいてフランス語、および洋式兵学をまなばせようという新時代の名門校で、枝盛はその入学生二十名のひとりにえらばれたものだから、

「屹度《きっと》、社会の人傑たらん」

そううそぶき、意気揚々と蒸気船にのりこんだが、半年も経たぬうち塾長とけんかして退学した。フランス人教師が兵学ばかり教えるのに、

——腹が立った。

というのが本人の弁である。武よりも文の士だったのだろう。高知にかえり、ひとりで本を読んでいたところ、

——板垣退助が東京から帰郷し、民権結社を建てる。

といううわさを聞いて、あわてて飛びだし、片岡健吉の家の門をたたいたのが十日前。

なるほど武よりも文の士であれば、言論運動は理想郷だった。

もっとも枝盛は、ここでも自尊心のばけものだった。

よりにもよって、片岡に、

「創立趣意書は、私が書くべきです」

と言った。

書かせてください、ではなかった。片岡はおどろいて、

「植木君、年齢は？」

「十八歳」

「作文の実績は？」

「ここに」

長髪のこめかみを指でつついた。脳中あふれんばかりである、という意味なのだろう。

片岡はかぶりをふり、

「そのことなら、古沢さんに依頼した」

一蹴したため、枝盛には、いまも一抹の不満があるのにちがいない。

自分が書けばもっと良いものになったんだ、という心持ちなのにちがいない。だからこそ枝盛はここまで発会式に参加しながら、終始、仏頂面だった。片岡の説明をさえぎった。しかし片岡は動じるどころか、壇上から、

――黙っておれ。

と枝盛をやりこめ、あまつさえ「命をなげうつ」などと容易に口にすることの幼稚さまで叱責した。

ざわっ、とほかの聴衆から失笑の声があがる。十八歳の少年は、

「くっ」

まっ赤になり、下を向いた。

どだい人生経験がちがうのである。片岡はひとつ咳をしてから、

「さて」

ふたたび聴衆全体へ、おだやかに説明をつづけたのだった。授産課、運搬課の二機関のほかにも活動内容はいろいろ展開されるべきこと。妙案があればぜひ社長にとどけ出てほしいこと。社長はこれから選挙できめるが、さしあたりは自分と林有造がその責めを負うこと。うんぬん。

「以上です」

片岡が話をしめくくると、会場は、また拍手につつまれた。

拍手のうちに散会した。

（やれやれ）

退助はきびすを返し、さっさと家へかえろうとしたが、背後から、

「閣下」

呼びとめたのは、例の少年の声だった。退助はふりむき、

「植木枝盛君、だったな」

「はい」

「何だね」

問うたとき、つよい風がふいた。長髪がたっぷりと横になびき、桜の花びらがそれへぶつかる。それでも枝盛は、まっすぐ退助をにらんだまま、

「書生にしてください」

「よろしい」

即答しつつ、

（やはり）

退助は、苦笑いした。

せざるを得なかった。かつて山内容堂やら、吉田東洋やら、藩内の重鎮連やらにさんざんごろつき扱いされた自分が、こうしていま、新時代の言論ごろつきを受け入れる。これはいったい何なのだろう。悪因悪果というやつか。それとも、

（わしが、年をとったか）

少年は、

「かたじけのう」

ほんの少し頭をさげた。退助が、

「遺恨するなよ、片岡を」

と言うと、

「まさか」

むしろこっちが恕《ゆる》してやるのだと言わんばかりに肩をいからし、鼻を鳴らした。

16 立志社

立志社は、みるみる参加者がふえた。

発会式のときはあの帯屋町の旧兵舎の中庭に十人ほどしかいなかったのが、一か月のうちに百人をこえ、二百人にせまった。林有造など、愚痴っぽく、

「発会前もさんざん勧誘しておったのに、ひとり板垣さんが来ただけで。土佐の士族は、民権を何だと心得ちょるかのう」

しかし退助は発会前から高知にいた。それは真の原因ではない。おそらく彼らも、ほんとうに授産結社なるものが世にあらわれ得るのかどうか様子を見ていたのにちがいない。

もっとも。

入社したのは、士族以外の者も多かった。

商人や、料理屋のあるじや、大きな農家の次男坊なども来た。これは授産がめあてではないから、純粋に、欲得ぬきで、政治思想に惹かれたのだろう。自由民権というのは、実現すれば、彼らがいちばん得をするはずなのである。

「彼らは、暮らしにゆとりがある。社費を多く出させましょう」

とよろこんで提案したのは片岡健吉。が、退助は、

「だめじゃ」

「なぜです」

「人権というのは人間の身の上に対してではなく、人間に対して付与されるのじゃろう？」

「板垣さん、それはわかるが……」

「全員平等」

事務局は、はじめ間借りだった。

鏡川の河口にちかい九反田《くたんだ》という町の、開成館という旧幕時代の施設のなかに置かれたのである。これもまた、

――独立せねば。

ということで、退助は、地所をさがさせた。

適当な場所は、市域の西方、京町《きようまち》にあった。もともと町会所《まちかいしよ》があったという百坪ほどの土地で、まず塀でかこみ、門をつくり、そのなかに和風の建物を四つ建てた。門をくぐると左にふたつ、右にふたつ。右奥のひとつを除けばみな二階建てで、二百人の組織にはじゅうぶんすぎる。ここへの引っ越しを終えるや、退助は、

「組織を、拡充しよう」

はじめの授産課、運搬課のほかに、順次、以下の四つを新設した。
法律学課
商局
高陽社
立志学舎
法律学課は人々からの法律上の相談に乗ったり、みずから法律を調査したりする機関で、政論の策定もおこなった。商局は運搬課から独立したもの。物産の販売をもっぱらにする。
高陽社は、出版業。
ほどなく「海南新誌」や「土陽雑誌」などの機関誌を出すことになるだろう。最後の立志学舎というのは学校で、おもに士族の青年を相手にベンサムやミルの思想書、『パーレー万国史』、ホイートン『万国公法』などを教える。
原書をそのまま教科書にし、講師は東京の慶応義塾からまねいた。以上、四つの機関の新設は、だいたいのところ士族授産というより民権思想の普及のためにしたわけだが、こうなると当然、支出はふえる。
ことに学校は金食い虫だった。一刻もはやく授産課、運搬課、および商局のほうで事業を確立し、金を入れたいところなのだが、しかしその事業がたよりにならない。
或る日、退助が出社し、定例の幹部会議をひらいたとき、

「授産《かせぎ》は、どうじゃ」

片岡健吉に聞くと、片岡は、

「うーん」

一瞬、その面積の大きい頬をふくらまして、

「たとえば、こういうことがあります。籔田吾兵衛《やぶたごへえ》という白札《しろふだ》あがりの士族たち三人を、過日、伊野《いの》村へ行かせました」

伊野村は、高知県吾川《あがわ》郡の村。

高知市の西方にあり、仁淀川《によどがわ》の岸辺のほかは全域これ山という感じで、旧幕のころは土佐藩から、

――御用紙漉《ごようがみす》き。

の地とされていた。

「そこで紙漉きをやらせたところが、畢竟、士族はもろいですな。先生役の農家のばあさんに、そうじゃない、ああじゃないと少し叱られたくらいでもう『われらの風雲の志は、こんないやしい仕事にはない。天下を憂え、時務を観じ、おんしらが漉きあげた紙にあっぱれ不朽の辞世を吟じることにのみあり』などと言いすてて、高知へかえって来ましたわい」

やれやれという顔をする片岡へ、退助は、

「たとえばは、いらん。社ぜんたいの情況はどうじゃ」

「一斑《いっぱん》を見て全豹《ぜんぴょう》を卜《ぼく》すべし、です」

「わかった」

退助は、苦笑した。

どうやら徳川をたおすより、徳川の亡霊をほろぼすほうがむつかしいらしい。後日の報告によれば、当該三人はふたたび伊野へ追い出され、だいぶん分厚いのを製し得るくらいには腕があがったという。その厚紙は、商局の努力により、高知市内で少し売れた。安価な鼻紙としてだった。こうして立志社は収入のとぼしい、支出いっぽうの組織になった。このまま行けば、民権の二字をひろめる前にすっかり財産を吐きつくしてしまうだろう。

「破産しても、よい」

と、はじめのうち、退助は同志を激励していた。

「いまは理想を追うべき機《とき》。余人の助けは借りぬ。わずかなりとも独立のけしきを損《そこ》のうたら、自由はたちまち画餅《がべい》に帰そう故」

しかしながらそう言う退助自身が先祖伝来の茶器を売り、刀剣を売り、土地まで売って社へ金を入れたので、独立どころの話ではない。入れた金もしょせん焼け石に水。いつのまにか消えてしまうのだ。

――立志社、窮す。

のうわさは、東京へも飛んだ。

代々木に住む旧藩主・山内家におよんだ。使者がわざわざ高知まで来て、

「あれは、どうじゃ」

と話を蒸し返したのは、じつは一年前、発会時に、

――結社の企図、たいへん結構につき、手元金二万円を下賜しよう。

という現当主・山内豊範《とよのり》の内意をつたえられていたのである。そのとき退助はにべもなく、

「われわれは、殿様のひもつきにはなりませぬ」

拒絶したが、その一年後にこうして再度の申し出をされてみると、退助はもう、

「ありがたく、頂戴いたす。立志学舎の運営にもちいまする」

使者にふかく頭をさげ、しかし口調は力強く、

「ただし口はお出しなさるな。わが社の事業は、殿様には、何の利益にもならぬものと心得られよ」

立志社は、この二万円でひとまず小安を得た。山内家はほんとうに、何ひとつ口出ししなかった。新時代の政治運動は、それが否定したはずの旧時代の権力の厚意によって命脈をつないでいる。

†

結局、後年。

立志学舎は、閉校した。

原因はやはり金だった。最後のころは講師をへらし、生徒をへらし、学び舎《や》を退助の自宅内にまで移転させたけれども万策つきた。閉校の日、最後の数名の学生をおくり出してしまうと、退助は家にこもり、

「わしは、無力じゃ」

十五分ほど落ちこんだ。

†

しかしながら立志社は、にわかに収支が好転した年がある。きっかけは鹿児島だった。例の、西南戦争だった。立志社の社内でも、

――この高知でも、県庁を襲おう。

とまで叫ぶ者は少なかったが、

――西郷さんを、支援しよう。

と言う者はかなりの数にのぼったし、わけても林有造はその急先鋒だった。

林はもともと、血を見るのが好きな型《かた》の人間ではない。

むしろ退助の影響のもと、つねづね武力蜂起に反対だったことは、佐賀へ帰省中の江藤新平をたずねて、

「ここはいつ戦争の巷になるかわからぬ。高知へ来なされ」

と勧めたことでも明白だろう。結局、江藤はその勧めに乗らなかったわけだが、その林がこのたび西郷への軍事的支援を主導したのは、皮肉にも、

(立志社に、何とか収入を)

大規模な経済活動をおこなっていたことが災いした。

話は、少し前にさかのぼる。

白髪山《しらがやま》。

という山がある。高知市の北方約三十キロ、東西にたかだかと連なる山のひとつで、古来、良質の檜《ひのき》を産する。

――土佐の白髪檜。

といえば、遠く大阪においても名声が鳴りひびき、神社の鳥居、武家屋敷、豪商の茶室にもちいられた。立志社は発足にあたり、山内家から、この山をまるごと無償《ただ》同然でもらったのである。

ここでもまた旧時代の世話になったわけだ。ただちに社員は数名から十数名がそこへ

派遣され、伐採をやり、給金《てあて》を得た。その伐採事業のリーダー的存在がすなわち林有造だったのである。林はみずから山へ入ることはなかったものの、京町の社屋において事業を主導し、事務を執った。

ところが、ここでも。

士族には、木こりの仕事は手にあまった。伐採というのはただ立木《りゅうぼく》をたおせばいいというものではなく、それから枝を払い、一定のながさに切り、山外へはこび出さなければならないのである。彼らは単純に、この過酷な肉体労働に耐えられなかった。

宝の山のもちぐされ。そこで林はやむを得ず、この山をまるごと、

——東京の政府に、売ろう。

だらしないといえばだらしないが、こういう話は、この当時、わりあい全国的によくあった。政府のほうも買いあげの意志を示したため、立志社は、ちかぢか代金が入ることになったのである。

その額、十五万円。

とほうもない額である。林としては、この時点では、その収入はほんとうに社の事業につかうつもりだった。

が。

大金は、人の目をくらます。

おりから鹿児島で西南戦争が勃発すると、立志社の社員も、やはり感情的には西郷の

ほうの味方だから、

——西郷さんを、支援しよう。武器を買って送ってやろう。

その意見が続出した。林もつい、

「そうだな」

大金を、そちらへまわした。たまたま面識のあったポルトガル商人ローザと交渉し、スナイドル銃三千挺および弾薬一式を購入する手筈をつけてしまったのだ。代金は四万五千円。まだまだ白髪山の売りしろの三分の一にも達していない。

この売買は、結局、未遂に終わった。

終わったが、しかしただちに政府の知るところとなり、京町の社屋へ、警官がたくさん踏みこんで来た。立志社はあっさりと本丸御殿を落とされたのである。

裁判は、慎重におこなわれた。

林有造、禁獄十年。岩手の刑務所へ送られた。武器購入未遂だけでこれはいかにも罪がおもすぎるが、社員はほかにも岩神昂《いわかみのぼる》、大江卓《おおえたく》、藤好静《ふじよししず》の三名が十年をくらった。陸《む》奥宗光《つむねみつ》ほか二名が禁獄五年。

三年以下となると十六名におよび、そのなかには関与のうすい谷重喜（一年）、竹内《たけうち》綱《つな》（一年）、片岡健吉（百日）らもふくまれていた。幹部をつぶして立志社そのものを、

——つぶそう。

という政府のあせりは明らかだった。立志社はこれにより、一時的に、たしかに片翼

をもがれた鳥になったのである。

退助にも、追捕《ついぶ》の手がのびた。もちろん当初から西郷を支援するつもりはなかった。林らのうごきは知っていたし、彼らが、

――板垣さんは、腰ぬけじゃ。これからは林さんの時代じゃ。

などと公然とうわさしていることも耳にしたが、何の手も打たなかった。

(政府にもらった金でもって政府転覆の挙を助けるとは、いくら何でも、政府もそんなに甘《あも》うないわ)

と沈着に見ていたからでもあるが、それ以上に、体をしばられた。

退助自身にも、四六時中、密偵の目が光っていたのだ。政府はそうとう警戒している、というより恐怖しているようだった。或る日など、社へ行こうとして人力車に乗り、家の門を出たら、最初の四つ辻へさしかかったところで前方右にひょいと黒い影があらわれ、塀《へい》のむこうへ消えた。ほんの一瞬のことだったが、退助は、

「とまれ」

と車夫に命じ、わざと周囲にひびくような声で、

「すまんが、引き返してくれんかのう。近ごろは小便が近《ちこ》うてのう」

家へもどり、念のためほんとうに手水《ちょうず》に出て、代書屋二三蔵を呼んでふたたび人力車に乗った。そうして社へは行かず、まっすぐ浦戸湾へ出て、漁師に舟を出させた。

一日中、ふたりで釣りをした。潮がわるく、ぎんぽなどの外道しか釣れなかったので、二三蔵は、

「まーた旦那は、思いつきで」

不満たらたらだったけれども、とにかく退助は敵にしっぽをつかませなかった。社長等の肩書がなかったこともあって、退助は、かろうじて逮捕をまぬかれたのである。

立志社からは、林有造がいなくなった。

片岡健吉がいなくなり、谷重喜がいなくなり、その他の同志がいなくなり……社員数は、激増した。

あっというまに、五百をうかがうまでになった。倍増以上である。これまで疑いの目を向けていた連中が、

――かの西郷も、だめだった。

――もはや銃剣の時代ではない。

と、やっと骨身にしみたのだろう。どっと入社を希望したからだった。

入社には、面接試験がある。

希望者は幹部とさしむかいで話を交わし、その人品を示さなければならないが、退助は、これにはほとんど顔を出さなかった。かわりに熱心にやったのは植木枝盛だった。

自分より十も二十も年嵩《としかさ》の士族に対して、しかつめ顔で、

「よろしい。おこころざしのほどはわかりました。入社を許可しましょう」

などと申しわたしたのである。三年前の発会式ではなまいき口《ぐち》をたたいて片岡健吉に一蹴された少年も、おのれをつつしみ、よく本を読み、政府の逮捕をまぬかれた上いまは立志社の、ことに出版をあつかう高陽社の重鎮となっている。やはり文章を書くのが好きなので、さかんに「海南新誌」や「土陽雑誌」などという機関誌の誌面をうめているのだ。

立志社は、つまり流行した。

流行は、各地へ飛び火した。おなじ県内でも中村《なかむら》、後免《ごめん》のごとき人口の多い町はもとより、それよりはるかに小さな村にも民権結社があらわれたし、立志社おひざもとというべき高知の街にも雨後のたけのこのごとく小さな組織がむらがり立って、あるいは立志社に論争をいどみ、あるいは勉強会を共催した。

全国規模でも、同様だった。たいていは立志社を手本にしている。もしくは、

――板垣を、手本とすべし。

と言い合わせている。

この結果、立志社には、

――わが町へ、ぜひ来てくれ。

――わが村人へぜひ民権を説いてくれ。

という申しこみの手紙が殺到した。

演説会の依頼である。植木枝盛など、そういう手紙が一通とどくたび、いちいち、

「先生、先生」

子供のような声をあげて、退助の部屋へとびこんでくる。

「また来ました、また来ました。これでは体がいくつあっても足りませんなあ」

退助には、実際子供である。やんわりと笑って、

「そうじゃなあ、枝盛」

「ここは一番、大あばれしていただきますよ先生。自由の理《り》、権利の由来、藩閥政府の濫行《らんぎょう》ぶりをあまねく伝える恰好の機会です。士族や旧卒族はもちろん、目に一丁字《いっていじ》ない百姓にまで……」

「銭《ぜに》のことも、丹精せいよ」

「銭？」

「いつまでも白髪山の代金《しろ》はありやせん。たえず新たな稼ぎ口をかんがえるのが、組織をひきいる者のつとめぞ」

「はあ」

枝盛は、少し不満そうな顔をした。思想という崇高な人間的価値の前では、世俗の算段など、

——何の価値があるか。

そんな目をしている。退助は、

（それでええ）

ふと、複雑な気持ちがした。自分が枝盛の年のころには、思想どころか、そもそも時勢に興味すらなかった。枝盛のほうが、よほど立派なのではないか。
翌月から、高知県内の遊説に出た。

†

このたびは。
ないし、このたびも強行軍である。わずか十一泊十二日で以下の行程をこなすのだから。まずは高知を発すると、近郊の布師田《ぬのしだ》村で演説会をやり、いっきに東へ向かう。物部《ものべ》川をわたり、赤岡《あかおか》村でまたひとつ演説会をしたあとは、太平洋ぞいに南東のほうへ進路を取り、
安田《やすだ》
吉良川《きらがわ》
浮津《うきつ》
の村でそれぞれ演説会。室津《むろつ》にいたって折り返し、かえり道にも、
浮津
吉良川
奈半利《なはり》

安田
安芸《あき》
西分《にしぶん》
と立ち寄って、ようやく高知の土をふたたび踏むのだ。総距離約百三十キロ。場所によっては二度おとずれるわけだった。

もちろん演説会をやれば、そのまま失礼とはまいらぬ。晩には地元の徳人《とくにん》（資産家）から懇親会にまねかれる。酒宴である。かならず一泊になるわけで、移動は日中、それも午前中にしかできない。

人力車は、かなり急がせることになる。車夫への酒手《さかて》もはずまねばならず、めしはしばしば食うひまもない。政府系の新聞には、

――板垣の、説法行脚《あんぎゃ》。

などと揶揄されたけれども、とんでもない、ほんものの禅僧の行脚のほうが、

「はるかに、らくですよ」

植木枝盛は、そう言って車上で顔をしかめるのだ。

七日目は、もう帰路もなかばだった。

立志社一行は、昼前に、安芸郡奈半利村に入った。

地力《じりき》ある田舎である。南と西に太平洋をのぞみ、北と東に山林をうかがう。その内部のわずかな平野はじつは肥沃《ひよく》で、米も野菜もみのりが豊かである。だから人口も多く、

——里《さと》に一万、浦に三千。

などといわれるのは、これはむろん誇張だけれども、そんなふうに人をして誇張の言を弄《ろう》させるだけ、それだけ村そのものに勢いがある。

会場は、神社の境内だった。

開演は午後一時。まだ二時間以上も前というのに、境内は人があふれ、屋台の鮨《すし》売り、飴売りまで出る始末である。枝盛は、

（ここも、われらの版図だな）

ほくそ笑みつつ、地元の青年とともに演壇づくりに精を出していた。演壇といっても何のことはない、無用の杉板を縦横《たてよこ》にならべ、ひざの高さほどに積んで、白い帆布《ほぬの》をかけるだけ。弁士の転落を避けるため、前もって少しすべりどめの砂をまいておくのが枝盛なりの配慮だった。

要するに、雑用だった。が、こんな雑用なら、少なくとも楮《こうぞ》や苧《からむし》の生産よりは、

（ましだろう）

演壇の上には、演台ひとつ。

これも簡素なものである。枝盛はそれを置き、そこへ見た目のにぎわしに盆栽の松をひとつ置くと、まるでいまから演説をはじめるかのように大げさに咳払いして、境内を見おろした。

聴衆は、かるく千人をこえている。

おそらく村人の過半ではないか。裕福な農家らしい身なりの男もいるし、いま船をおりたばかりという感じの漁師のじいさんの姿もある。最前列の右のほう、四角のかたちに杭を打ち、縄を張り、筵《むしろ》を敷きこんで設けた婦人専用席もまた若い女でいっぱいだった。

もともとこういう田舎には、みんなでたのしめる娯楽がないのである。例外は年に一度のお祭りと、たまに来る旅芝居だけで、とどのつまり、

（われらもまた、旅の一座か）

枝盛は、みょうに感傷的になった。自由民権という元来日本とは縁もゆかりもない思想が、こうして日本人の里俗の吉日《きちにち》といあんばいに折り合っている。人々はのんびりと鮨を食ったり、となり合った人と今年の作柄を予想したりして、すでにして待ち時間そのものを娯楽のうちに含めている。

二時間は、あっというまに経った。

開演になった。最初に演壇に立ったのは枝盛だった。「仏国における憲法の意義」と題して十分ほどしゃべったけれども、枝盛の弁は、その筆ほどには流麗ではない。聴衆のほうも、

――前座。

という意識があるのか、はたまた憲法、つまり国家の統治体制をさだめる根本法などという見たこともないしろものは頭に思い浮かべづらいのか、ろくに話を聞いていなか

った。なかには無遠慮にも起立して、

「けんぽー。けんぽー」

などと枝盛の口調をなぞりつつ体の横で両手をばたばたさせるやつも出るしまつで、これは聴衆には大受けだった。鳥の鳴きまねなのだろう。枝盛は、

「静粛に！」

苦笑いして予定の内容をしゃべり終わり、壇をおりた。

つぎの弁士が登壇する。枝盛よりもさらに難解なことを、さらに訥々《とつとつ》と述べる。聴衆からは壇上めがけて野次がとび、いくつか茶椀の砲弾がとんだ。

悪意はないのである。要するにお祭りだった。さわぎは弁士五人ぶん繰り返された。

六人目にようやく、真打ちとばかり退助がのぼって、

「板垣です」

それだけ言うと、聴衆は、
わっ
総立ちになり、戦争でもはじまったかのごとく喝采した。それまでとは正反対の反応であり、同時にそれまでの延長線上の反応だった。演題は、
有志者に告ぐ

何も言っていないにひとしい題だが、退助がそれを口にするや聴衆の興奮はさらに高まり、

「ええぞ、ええぞ！」

「東京を討て」

「ここに自由の宿念あり！」

ところが退助は、それらすべてを合わせたよりもさらに大きな声で、

「おんしらは、まちごうちょる。演説会は蛮民の習《しゅう》なり。無用有害の催しなり」

全員、しんとなった。突き上げかけた拳骨《げんこつ》が、雑木林のしめじのように乱立したまま停止した。

退助は胸の前で左右の手を伏せ、まあお座りなさいと言ってから、

「演説会とは、本来、あるべきでないのです。東京にしっかりと民会があり、そこへ全国から選ばれた国民代表があつまる体制ができていれば、議論はそこで戦わせればよい。それがないから我輩は、諸君は、こんなけちな神社の境内でおだを上げなければならん」

どっと笑う民衆。その反応にさもさも満足という顔をしてみせながら、退助はさらに砕けた口調になり、粗々《あらあら》、こんな内容の話をした。

†

ふりかえれば、我輩が四歳か五歳のころだったろうか。家に女こじきが来たことがある。真冬というのに両足はだしで、乳のみ子を抱いて、その子はもう泣くこともできんほど痩せおとろえていた。我輩は急いで家へ入り、衣桁《いこう》から姉のよそゆきの着物を取ってあたえた。姉は大いに怒ったが、母はむしろ褒めてくれた。

いまにして思えば、母の心には、人権の観念があったのだろう。母は、文化十年（一八一三）生まれ。容堂公の前の、前の、前の藩主であられた山内豊資公の御代《みよ》の人だから、もちろん人権などという語は知るよしもなかったが、象《かたち》なくても意《こころ》はある。いわば直観によってものの根本《こんぽん》をつかまえていたもののように近ごろ思われてならぬのである。

打ち割ったところ、諸君はそもそも「人権」とは何か、はっきりと人には説けぬであろう。われわれも、わるい。何が何でもケンポーケンポー、ジンケンジンケンと鳩雉《はときじ》よろしく連呼するだけでは何をしたことにもならんことは、さきの弁士の話しぶりからもわかるとおりじゃ。申し訳ないのう。そこで本日はそのことをお話ししようと思うが、もとより亡き母の記念でもあるし、難解な語、耳なれぬ語、にわか学問の西洋語をふりかざす気はない。だいいち退助自身がわからない。人権とは何か、その釈解《しやっかい》を平淡俗語でやろうと思う。

人権とは何か。

——人間すべてが、生まれながらに所持する権利。

などという説明くらいは諸君も聞いたにちがいないが、さてさて、身もふたもない言いようだが、われわれが生まれながらに持つのは頭と、胴と、両手両足くらいのものであろう。あとは何にも所持しとらん。着るもの、食うものはもちろんのこと言語、算術、苗の植えかた、漁《すなどり》のしかたから箸のあげおろしに至るまでみな親なり世間なりから少しずつ、いわば後付《あとづ》けであたえられているわけだ。

ならば、五体すなわち人権か。そんなはずはない。五体は五体、そこにあるものにすぎん。死んでしまえば腐れ肉《にく》じゃ。しかしながら、じつを言うと、われわれはそれ以外にもうひとつ「生まれながら」を所有している。

それは欲である。あたたかな着物が着たい、たらふく食いたい、子をなしたい、死にとうない。こういう心持ちは、これまでは仏教の坊主どもからは、

——煩悩《ぼんのう》じゃ。

といましめられ、偉いお侍様からは、

——謀反《むほん》の種《たね》じゃ。

と疑いの目で見られたものだった。いな、われわれ自身の父祖でさえ忠孝の道をさまたげる邪念と断じてはばからなかったではないか。

これは、たいへんな誤りだった。今後はちがう。そういう人間固有の欲をかえって社

会の根本義をなすものとみとめ、高い評価をあたえるべし。われわれがひとしく五体をたいせつに思い、他人《よそびと》のそれを敬うがごとく、五体の奥底《ねぶみ》にひそむ心の欲をもまた千鈞《せんきん》のおもみを以てあつかうべし。

そのとき欲は、もはや欲などという否定的な語では呼ばれ得ぬ。我輩は、諸君は、おなじものを指しながら遥かに肯定的なけしきを帯びる、あらたなる語をそのために創案しなければならないだろう。その新語とは何か。

いわく、自由。

欲とはすなわち自由であり、自由とはただちに欲であるのだ。われわれのめざすべき自由の世というのは、欲がのびのびと手をひろげ、驥足《きそく》をのばして罰せられない世にほかならぬ。逆に言うなら、国家はつねに人民みんなが欲をみたすことを至上の目標としなければならぬ。人民が国家のためにあるのではなく、国家が人民のためにあるのだ。その欲のためにあるのだ。

欲をみたす国家はよい国家、みたさぬ国家はわるい国家。われわれは明快にそう断じていいのである。何をはばかるところがあろう。これまでの政治家が、いや政治家にかぎらず世の中を指導する者たちが口をひらけば煩悩だの、謀反の種だの、忠孝の道をさまたげる邪念だのと言いなしてきたのは、ひっきょう、そのほうが楽だったからであろう。そんなふうに言っておけば、欲などは、

——持つほうが、わるい。

ということになり、人民への貢献をはじめから放棄する口実になる。彼らはただ横暴な父親のように、

——耐えよ。耐えよ。

とのみ命じていればいいわけなのだ。

ずべら坊のきわみ。まさに安逸をむさぼるとはこのことだが、ふりかえれば日本がいま西欧諸国よりも文明の進展において大きく遅れを取り、軍事上の、産業上の、文化上のあらゆる圧力を受ける立場に甘んじているのもこのせいである。人民にのびのびと仕事をさせ、ものを考えさせ、ほしいものをほしいと言わせることをしなかったつけがまとめて支払期限をむかえているのだ。

将来もまたしかり。もしも東京の政治家がわれわれに自由をもたらさず、欲を殺す暮らしを強いるならば、それは国力そのものの伸展を殺すにひとしい愚挙であろう。わが国はどこまで行っても三等国の地位を脱することはかなわず、西洋人どもの革の靴底にふまれつづける。インド人や支那人とおなじく世界の下働きをやらされつづける。自由とは道徳の問題ではない、すぐれて実利の問題なのである。

そうなると、足下《そっか》らは、ひとつの疑問を抱くであろう。

人間ひとしく欲の徒であるならば、国家の指導者もその例外ではないはず。彼らの欲もまた、人民のそれと同様、

——みたされるべきではないのか。

と。

そのとおりである。

彼らも人間、われらも人間。もはや指導する者とされる者のあいだに線が引かれる必要はないし、引くのは筋が通らない。むろん指導者がその欲のまま賄賂をとったり、親戚知人へ官用地を払い下げたり、よわい者を虐げたりすることは断じてゆるされてはならぬが、それはわれわれが隣家の米をぬすんではならぬとおなじ、他人への迷惑の話である。欲そのものが悪いのではなく、欲のあらわれかたが悪いのだ。真におのれの欲をおもんじる者は、また他人の欲をもおもんじるのだ。

そうして指導する者とされる者のあいだに一線がないのなら、両者はときに侵《おか》しあう。それが自然の姿であろう。きのうの一市民がきょうの大臣となり、きょうの大臣があすには一市民にもどる。むろんそれは、こんにちのわが国では自然というより理想なので、そういう理想を実現するには専用の装置が必要である。新設しなければならぬ。

一市民という河原の砂利をざらざらと篩《ふるい》に入れ、よくゆすり、粒の小さいものを落とす。大きいものだけが篩にのこる。なかには一粒か二粒、きらきらと輝く純金の石もあるだろう。そういう篩にあたる社会の装置こそ、そう、あの民会というやつにほかならないのだ。

国会ともいう。まあ東京に置くのが妥当であろう。われわれは、われわれのなかから人をえらんで送り出す。よその県の人もおなじことをする。だから東京のそこには全国から優秀なる人材があつまるわけで、彼らがつまり侃々諤々《かんかんがくがく》、喧々囂々《けんけんごうごう》、国の大事を議論で決めるのだ。

何度も言うが、刀はぬかない。

ことばだけの勝負である。氏素性も関係ない。庶民だから士族には頭があがらぬ、戊辰の役では徳川方だったから官軍方にはものが言えぬ、そんなばかな人の隔てはそこには存在しないのである。

あるのはただ人望と、見識と、意志の力のみ。

それらにおいて劣るものは小粒とされ、軽輩とされて篩からゆすり落とされるわけだ。ところで吾輩はいま、民会は、

——国の大事を決める。

と言った。

あっさり言ってしまったが、じつはこのことは容易ではない。かりに民会をひらき得たとしてもなお困難なのである。なぜなら民会がたとえば全国の農業をさかんにすべく、地租を軽くしようという条例を全員一致で可決したとする。条例は実行されなければ意味がないが、いざ実行しようとしたところで、誰とは言わぬが薩摩閥や長州閥の大物が、

「いかん」

とか、

「天子様は、それを望んでおられない」

などと横槍を入れてくることは、いまのわが国ではじゅうぶんあり得ると言わざるを得ないのである。もちろん天子のご意思を直接たしかめた上ではなく、勝手にでっち上げるのだ。

君主をかたる奸臣《かんしん》は、いつの世にも、どこの国でもありふれている。彼らは忠誠心のかたまりである。そうして忠誠心というのは——むろん、にせものの忠誠心ということだが——知識もなく、卓眼もなく、努力もしない連中がそれでも最後に、きわめて容易に手に入れられる武器なのである。

ふりまわしていれば他人を案外だまらせることのできる、愚か者には重宝な武器。そういう彼らの干渉は、これを断じて排さねばならぬ。民会の地位はまもり抜かねばならぬ。そのためには国家最高の、それこそ天子に比せられるような位置に置かれた条例であらかじめ民会を安堵してやる必要があるのだが、その最高の条例こそ、法のなかの法、掟のなかの掟ともいえようが、

——憲法。

というわけなのだ。

何じゃ、ここまで説くのにえらく時間がかかったのう。疲れたわ。こんなことならわしもあのケンポーケンポー、ジンケンジンケンの鳩雉流で行くべきじゃったわい。おっ。そこの若いの、何をにやにやしておる。そんなの前から知っちょるっちゅう顔で、おっ、刀ふりおろすまねか。

そうかそうか、言うてほしいのじゃな。なら言うぞ。それは剣法じゃ。それも足利将軍のころの京の兵法家・吉岡憲法《よしおかけんぼう》が創始したいわゆる吉岡流、別名を憲法流。たしかに書けばおなじ字じゃがの、あっちはケンボーじゃろ。ケンボー流のケンポーでは駄洒落にもならんわい。

はっはっは、こんなくだらん話にこれほど笑うとは、諸君もだいぶん倦《う》んだようじゃな。時間も時間じゃ。終わりにしよう。ただこれだけは念を押したい。

われわれは、立志社。

自由民権運動の旗手《きしゅ》である。その究極の目標は、自由の実現、民会の設置、憲法の制定。これを今後も東京政府にせまる所存であるが、諸君、これらは決して天上の話ではない。誰もが所有する欲による、誰もが理解できる思いによる、当たり前の地上の話にほかならないのだ。

だからして、

――どうせ無理だ。

とはゆめゆめ思わんでほしい。こんな田舎でひとりひとりが心を燃やしても東京の権《けん》門勢家《もんせいか》には声がとどかぬなどと見切ったら負けじゃ。西洋人はみんなやっている。どうしてわれらにできないことがあろう。

自由は土佐の山間《さんかん》より。

自由は土佐の山間より。

この文句を以てわれわれは新時代の馬じるしにしようではないか。よろしいか。それでは諸君、ご唱和ねがいます。

†

枝盛は、聴衆のいちばんうしろに立っている。

立ちつつ退助の話に耳をかたむけている。前の男はむやみと高い帽子をかぶっているし、演壇はあまり高くないため、退助の姿は見えなかった。

ときどき年齢《とし》に似合わぬ迅速なうごきで両手をひろげたり、左右へ二、三歩、出たりすると手足の先だけが見えるのだが……もっとも、枝盛には、さしあたり目のほうは興味がない。あるのは耳の要素のほうである。

つまり、何を言ったか。

これまで退助の演説はもう何度となく聞いているから大筋のところは知っているけれど、それでも細部に関しては、

(あの「ずべら坊」ははじめて出たな)

とか、

(あの民会の、篩のたとえで述べたところは「聴衆、大いにうなずく」と書きくわえよう)

などと頭のなかで原稿用紙をひろげている。

ペンをすらすら走らせている。三度のめしより書くことが好きなこの若者は、高知へかえれば、演説を記事にして機関紙「土陽雑誌」や「海南新誌」などへ載せる仕事をおよぶかぎり負うつもりなのだ。

実際、ほかの社員とくらべると格段にうまかった。何号か前の「海南新誌」など、一冊のうちの半分以上を枝盛ひとりの原稿が占めてしまったくらいで、もちろん同一の署名で通すわけにはまいらぬから筆名をいくつも使いわけたが、まあ毎号そんな感じなのだ。

これまでに案じた筆名はぜんぶで何十個になるか、いまはもう枝盛自身にもわからない。ともあれ枝盛が聴衆のいちばんうしろで耳をかたむけるうち、退助の演説は、いつものとおり聴衆も声を合わせての、

「自由は土佐の山間より!」

「自由は土佐の山間より!」

の連呼を以て終わりになった。

聴衆は、それぞれ仕事がある。

日暮れまでには帰らなければならないから、境内はあっというまにがらんとなった。かたづけの仕事がはじまる。演壇まわりの始末は地元の若い衆がやってくれるので、枝盛たち立志社組は、そこらじゅうに散乱した弁当がらや、竹の皮や、梅干しの種なん

その拾いあつめに従事した。

あつめたごみは、境内のまんなかに寄せて杉の葉をちらす。

火をつける。それは濃い夕闇のなかでむやみと明るく、ふくらんで見えた。

ぱちぱちと音が立つ。いくら南国とはいえ、まだ二月の終わりだから、枝盛をはじめ若者たちは焚き火のまわりに吸い寄せられる。

おのずから、人の輪ができる。

ただひとり年をくっているのは、代書屋二三蔵。

「ああ、寒《さみ》い」

などとこぼしつつも、年の功を発揮している。どこで伐《き》ってきたものか、おとなの腕ほどもある孟宗竹《もうそうちく》の筒に錐《きり》で穴をあけ、杓子でちょろちょろ酒をつぎこんだ。酒があふれる。竹筒のいっぽうは斜めに切り落とされていて、二三蔵は、そこを火のそばの地面にぶすりと刺した。

しばし待てば、竹の香《か》のついた燗酒のできあがりというわけだ。ふだんは二三蔵を、

——本も読めぬ野蛮人。

などと軽侮している枝盛だけれども、こういう才は、

（かなわん）

さかずきも、竹筒である。

片手でつかむ大きさで、竹のふしを底《そこ》につくっている。二三蔵はすっぽりと巨大な徳

利を地から抜くと、あふれるほど酒をつぎ、たちのぼる湯気に鼻をひくつかせた。

いっきに飲みほし、それからうまそうな顔をした。手の甲で口をぬぐい、さかずきを枝盛にわたし、ちびちびと三分《ぶ》ほどつぎながら、

「俺にゃあ、わからん」

顔をしかめた……ようだった。薄暗いのでよくわからない。枝盛はそっけなく、

「何がです」

「旦那の演説がさ。あんなの何がおもしろいのかね」

地元の若い衆もいるのである。枝盛がたしなめる視線と無言とを以て返事に代えたら、

「お前もちったあ怒っていいんだぜ、エモスケ。何しろ……」

「エモスケはやめてください」

二三蔵はかまわず、はやく飲めとせかす手ぶりをして、

「何しろ『自由は土佐の山間より』は板垣の旦那じゃねえ、エモスケの案じた文句じゃねえか。それを旦那、すっかり自分のものにしちまって。あれで『隣家の米をぬすんではならぬ』なんて言うんだから盗人たけだけしいとはこのことさ」

枝盛は、無視しようとした。がしかし、枝盛という男はまだ年が若く、自信家であり、語彙の水量が豊富である。

沈黙できない三条件がそろっている。ぐいと酒を飲み、口をひらいて、

「私も、わからない」

その場の空気が、にわかにうごいた。二三蔵などはもう、さかずきを枝盛の手から奪って自分のために酒をつぎながら、

「だろ、だろ」

「いやいや、二三蔵さん。文句を盗られた云々は関係ないんです。あの程度なら百でも二百でも案じてみせますし。わからないのは、人気です」

「人気？」

「先生の人気がこんなに高いのはどういうわけか。そもそも人気とは何なのか。いくら考えてもわからない」

そう。問題は、

（人気）

このふしぎなものにあるのだ。

名声というほど大げさでなく、信用というほど盤石でなく、流行というほど不安定でなく、あるいは評判がもっとも近いかに思われるが、評判よりも少しく世の中全体をうごかしそうな感情の波。ひょっとしたら人気というのは、この明治の御代において、

（はじめて、世にあらわれた）

枝盛は、そんな気がするときがある。

いや、むろん、徳川時代にもあった。主君のあだを討つため吉良義央《きらよしなか》邸へのりこんだ赤穂浅野家の遺臣だとか、主人の勧める縁談をことわって遊女と愛の心中をした醤油屋

の手代だとか、容姿凄艶《せいえん》の花魁《おいらん》だとか、温情主義の町奉行だとか、荒事和事《あらごとわごと》をたくみにこなす歌舞伎役者だとか、そういう人への民衆の人気はたいへんなものだったという。しかしこれらはみな政治的存在ではない。温情主義の町奉行などは一見そのようだけれど政治というより行政の人だろう。最近のあの西郷吉之助に対する全国的な人気というより渇仰《かつごう》でさえも、実際のところは、西郷の政治的業績というより単なる人柄へのもの。それも西南戦争での敗北、自決という結果が出たのちの、追善《ついぜん》供養のようなものなのだ。

そういう人気はとどのつまり、民衆がおのれを、

――なぐさめる。

それ以上の効果はない。

よくできた踊りや芝居とおなじく、道楽、気ばらしの域を出ない。がしかし退助のそれは、はっきりと、

（期待だ）

それが枝盛の実感だった。

人々は退助に、いまこのときを託している。

いや未来をも託している。彼らがみな仕事を休んでまでここに来て退助の演説に耳をかたむけるのは、芝居を見に来るのとは根本的にちがう。あすの暮らしを楽にしよう、子孫を生きやすくしてやろうという実利いっぽうの行為なのだ。そうして実利というの

は、およそ政治というもののもっとも素朴かつ本質的な目的にほかならない。

ところが。

ここからが珍妙この上ないのだが、その未来を託す相手である板垣退助という男が、

（これほど過去の人も、いない）

枝盛は、そうみとめざるを得ないのだ。何しろ、もと二百石どりの上級武士である。もと戊辰戦争の名指揮官であり、もと新政府の参議であり、いまも立志社のなかで何ひとつ肩書を所有しない。

もと、もと、もとだらけ。往年の名優みたいなもの。ならば現在、壇上の彼には何の魅力があるのか。

それほど弁舌にたくみなのかと思いきや、退助のしゃべりぶりは立て板に水からはほど遠く、むしろしばしば舌がもつれる。笑わせようとして失敗する。声もがらがら声なので、噺家《はなしか》だったら二つ目以上にはなれないのではないか。

かりに立て板に水だったところで、その民権の説きかたは、

（一から十まで、まちがっている）

枝盛の世代には、そうとしか見えないのだ。そもそもルソーもミルもモンテスキューも出てこない民権論がどこにあるか。

著名な西洋人の名をひきあいに出し、それをうんと称揚して、返す刀でわが藩閥政府の未開を斬るというのが批判の常道であり、また正確な理解の順番でもあるだろう。

しかしひとたび演壇に立てば、そういう本式のやりかたで自説をすらすら述べる若い社員よりも、ほんとうにイギリスやフランスに行ったことのある留学がえりの社員よりも、はるかに聴衆を沸かせるのは退助だった。

がらがら声の、外国語が読めぬ、法理論も実際はあまり知らぬであろう退助である。

枝盛にはただ、

（わからん）

首をひねるしか仕方がない。結局、この世は、

（理よりも、情か）

それが人気というものか。思案にふけるうち、酒は、男たちの手から手へ渡る。

一組しかない竹筒の徳利とさかずきが焚き火のまわりを一周して、ふたたび枝盛のところへ来たが、どちらも宙に浮きそうなほど軽い。もう酒がないのだ。枝盛は両者をそっくり、

「はい」

二三蔵の手におしつけた。二三蔵が体をひねり、それらをうしろの草むらへ放りこんでしまうと、それが合図ででもあるかのように男たちは輪をせばめ、焚き火の始末をはじめた。

水は、もちいぬ。もともと燃えしろはほとんど残っていないので、炎ごと足でひっぱり出して踏みつければいいからだ。そこここで、じゅっ、じゅっと音がして火が消える。

あたりの闇がいっそう濃くなる。地元の連中が天をあおいで、

「星に暈《かさ》がない」

「あすは、晴れだな」

などと話しているのが、おなじ足ぶみの作業をしつつ、枝盛はみょうに胸にせまった。

都会そだちの枝盛はこのとき、はじめて知ったのである。いなかの街では、天気の話は世間ばなしではない。仕事の必要と将来の産額《あがり》に直結する最重要情報なのだ。

二三蔵ひとりは、何もしない。突っ立ったまま、

「なあエモスケ」

「何です」

「どうせまた延々とかんがえてたんだろ？　旦那の人気の秘訣は何かとか。よせよせ。むださ。むかしから旦那はああなんだ。旧幕のころも、会津でのいくさのときも」

枝盛はむっとして、

「ああ、とは？」

問うたとき、最後ののこり火が消えた。真の闇のなか、二三蔵の声だけがあざ笑うような調子で、

「空《くう》さ」

「くう？」

「そうさ。板垣退助なんて人間は、ほんとうは最初っからこの世にいなかったのさ。あ

たしたちはそのつど討幕の志士の、軍人の、政治家の、理想にもえる演説家の、まぼろしだけを見せられてる。実体はない。ないだけにみんな実体がきっとある、あるにちがいないって身をのりだして見ちまうのが、エモスケ、あんたの目には人気とうつる」

「はあ」

「あんたはつまり、医者になれない医学生さ。何もないとこへ包丁を入れて、いっしょうけんめい解剖《ふわけ》してる」

「無茶苦茶を言う」

枝盛は失望し、苦笑いした。代書屋二三蔵という男、やはり頭のねじが一本、

（足りん）

若い知性は、あっさりとそう結論づけた。二三蔵も、むりに言いつのることをしない。

その後。

枝盛たち立志社の社員は、

「ありがとう」

と地元の若い衆へお礼を言い、提灯を借りて、境内をあとにした。

海ぞいの街へ下《お》り、浜田某という網元の所有する水主《かこ》屋敷へぞろぞろと入った。今夜はここが懇親会の会場なのだ。退助はそこでも乾杯の前に、あるいは宴の中締めに、話を一席もとめられるだろう。

†

ほどなく。

「自由」は、世間の流行語になった。

何ぶん元来はフランス語の liberté とか、英語の liberty や freedom とかの直訳語として文章日本語に取り入れられたものだから、話しことばで使うのは無理がある。あんまり堅苦しすぎる。最初はどういう勘ちがいをしたものか、

——じゆう？　雪隠《せっちん》のことか。

などと独り合点するやつもあったけれども、いまはもう士族はもちろん車夫、三助、産婆にいたるまで知らない者はない上に、いちおう意味もわかる。

——ああ、そりゃあ「何してもいい」ってことだろ。

と、たいていの者はこたえられる。むろんほんとうは「何してもいい」程度の雑駁《ざっぱく》なものではないのだが、どうやら、ことばというものは定義が雑駁、というよりいっそ曖昧であるほうが流行のためには好都合らしい。厳密は孤高をめざし、朦朧《もうろう》は交情のもとになるのだ。

高知城の外濠ぞいの或る瀬戸物屋など、

自由の味は
蜜より甘し

などと書いた貼り紙をして、ふつうは十銭でも売れないようなありきたりの徳利に青い釉《うわぐすり》で「自由」の二字を焼きつけたところ、七十銭でも飛ぶように売れたという。退助はこれを聞くと、

「流行、そのもの」

苦笑いした。正直、うれしくないこともなかった。

立志社へは、演説会の依頼が殺到した。県内はもちろん県外からも。ときには海をへだてた広島や福岡の人士までもが、

――わが里でも、ひらいてくれ。

退助は、できるかぎり応じた。

できるかぎりみずから出向いた。不可能なときは、かわりの社員を派遣した。このころになると、例の、反乱中の西郷隆盛のためスナイドル銃三千挺および弾薬一式をおくってやろうという計画の露見のため禁獄刑に処されていた連中がぽつぽつ放免になり、社に復帰しはじめたので、弁士不足は解消にむかった。そういう代理派遣の社員のうち、退助が、

（異色なり）

と評価したのは、三つ年下の竹内綱という男だった。

通称はほかにあるらしいが、誰もが、

——つな。つな。

と呼んでいる。

みょうな名前である。本名かどうか退助は知らない。あるいは諱《いみな》は吉綱《よしつな》だそうだから略称なのかもしれないが、当人も、書面のたぐいには平気で「竹内綱」とのみ署名している。

顔が小さく、唇がひきしまり、見るからに有能な男である。たとえば退助が、

「綱よ、綱よ。こんどは宿毛《すくも》へ行ってくれ。おんしの故郷《さと》じゃ」

などと言うと、綱は目をかがやかせて、

「承知しました。ひとつお役に立ちましょう」

いそいそ出て行くわりには演壇にはのぼらない。演説はみんな同行の若手に、

「おんし、やれ」

と押しつけて前座にすら出ない。苦手というより、

(綱のやつ、そもそも民権思想に興味ないのでは)

と、じつは退助はにらんでいる。たとえ演壇にのぼったところで、この男には、発したい語はひとつもないのだ。

そのかわり、彼の興味は、

（金に）

竹内綱はもともと、土佐国幡多《はた》郡宿毛村をおさめる伊賀家（山内一族の支流に属する）の家臣の家に生まれた。維新前後の混乱のとき、ほかの武士どもが、

——天朝か、徳川か。

などと政治思想を激論している最中にひとり主家の財政の整理にあたり、戊辰戦争への参戦がきまるや、ただちに戦費をひねり出して主人に面目をほどこさせた。空理空論よりも数字のほうが好きなのだろう。その後、大蔵省に出仕した。官を辞して立志社に加わったときには、まっさきに、

「帳簿を見せてください」

と言ったというのは片岡健吉の回想である。片岡は金庫から帳簿を出し、綱に見せた。綱はそれを一読するや、

「立志社は、半年ももちませんな」

竹内綱とは、こういう理財家なのである。なるほど演説会へ出たところで演壇にのぼりたがらないのも道理だが、しかしこのとき綱の真の目的は、じつはむしろ演説会のあとの懇親会にある。

要するに、酒宴めあてだった。地元の豪農、富商、網元などと同席すると、綱はお客の立場でありながら愛想よく酒をついでやりつつ、

——こういう出版事業をやりたいのだが、いくらいくらの金がかかり、これだけ足り

ない。お助けいただけたら恩に着ます。

などと言うのである。

口調は丁寧そのものだし、数字がどんどん挙がるから相手はつい首肯してしまう。酒の勢いもある。立志社はこうして収入の柱のひとつを得たのだった。

綱は、だから集金の名人である。退助がつねづね、

――いつまでも白髪山の代金《しろ》はありやせん。新たな稼ぎ口をかんがえろ。

と社員たちを叱咤したことは前述したが、その叱咤は、この綱という男において理想にちかいものを見たことになろう。近代とは経済支配の時代である。自由という語ひとつ流行《はや》らせるにも銭の力が必要なのだ。

もっとも。

以上はいわば、昼の流行である。退助は、

（一日の半分は、夜《よる》じゃ）

のこり半分の活用をもくろんでいる。或る日、植木枝盛を呼びつけて、

「文才発揮の機会をさずける」

「はい」

はずみ声で返事したら、退助は、

「かぞえ歌をつくれ」

「はあ？」

「文章でうごくは少数じゃ。大多数は唄でうごく。題して『民権かぞえ歌』じゃ」

「男子が、そんなもの」

不満顔もあらわに立ち去ったが、そこは枝盛である。その日のうちに巻紙をもってきた。退助がひろげて見たところ、律儀にも、それは二十番までこしらえてあった。

一つとせ
人の上には人はなし
権利にかわりがないからは
コノ人じゃもの

二つとせ
二つとはない我が命
捨てても自由がないからは
コノ惜しみやせぬ

三つとせ
民権自由の世の中に
まだ目のさめない人がある

コノあわれさよ
四番以降は詞藻《しそう》も枯れたのか、ろくな出来ではない。退助はざっと見ただけで巻紙をもとどおり巻いた。そうして枝盛へ、

「玉水新地《たまみず》へ繰り出すぞ」

玉水新地は鏡川ぞいにあり、高知随一の繁華街である。なじみの料亭「ふじ里《さと》」へ行き、芸者を十人以上も呼んで、

「おい枝盛、おんしが歌え」

枝盛は、顔をまっ赤にした。まだ酒の一杯も飲んでいないのである。自分で案じた文句ではあるが、あるいは自分で案じただけに、しらふで歌うのは恥ずかしすぎるのだろう。

退助が、

「歌え」

ふたたび癇性《かんしょう》に命じると、枝盛は立ちあがり、やけくそとばかり声をはりあげた。やっと二十番まで終わったところで、

「最初から」

「えっ」

十ぺんも繰り返したところで、退助は芸者たちへ、

「よいか。しかと頭にきざみこんだか。伴奏の三味線はおんしら適当につけてくれ。たのむぞ、お国のためじゃ。夜《よ》を制する者は世《よ》を制する」

歌は、たちまち他の客へひろまった。

「民権かぞえ歌」はあらゆる宴席に欠かせぬものとなった。退助はさらに枝盛に「民権田舎歌」をつくらせ、枝盛よりもやや文章が野卑ながら筆のはやさに定評のある旧知の新聞記者・坂崎紫瀾《さかざきしらん》に「民権都々逸《どどいつ》」をつくらせた。

——板垣め、柳の下のどじょうを二匹も三匹も狙《ねろ》うておる。

などと酔客に揶揄されつつも、みな普及した。このの ち立志社はしばしば県当局より演説禁止の命令をくらうことになる。しかし当局は、演説のほうは禁じ得ても、戯歌《ざれうた》までは禁じ得なかった。

民心の喪失をおそれたのだろう。昼はともかく、夜には手がつけられなかった。

17 にっぽん一国

が、しかし。

これは高知一県のことである。


「民権かぞえ歌」のごときは鳥取までも流行がおよんだが、表看板というべき機関紙のたぐいは県内というより高知市内でしか売れなかった。

この地域限定の流行を、

――全国に、ひろめなければ。

というのが、退助のつぎの主題だった。

全国には、すでにして立志社にならって結成された政社や政党がたくさんある。ほとんど雨後のたけのこである。これらを同盟し、その同盟の名において、

（気勢をあげ、政府に圧力を）

退助は、そう思案した。独創的でも何でもない。そんなことなら早くも明治八年（一八七五）、つまり立志社結成の翌年にはもう実行していたのである。

西南戦争の二年前である。立志社から全国の結社へ、

――大阪へ来たれ。
という檄文を発した。
会場は、大阪堀江の料亭「若戎《わかえびす》」。ここに自由民権の同志たち四十数名が集結したのだ。
あるいは、四十余名しか来なかった。いちばんの大勢力は土佐の立志社で、退助のほか岡本健三郎、片岡健吉、林有造、古沢滋らが参加はもちろん事前の準備の一切をとりしきった。二番目は阿波の自助社《じじょしゃ》。これはあの古沢滋とともに民撰議院設立建白に貢献した丸顔の男、小室信夫が主宰者であり、したがってまあ兄弟団体みたいなものだろう。
ほかの大物は、
加賀の島田一郎《しまだいちろう》、陸義猶《くがよしなお》
筑前の越智彦四郎《おちひこしろう》、武部小四郎《たけべこしろう》
肥後の宮崎八郎《みやざきはちろう》
あたりだろうか。ほかにも豊前、安芸、伊予、讃岐、因幡などから人が来たが、東日本の人はなかった。
参加を拒否したのではない。もともと結社の数が少ないのだ。西日本とくらべると東日本では、ことに東北地方では、戊辰のいくさで徳川方についた藩および藩士が多く、彼らはその後、
――失地挽回。

とばかり汲々として東京政府の意をむかえなければならなかった。自由民権運動というのは、日本全体で見た場合、
——勝ち組のゆとり。
の側面があることは否めないのである。とにかく大阪堀江の「若戎」で、四十数名の代表者たちは、同盟の締結を宣言した。
その同盟に、
愛国社《あいこくしや》
の社名を冠したのは、これも土佐の連中の下案《したあん》による。いうまでもなく政府からの、
——愛国の念にもとる。
という攻撃の口実をあらかじめ封じるためである。もっとも、そこで採択した合議書の冒頭に、
我輩この社を結ぶの主意は、愛国の至情みずから止む能《あた》わざるを以てなり。それ国を愛する者は、すべからくまずその身を愛すべし。
とたかだかと宣言したのは、例の、自由とは欲であるという退助独自の思想ないし解釈が込められている。おなじ合議書のなかで、愛国社は、本部を東京に置くこととした。各県各社より二、三名を派遣し、常駐させる。そうして意見の交換、政府動向の把握、

各社への連絡等をおこなう。

そのために採択後ただちに家を一軒、借りたというのに、その家は、しかし各県各社二、三名どころか無人同然になってしまった。誰も人をよこさなかったのだ。何しろこの時期はまだ西南戦争以前だったから、

――言論より、武力で政府をつぶす。

という社風のほうが多数を占めていた。金もなかった。愛国社はあっというまに有名無実と化し、全国各地の民権結社はそれぞれ単独無連携のまま活動をつづけたのである。

「われわれは、ちと時代の魁《さきがけ》でありすぎたわい」

それが、退助のへらず口だった。

†

その愛国社を、

「再興しましょう」

最初に言いだしたのは、枝盛だった。

あの大阪での大会から三年後、西南戦争終結の翌年。維新の年はまだ十二歳だったという若い枝盛には西郷隆盛への崇敬の念など薬にしたくもないから、

「あの肥満体の頑鈍漢《がんどんかん》」

などと極端な呼びかたをして、

「あれが消えてくれたおかげで、ようやく国民は真の言論にめざめ得る。いまこそ復起すべきです」

退助は、

（べこのかあ）

内心、激怒した。しかし言うこと自体はそのとおりである。あかるい声で、

「よし、やるか」

実際、このころには、高知市内・潮江《うしおえ》新田の退助の家には全国から論客がつぎつぎと来ている。灯《ひ》はともりはじめたのだ。たとえば時期は少しあとになるが、福岡から頭山《とうやま》満《みつる》という二十ちょっとの男が来た。その思案は、若者らしく粗雑かつ紋切型で、

「近ごろ東京紀尾井《きおい》坂にて内務卿・大久保利通が暗殺されました。さだめし政府は大混乱でありましょう。この機に乗じて土佐の同志が蹶起《けっき》すれば」

初対面の相手でも、退助はこういうとき容赦しない。唾を飛ばして、

「暗殺したのは、わしらの同志じゃ。愛国社の結成大会に加賀から来ておった島田一郎、陸義猶らであろう。ばかなやつだ。愛国社の志《し》のありどころを理解しておらん。こんにちの世は、もはや武力でどうにかなる世ではない」

「どうしてです」

「大久保ひとりを殺したところで、政府は混乱しやせんよ。第二世代がおるからな。黒《くろ》

田清隆《だきよたか》、西郷従道《さいごうつぐみち》、伊藤博文、井上馨《いのうえかおる》、山県有朋《やまがたありとも》、大隈重信といったあたりが驥足《きそく》をのばし、薩長肥の——土はもうないな——藩閥体制はまもられる」

「はあ」

「むしろこの連中は、大久保よりは開明的じゃ。日本がこのまま憲法も国会も導入しなければ西欧諸国には伍《ご》していけぬことを知っている。言論は、大いに有効になる。してみると大久保暗殺も意味があったとせねばならぬが」

「して、どうします」

「国民世論で総攻撃じゃ」

「総攻撃か。なるほど」

「暗殺ではないぞ」

「はい」

頭山満はもう、なみだを浮かべている。議論のなかみ云々よりも、退助と会って話したそのこと自体に感激したらしい。ただちに福岡へ帰り、向陽社《こうようしゃ》という民権結社を創設した。

のちに玄洋社と改名し、大正昭和の時代にはむしろ民権運動とは正反対の国権拡張運動を展開することになるのだが、それはともかく、退助の家にはこういう感じで、ほかにも越前の杉田定一《すぎたていいち》や、岡山の竹内正志《たけのうちまさし》や、福島の河野広中《こうのひろなか》などが来て、ことごとく退助に心酔した。

そんな心酔者のなかに、栗原亮一《くりはらりょういち》という男がいる。

はじめて会ったとき二十四だと言っていたから、親子ほども年がはなれている。志摩国鳥羽《とば》出身。退助に惚れて、

「四六時中、お側御用をつとめます」

などと、旧時代的な言いかたをした。

高知に住みつき、立志社に入り、すすんで雑用をこなしている。退助は或る日、

「おい、亮坊」

と栗原を呼んで、

「いよいよ愛国社を再興するぞ。その趣意を述べる。筆記せい」

筆記した趣意書は、かなり長くなった。再興の理由をじつに八つもならべている。最初のふたつは、要約すれば左のごとし。

徳川時代のわが国では、無慮三百藩がそれぞれ君主をいただいていた。つまり三百余の小独立国があった。ようやく廃藩置県により藩境が消し去られ、日本はひとつになったものの、残念ながら民心はまだまだ藩ごとの小さな寄り集まりを脱していない恰好である。それを相互に親交させ、ひとつの巨大な世論というものを創り出すこと、これ愛国社を再興する第一の理由である。

徳川時代には武士のみが政治に参加することができた。いまは士族のみならず国民

ひとしくできる建前だけれども、現実には国会がないから参加しようがない。そこでわれわれは国会にかわる、各地方の代表がそこで議論することのできる場を創り出さなければならない。これ愛国社を再興する第二の理由である。

世論というものを「創り出」し、国会の機能を「創り出」す。このたびの挙は、退助にとっては、それまで日本になかったものを、

（一から）

その意味がある。退助はこれを活版で刷らせ、冊子にして、

「全国へ散れ」

社員にもたせ、檄を飛ばした。

「各地であるいは演説会をひらき、あるいは民権結社の主宰者をまねいて宴席をもうけよ。そうしてこの趣意書を示して言うのだ。愛国社再興大会は半年後、ことし九月の開催を期す。場所は大阪。きっと人をよこしてくれと」

社員たちは、各地に散った。

植木枝盛は、四国、山陽、山陰地域をわりあてられた。三田尻《みたじり》へむかう瀬戸内わたりは、いちおう船が洋式だった。その船尾ちかくの甲板《デッキ》の上で、

（なんで、俺が）

あぐらをかき、転落防止の鉄柵ごしに青い海を見おろしている。海はゆらゆらと波が

しらの白い網を浮かべて平穏無事そのものだった。

となりには、ふたつ年上の男がやはり海にむかってあぐらをかいている。枝盛はその横顔をにらみつけて、

(なんで俺が、こんなやつと組まねばならん。板垣先生はどういう気だ)

視線に気づいたのだろう。男はこっちへ首をねじって、

「何だ、枝盛」

栗原亮一である。

ものの言いようが尊大きわまる。枝盛はぷいと海へ顔を向けて、

「べつに」

「わかったぞ」

栗原は意味ありげに笑いつつ、和服のふところへ手を入れた。例の、再興趣意書の冊子を出して、

「お前はよほど不満なのだろう? この趣意書を作成する大事な仕事を、先生は、どうして自分にまかせてくれなかったかと」

(ああ、不満だ)

内心みとめつつ、口ではぶつぶつと、

「べつに。単なる口述筆記ではないか」

「教えてやろう枝盛、お前がえらばれなかったわけを。忠実ではないからだ。板垣先生

にしてみれば、お前なら、きっと口述のさいちゅうに異見をはさむ。文章をお前自身のものにしてしまう。よけいなことをしすぎるのだ。その点、俺は……」

「うるさい」

枝盛は、もう耐えられない。もともとこの新参者には言いたいことが山ほどあるのだ。栗原へまともに顔を向け、人さし指をふりたてて、

「われわれは下僕ではない。自動書記機でもない。先生とおなじ価値、おなじ権利をもつ一個の人間にほかならぬ。異見のひとつも言えぬようでは……」

「それが不忠だと言うのだ。だいたいお前は、手をよごしたくない男だろう」

「どういう意味だ」

船は、順風をその帆にはらんで快走している。やや風がつよくなった。栗原はばさばさと音を立てはじめた冊子をぐいと懐中にねじこんで、

「お前は、筆硯《ひっけん》の仕事だけしたい。ほかの仕事はしたくない。そう思っているのだろう？　俺はちがう。先生の下着もあらっている」

「単なるおべっかではないか」

「だとすれば、先生はそれを必要としている」

「なるほど」

枝盛はせいいっぱい嘲《あざけ》りの顔をしてみせると、

「だから先生のいない場所では、こうして横柄《おうへい》にもなれる」

「何なりと言え」

とにかくも、予定どおり。

半年後の九月、愛国社は、第二回大会をひらくことに成功した。場所は大阪幸町《さいわいちょう》の料亭・長亭。ただし交通の不便のため、翌日からは、より街中《まちなか》の今橋《いまばし》の料亭・紫雲楼に会場をうつす。

参加者は、四十余名。

三年前の第一回とほぼおなじ数で、退助としては、あれほど宣伝したわりには、

（この程度か）

正直、がっかりした。民権運動はもはや時代おくれになったのだろうか。それともまだ時代のほうが追いついていないのだろうか。

しかも今回は、前回とちがう。

政府の間諜《かんちょう》があからさまに大阪入りしている。彼らは料亭のなかへも堂々と来た。客のふりをして部屋をひとつずつ点検したのである。ましてや退助がちょっと外出するともう、間諜どころか制服を着た警官がわらわらと、

――逃がすものか。

とばかり尾行につく。

枝盛や栗原などもやられた。ろくろく大阪見物もできないが、まあ政府にしてみれば、

（当然か）

退助はいくぶん同情しなくもない。何しろ前回の大会に参加した島田一郎はそのまま大久保利通の暗殺者になったのだから、今回もまた誰がいつ第二、第三の島田になるか、

——知れたものではない。

というところなのだろう。どっちにしても、会場内にまで来られたのでは議事はなかなか進まない。そもそも会議ができないのである。

大会は、二十日間あまりの長丁場になった。

ようやく再興合議書という名の決議書がまとまったときには退助もさすがに籐椅子へぐったりと身をしずめ、しばし立ちあがれないほどだったが、そのわりには、ないしそれ故に、合議書の中身はさほど第一回と変わることがなかった。かろうじて、

——本部は、大阪に置く。

という一条が実行可能なように思われたのみ。あとはもう散会時に、

——次回は、明年三月。この大阪にて。

という申し合わせが成ったことに望みをつなぐほかなかった。

四十余名の代表者たちはたぶん、誰ひとり爽やかな顔で会場をあとにすることがなかった。みんなみんなうんざりしていた。大会そのものが成立した、それが唯一の成果だった。

しかし、世の中はわからない。

——愛国社、再興なる。

と、その大会成立のうわさが全国へあっというまに広まると、雨後のたけのこのごとく民権結社が簇生《そうせい》した。熊本に相愛社。愛知に羈立社《きりつしゃ》や交親社《こうしんしゃ》。島根に尚志社《しょうししゃ》。愛媛に公立社。……みな少なくとも十名以上、なかには五十人をかぞえる社もあった。当局の弾圧をおそれて息をひそめていた連中が、拠《よ》るべき大樹を、

——見つけた。

というところだろう。これには退助も、

「あれ、まあ」

枝盛や栗原の前であんぐりと口をあけたほどだった。かんがえてみたら、退助の人生、これほど望みどおりに事が運んだことが、

（どれほど、あったか）

半年後、予定どおり翌年三月におこなわれた第三回大会には、じつに九十名が集結した。

前回比、約二倍。

というのは単純すぎる算術だろう。なぜならこれは代表者の数である。九十名の背後には十八県二十一の結社があり、その社員がいる。総数は六万ほどか。

実質的には何倍か、何十倍か、誰も見当もつかなかった。このときは退助はべつの用事で参加しなかったが、あとで聞いたところでは、こうなると議題も変わらざるを得な

かった。国会だの憲法だのは後まわしにして、まず二十一社を、
四国組
九州組
中国組
大阪以東組
の四組にわけるという運営方式の可否が問われた。組織というものは大きければ大きいほど、組織自身が仕事を必要とする。
これは多数の賛成を得た。その上で、土佐の立志社より、各社それぞれ、
——四十円を醵出《きよしゆつ》すべし。
という動議が起こされた。それまでは全社のぶんを立志社ひとりが負担していたのである。
反対が出るかと思いきや、
「よろしい」
と、まっさきに立ったのは河野広中である。
あの福島県、石陽社《せきようしや》代表の民権家。もともとは陸奥国三春藩という、戊辰戦争でほとんど唯一、会津の味方をしなかった東北諸藩の出身だった。はやくも大阪以東組の組頭《くみがしら》のような存在感を示しているのは、あるいはその風貌と無関係ではなかっただろう。頭髪よりも髭のほうが長く、わかりやすい豪傑面《づら》をしている。河野はさらに、

「ゆくゆくは大阪本部のほか、東京にも支局を置きたい。そのように板垣先生にお伝えあられよ」

と述べた。支局設置のあかつきには、もちろん河野自身がその局長に就くつもりだろう。

「承知した」

と応じたのは、片岡健吉。

あの西南戦争のあおりを受けての冤罪同然の投獄を経て、ようやくふたたび立志社社長の地位にある。自然、愛国社そのものの代表ないし議長をも兼ねているような感じがあり、全国の同志から恐れられていた。

退助を表舞台の役者とすれば、片岡はいわば、楽屋を支配する劇場主といったところか。第三回大会は、片岡の差配により、さほどの混乱もなく終わった。

†

第四回は、さらに半年後。

もはや堂々たる定例会である。今回はことに東日本からの参加がふえたため、河野広中の鼻息があらい。

「こうなれば、さらに同志を募集しましょう。ことに東日本は有望です。募集にあたっ

もしこの提案が実現すれば、支局長には、むろん河野自身が就くことになる。東日本の勢力は増大するだろう、立志社のそれは相対的に下落するだろう。

(どうする)

枝盛は、興がうごいた。

このときは、なかば傍観者である。大広間のすみっこで栗原亮一とならんで立って聞きつつ、

(内紛のたねだ。片岡さんは、どう出るか)

立志社社長・片岡健吉はしかし、

「それはいい」

あっさり言うと、全国からの参加者を見まわして、

「諸君どうです」

挙手により、賛成多数。片岡はしごく満足そうに、

「よし、よし」

その態度、あっけらかんとしたものである。無欲というか恬淡《てんたん》というか。しかし枝盛は、

(ちがう)

と、片岡の人間を観察している。

（片岡先生は、聖人でも何でもない。いつものとおり実利的に、全体的に、そのほうが得策と判断しただけだ。それに現状では、立志社は資金において他を圧倒している。裏で金をまわしてやっている結社も多い。東日本がいくら人数だけ伸《の》したところで脅威にはならぬ）

片岡は、なおもこの議題をすすめている。会場を見まわして、

「同志募集に関して、何か意見はありませんか」

この問いには、やはり立志社から参加している島地正存《しまじまさなり》という男が挙手して、

「東日本にかぎる手はないと思う」

「賛成です」

と応じたのは河野広中。片岡はつづけて、

「同志募集ということになれば、また檄文をつくらねばならぬが……」

「私がやります！」

挙手したのは、枝盛だった。

傍観者が、とつぜん当事者になった。百人以上の目がまじまじと枝盛を見る。枝盛はたじろがず、片岡へ、

「この植木枝盛、はばかりながら、腕によりをかけて綴《つづ》らせてもらいます」

「ちっ」

という栗原の舌打ちが耳に入った。片岡はにやりとして、

「諸君どうです」

全員、拍手を以て賛成した。枝盛は内心、

（よし、よし）

口述筆記などではない、正真正銘の文章の仕事。その頭脳は、はやくも語句をえらび

はじめている。

†

国会開設を願望するにつき全国の衆人に告ぐ

いまや国会の開設は、もっとも緊切《きんせつ》なる希望である。かえりみれば天皇陛下ははやくも明治元年三月十四日のいわゆる五か条の御誓文において、広く会議を興し、万機公論に決すべしとさだめられた。臣民においても明治七年には江藤新平、副島種臣、後藤象二郎、板垣退助その他数名の連署により民撰議院設立の建白がおこなわれている。しかしながらそれでも現今その実体を見る者がないのは……。

（中略）

そういうわけで、こんにちの日本国民にして国会開設のための努力をしないのは、天皇陛下の本旨を翼賛《よくさん》しないものと言うべく、国家を思う心なきものと言うべく、わが身のみを愛するものと言うべく、人間の本分を全《まっと》うしないものと言うべし。われわ

れ愛国社はそれをやる。半年後の明治十三年（一八八〇）三月に、きっと国会開設の請願を陛下に奉呈するつもりである。

こころざしをおなじくする人々よ、来て大阪に会せよ。十名以上の団体ならば加盟せよ。ともに連合しようではないか。

明治十二年十一月

†

枝盛は、いささか力を入れすぎたかもしれない。

檄文はかなりの長文だった。退助は高知の自宅において、はじめて草稿を一読して、

「字数《じかず》は？」

「たぶん、五千をこえるかと」

枝盛はそう言った。新聞の一面が埋まるほどの量である。退助はにこりとして、

「それはいい」

まったく入朱しないまま草稿を枝盛に突き返した。枝盛もつい顔をほころばせたが、

「どっちみち、檄文を熟読するやつなんぞ世にはおらん。しかし量にはおどろくじゃろ」

結果として、質がよかったか、量がよかったか。

約定のとおり開催された愛国社第五回大会には、二府二十二県、二十七社、合計八万七千人あまりの代表じつに百十四名が馳せ参じた。

そのうち四十数名が土佐人だった。圧倒的多数というべきだが、しかし何しろ母集団というべき一般社員は五万あまり、さらに高い割合を占めているのだから、これでもずいぶん、土佐人としては、

――遠慮した。

というところだろう。

会場は、やはり大阪。

北野《きたの》の真言宗太融寺《たいゆうじ》である。平安時代のはじめ、空海がこの地をおとずれたとき芳香を発する霊木を見つけ、みずから地蔵菩薩と毘沙門天を彫ったことに由来するという古《こ》刹《さつ》である。伝説の真偽はいずれにしても、徳川時代にはもう本堂、護摩堂、鐘楼、弁財天堂などのそろう大阪北部随一の大規模寺院だったことは事実である。もはや料亭はせますぎるのだ。

開会の会議は、檀家用の大広間でおこなわれた。

代表者百十四名、もちろん全員列席している。そのなかに退助の姿もある。肩書のない一聴衆として片岡健吉による開会の辞を聞きながら、

(これなら、戦える)

感慨ぶかかった。

広間の内部は、障子の桟《さん》をも吹き飛ばしそうなほど熱気でみちている。ほとんど殺気である。たかだか人ひとりの挨拶を聞くのにここまでと思うほど、どいつもこいつも真剣な顔をしていた。

愛国社の名は、もはや全国に浸透している。再興後たった一年半でこれほどの勢力になり得るとは、退助自身、

（まさか、これほどとは）

しょせんは繰り言にすぎぬが、

（西郷も、ここに加わっていてくれたら）

しかし開会の辞が終わるや、片岡が、

「諸君」

聴衆を見まわし、提案したのは、

「早速ながら動議を発する。『愛国社』の社名は、これを変えるべきと思う」

聴衆は、しんとなった。

かと思うと、にわかに騒ぎだした。退助は、まわりの顔も知らぬ代表から、

「どういうことです」

「社名を変えるとは」

「愛国の名で政府の攻撃を封じる、という話はどうなりました」

いろいろの国のなまりで釈明をもとめられたけれども、ただ、つまらなそうに講壇の

ほうへ顎をしゃくり、

「まあ聞け」

壇上の片岡は、まだざわつきの鎮まらぬうちに、

「諸君」

語を継いだ。いわく、東京政府のなかにも味方はいる。まだ参議だったころの退助にすっかり男惚れした官僚のうちの何人かが、いまも日常の業務をこなしつつ、手紙なり、地方の役人なりを通じて内部の情報をさりげなく退助にとどけることがある。そういう情報のひとつによれば、政府はいま、あらたな条例制定の準備をしているところだという。

その条例はこの愛国社を、というより、いま大阪で開催しているこの大会を、ねらい撃ちするものという。決議の制定、発布をおこなうや否や、それを根拠に、

——即時、解散。

を命じようというわけだ。片岡がちょっと口をとじると、

「後出しだ」

誰かのつぶやきをきっかけに、広間が怒号ではちきれた。

怒号はみな、政府攻撃のさけびばかり。条例ないし法律というのは国民の行為をあらかじめ制御する仕掛けであろうに、そんな後出しじゃんけんがゆるされるのか。どんな馬鹿でも阿呆でも、百戦百勝は当たり前ではないか。およそ言論というものを知らぬこ

とおびただしい。

退助はふうと息を吐いて、

「静かにせい！」

一喝した。

怒号の猛火は、たちまち温火《ぬるび》になってしまった。どいつもこいつも茶坊主のような顔つきで退助の顔色をうかがっている。

退助がそれらを見返しつつ、ぎしぎしと音《おと》高らかに貧乏ゆすりをし、あからさまに不快をしめしたことが彼らをいっそう無口にした。やる気のあるのは良いことだが、いまだ話の終わらぬうちに、こうもいちいち仔犬みたいに吠えるのでは、

（話が、進まん）

退助は、そのように言いたかった。こっちもいまだ言論を知らぬ。

あるいは、言論と野次の区別がつかぬ。だいたい屋外《そと》の境内では、大阪府より依頼を受けて来た四十人からの警官がこの建物をとりかこみ、耳をそばだて、事あらば踏みこもうとしているのである。わざわざ政府を難じるのは、言論うんぬんの前に下策だろう。

「諸君の怒りは、もっともだ」

片岡が咳払いして、話をつづけた。

「私もおなじ思いである。が、ひるがえして考えるなら、われわれはそんな姑息な手をつかわせるくらい、それくらい政府を焦燥させているということでもある。けっして情

況は最悪ではないのだ。ここは一番、後出しじゃんけんに、さらに後出しで応じようではないか。それが社名更改の主旨だ。むこうが愛国社大会に目をつけるのなら、こっちは、愛国社大会でなくなればいい」

「あらたな社名は？」

退助が合いの手を入れると、片岡はわざと少しのあいだ沈黙して、

「国会期成同盟《こっかいきせいどうめい》」

聴衆は。

さっき退助に一喝されたからだろう、こんどは秩序を思い出したようだった。前から二番目、退助から見て右のほうの二十代くらいの男が挙手して、片岡に発言の許可をもとめ、ゆるされてから起立して、

「長野県奨匡社《しょうきょうしゃ》代表、松沢求策《まつざわきゅうさく》です。その社名には賛同しかねる」

「なぜ？」

片岡が問うのへ、松沢は、

「国会成《な》るを期する同盟とは、いささか歯ぎれがよいというか、名が体《たい》をあらわしすぎる。さあ弾圧してくれいと言っているようなものでは？」

「同盟でいいのだ。もともと愛国社というのは結社ではなく、結社のつながりに対しての称であって……」

「いやいや、上です。国会期成のほうです、議長」

「名が体をあらわそうが隠そうが、この期におよんでは、どのみち攻撃は避けられぬ。ならば堂々と行こうではないか」

「堂々と、改名ですか」

「そのとおり」

べつの代表が、

「議長」

と挙手して、立ちあがり、

「島根県の岡島正潔です。その名は、立志社の諸君できめたのですか？」

島根は小勢力である。内部の力関係が気になったのだろう。片岡はうなずき、

「そのとおりだ。あらかじめ板垣君や林君、岡本君らと相談した結果である。しかしあくまでも一案として呈するので、ほかに名があれば、どんどん出してもらいたい」

片岡が、目で会場をひとまわりする。聴衆はあるいはさっと、あるいはつくづく、退助のほうへ視線を集中させた。

発言はなし。片岡がすかさず、

「異見なし」

開会後、十分あまりか。あっさり決定してしまった。

議題はそれから、人事にうつった。名前を変える以上はいちおう内実もあらためなければ政府への弁明にならないからである。当面の目的はもちろん国会開設の願望書を政

府へ提出することだから、その提出を誰がするかが最初の主題になる。
形式的には、天皇への奉呈である。その奉呈委員とは、だから同盟の最高指導者にほかならない。片岡は、
片岡健吉
河野広中
の二名に任じる案を出した。西日本、東日本それぞれの代表を立てたわけだ。
異見なし。
「本件は、可決されました」
ところでこの奉呈のためには、当たり前だが、まず願望書の文章を書かなければならない。そのための起草委員には、
松沢求策（長野県）
永田一二《ながたかずじ》（大分県）
の二名をあてることとし、これもすんなり可決された。どちらも他県民ではあるが、元来は高知の立志社社員にじかに会い、感化されてこの道に入っている。いわば準土佐派のふたりだった。ただしこれはお飾りなので、実際の撰述にたずさわる審査委員には、
片岡健吉
河野広中
植木枝盛

杉田定一（福井県）

村松亀一郎《むらまつかめいちろう》（宮城県）

の五名が就任した。これもまあ最初のふたりはお飾りで、最後のふたりは補助的な役割しか期待されていない。村松亀一郎はもともと高知とは何のゆかりもなく、仙台で代言人《げんにん》（弁護士）をしていたところ河野広中と仲よくなり、政治結社・本立社を創設したというこの運動にはめずらしい法律の専門家。政府へさしだす文書づくりには、なるほど、打ってつけの助言者だった。もっとも専門家であるだけに文章の歯ぎれのよさは期待できまい。

実質的には、植木枝盛が主筆である。

枝盛はいま、ほかの四人とともに壇上にならび、つまらなそうに、でも口のはしで笑いつつ、左右へ礼をしつづけている。退助は、

（あのエモスケが、のう）

みょうな感慨におそわれた。おなじく文章が得意な栗原亮一がこの会場のどこにいるかは知らないけれども、どちらにしろ、彼らはにわかに、

（差が、ついた）

この差はもう二度と埋まらないだろう、そんな気もした。栗原もわるい人間ではないのだが、枝盛とくらべると、ほんの少し、

――方便だから。

そんな空気を身にまとっている。

退助は、ひとつの事実を思い出した。二年前、あの愛国社の再興趣意書を口述筆記させたとき、栗原はさらさらと筆を走らせて退助のことばを文字にしつつ、口をはさまず、顔をあげず、まるで器械のようだった。

枝盛だったら、事はもっと面倒にちがいなかった。筆記者のくせに筆をとめ、口をはさみ、いちいち語句のよりどころを追及せずんば已《や》まなかったろう。退助はさだめし不愉快になっていただろうが、ただし枝盛のその口ぶりは、子供のように楽しそうであることもまた、

(相違ない)

枝盛にとって、文章とは、生きる方便以上の何かなのである。なくても死ぬことはないけれども、死ぬほど退屈はするだろう。もしも枝盛が一朝《いっちょう》がらりと思想を変え、東京に出て、政府に入り、部署もあろうに自由民権弾圧の担当役人になったとしても、彼はやっぱり嬉々として退助たちの非を鳴らす檄文書きをやるにちがいない。

(給金《てあて》なしでも)

退助はふたたび、前を見た。

枝盛は、ようやく降壇しつつある。さっきよりも笑顔の度合いは深いようだった。のぞみの仕事を勝ち得た者に特有の、耳のまわりで花火を打ち上げているかのような笑顔。退助はふと、何かの妙理に打たれた気がした。

矛盾のきわみの妙理だった。この世では、仕事というのは、仕事でなくても熱中する者のところに集まるのである。

全員が壇をおりてしまうと、つぎは、内部むけの人事である。

あらためて同盟規約をつくるための編成委員。これもあっさりと決定した。

河野広中

岡田健長《おかだけんちょう》（福島県）

植木枝盛

杉田定一

村松亀一郎

小島忠里（愛媛県）

北川貞彦《きたがわさだひこ》（高知県）

の七名が登壇した。先ほどの審査委員とあまり変わらぬ顔ぶれだが、実際には、これら両方の文章は、おなじ机の上でいっぺんに案じられることになる。

単なる効率の問題だが、それを反映した人選になった。会場は拍手でみたされた。枝盛はほかの六人とともにお辞儀をし、お礼のことばを述べているが、その顔には先ほどの笑みはもうなかった。

——くだらん。

とでも言いたげな、むしろ不満顔だった。儀式はいいから早いところ実務にかかりたい、そんな気持ちがありありと出ている。

「あいつめ」

退助は、そっと苦笑いした。

この日の会議は、これで終わった。思ったよりも早い時刻だった。

枝盛がさっさと退室したのは、すぐに文案を練るつもりなのだろう。あすからはこの部屋で、この顔ぶれとともに、よりいっそう微細にわたる検討がはじまるのだ。

†

ところが翌日から、会議は、その微細な検討において紛糾したのである。

社名という大問題には何ひとつ異議をとなえなかった聴衆が、そうして委員人事という或る意味それ以上の大問題をもすんなりと通して疑わなかった聴衆が、しかしさて願望書の文案を示されるや、はじめは挙手して、ほどなくそれも省略して、意見を述べるようになった。きのうとおなじ檀家用の大広間は、あろうことか、賭場さながらの興奮のちまたと化したのである。

彼らの標的は、こまかいところばかりだった。

政府に願望するのは国会開設の「允可《いんか》」なのか「許可」なのか、そんなことで大の大人がおたがい咬《か》みつかんばかりになった。さらにくだらぬ争いもあった。二時間や三時

間、あっというまに経ってしまう。ときどき九州出身の誰かが、

——その言いまわしは、みちのくの奥にしかござらんぞ。

などと、あざけりもあらわに言ったりすると、それがまた新たな怒号の応酬のきっかけになった。

もはや国会開設の大目的など、どこかへ飛んで行ってしまった感がある。片岡健吉、河野広中ら計七名の起草委員および審査委員は、壇上から、これもみな顔をまっ赤にして、

「やめろ、諸君」

「本末転倒だ」

「とにかく有益な議論を！」

などと呼びかけるけれども、おなじその壇上から植木枝盛が、

「貴様らに文章の何がわかる。そのくらいの鼻先思案《はなさきしあん》でわが草稿に朱を加えようとする前に、ルソーを読んで出なおして来い」

などと応戦するのだから手がつけられぬ。片岡健吉がたまりかねて一時休憩を宣しても、ふたたび合《がっ》すれば元の木阿弥《もくあみ》。こんな乱離骨灰《らりこっぱい》のありさまを、部屋のうしろのすみで立って見つつ、

（あほう）

退助は、何度また一喝しようと思ったことか。

ふと障子戸を見る。まるで摺師《すりし》が摺ったように均一にいちめん菫《すみれ》色なのは、日が暮れつつあるのだろう。退助はいらいらと貧乏ゆすりを繰り返しながら、しかし下を向き、ぶつぶつと念仏みたいに、

「片岡に。片岡にまかせる」

何とか癇癪《かんしゃく》の虫をおさえこんだ。自分はいま無役である。口を出すのはよろしくない。きのう社名更改のことを議したとき聴衆のさわぎを一喝して鎮めたのは、あれだけは片岡とあらかじめ、

――何しろ議題が議題じゃからな。いちばん大波《おおなみ》が立つじゃろ。

ということで、申し合わせていたのである。ぐずぐずしていたら東京でいつあの条例が成立し、大阪にとどき、大会そのものが無にされるか知れたものではない。つまり非常の措置だった。いままた一喝したところで、もう効果はうすいだろう。結局は、利よりも害のほうが、

（大きい）

その日は暮れて、二日、三日、四日経った。願望書の文はさだまることなく、日を追うごとに意味不明になった。さだまったとしても、次には同盟規約の文章がある。むなしい日々は終わるまい。

「ご苦労だなあ、枝盛」

風呂に入ったとき、退助は、湯ぶねで枝盛の肩をたたいてやった。こころからの慰労

のつもりだった。平穏無事の閉会を、もはや退助はあきらめている。

†

大阪市の西方、江之子島《えのこじま》は、ほんとうに島である。

四方を堀でかこまれている。いま愛国社あらため国会期成同盟の大会がひらかれている北野・太融寺からは歩いて三十分ほどの距離にあり、島内には大阪府庁がある。二階建ての堂々たる洋館が、さらにドーム屋根をいただいて春の空をせばめている。まわりの瓦を地に伏せたような浪花《なにわ》的風景と調和せぬことおびただしかった。その二階の知事室のなかで、大阪府知事・渡辺昇《わたなべのぼる》は、右手でたかだかと一枚の紙をかかげ、

「とどいた!」

裂帛《れっぱく》の気合いを発した。

気合いひとつで、天井がびんびん鳴った。何しろ肥前大村藩の出身ながら、旧幕時代は江戸へ出て、千葉周作の玄武館、桃井春蔵の士学館とともに天下の三大道場と呼ばれた斎藤弥九郎・練兵館《れんぺいかん》の塾頭をつとめたほどの剣客あがりなのだ。入口の扉のところには、和服を着た若い吏員がひとり。部屋に片足をふみいれた姿勢のまま、背をそらして、

「は、はい!」

「ようやっと、東京ののろまがこれをよこしたぞ。太政官布告第十二号。おい、貴様、

ただちに府警へ伝達しろ」

紙をぐいと突き出した。吏員は机《デスク》の前へ駆け寄り、うやうやしく両手でうけとると、きびすを返し、ばたばたと部屋を出て行った。府警つまり大阪府警察本部は、おなじ府庁舎のなかにある。

おなじ廊下のならびにある。吏員は本部長室へ入り、

「知事から、おことづてです。とどきました」

「よし」

本部長もまた、声の大きい人物だった。制服を着た巡邏《じゅんら》六十人をあつめるよう言い、六十人がずらりと机の前に整列するや、

「諸君、とうとう新条例が発布された。われわれはいまや公然とあの板垣党の集会を解散させ、事あらば捕縛、連行もすることができる。太融寺へ行け」

「はい」

「人の目はかまうな。やつらの弁論《へりくつ》につきあうな」

「はい！」

六十人、整列して府庁舎を出た。府知事のもとに正式な書類がとどいてからまだ二時間も経っていない。ほとんど軍隊式だった。

彼らは木津川ぞいの道を行き、大阪最大の南北路である堺筋《さかいすじ》にぶつかった。左へまがり、北上をはじめる。案の定、道ゆく人がささやきを交わしあっていた。な

かにははっきりと眉をひそめる無礼者もあるが、先頭を行くふたりの巡邏長のうちのひとり、矢野岡龍二《やのおかたつじ》は、

「ええ、ええい、お上の御用や。道をあけんかい」

頭上で警棒をふりまわし、先をいそぐ。この職にある者としてはめずらしく、生まれも育ちも大阪なのである。

旧幕のころは徳川幕府・大坂奉行所付《つき》の中間《ちゆうげん》だったせいか、世が変わっても、ないし彼自身のあるじが百八十度変わっても、正義感は健在だった。実際、矢野岡はこれまで何度、

「まだですか。まだ散らしたらあかんのですか」

と本部長に詰め寄ったかしれない。

解散させる、という意味である。ときには知事室へどなりこみさえした。本部長や知事はそのつど、

「だめだ。法的根拠がない」

と苦い顔をした。集会の禁止を命じることそれ自体はもちろん可能なのだけれども、それには東京なら警視庁長官が、地方なら各警察署の署長が、いちいち命令書を作成しなければならぬ。

集会はその間《かん》に円満終了してしまうではないか。矢野岡としては、かねてから、

――現場にやらせろ。

という思いがつよかったのである。

ところがこのたびの集会条例は、はっきりと警官の臨席を規定している。そうして警官は、警官自身の判断により、その場で中止を命じることができる。従来よりも格段に話がはやいし、要するに、

(東京の政治家が、わしのために条例をこしらえた)

それが矢野岡の主観だった。しかも条例はその最後のところで、とってつけたように、

――政社間の連結や通信は、これを禁じる。

とまで言っている。いまの日本には連結された政社など、端《は》ものを除けばただひとつ、国会期成同盟あるのみなのである。

明々白々なねらい撃ち。おのずから、矢野岡の足はざっざっと速まらざるを得なかった。配下の六十名とともに堺筋の北上をつづけ、難波橋をこえ、北野に入り、太融寺に到着した。

門前でいったん停止することもしなかった。少しみだれた隊形のまま、いっきに境内へなだれこむ。石だたみの参道を走りぬけ、靴のまま本堂の階段をかけあがり、

「集会禁止!」

矢野岡は、ばたりと障子戸をひらいた。

本堂は、ただの本堂だった。

そこには百十四名の民権結社代表はなく、国家に害をなす演説はなく、それをおこな

うための演説台も書記用の机も客席もない。ただ正面奥の内陣にきらびやかな厨子《ずし》があり、その手前に護摩壇《ごまだん》があり、その上に、袈裟を着た僧がおごそかに座して真言の声を高らかにしているだけだった。

おん　さんまや　さとばん
おん　さんまや　さとばん
おん　さんまや　さとばん

護摩壇の左右には、伴僧というのか。ひとりずつ若い僧がやはり本尊のほうを向いて座していて、まんなかの僧へぴたりと声をそろえている。矢野岡の耳には、ちょっと都《ど》々逸《どいつ》でも唸らせてみたいような綾も波もある三重唱だった。

まんなかの僧は、おそらく住職なのだろう。にわかに発声をやめ、ふりかえり、

「何だす？」

矢野岡は、ひるまぬ。

社会正義というものの存在を確信している人間に特有のあの直線的な口調で、

「板垣党は？」

「ああ」

住職は、露骨にいやな顔をして、

「あのお人らは、ここやおまへん。檀家用の大広間でわあきゃあ集議したはりましたわ。きのうまで」

「きのう？」

矢野岡はあごが落ちそうなくらい口をあけたが、住職は気にせず、

「ひとあし遅かったんとちがいますか、江之子島はん。何でも東京のほうで新しいきまりが出来たやら何やら言うて、それまではえろう騒々しかったのが、ぴたりと止んで、とっとと散会《おひらき》に」

「願望書は？」

「可決と」

矢野岡は、左手に銅製の丸筒をもっている。

ふたを取り、なかへ指をつっこんで、一枚の紙をつまんで出した。上下にぱんと引き張れば、それは条例全文の写しである。

日付をたしかめる。公布日は明治十三年四月五日、実施日は四月八日。

「……きょうは、十日や」

矢野岡はくしゃりと紙をつぶし、足もとへたたきつけた。完璧に先手を打たれたのだ。それにしてもあの連中、どうしてこちらの動向がわかったのか。あらかじめ東京へ密偵を放ち、政府の様子をさぐらせたのだろうか。

（ちがう）

あり得ない。矢野岡はまだいっぺんも行ったことのない東京の街のありさまを思い浮かべつつ、首をふった。あの議論を食って生きているような世間しらずの連中にそんな隙のないまねができるとは思われぬ。よりいっそう現実性が高いのは、東京の、

（新聞記者か）

彼らのなかに、すすんで板垣党の味方をする輩がいたのではないか。そういう輩がいちはやく集会条例の公布を知り——これは商売柄お手のものだ——人を通して電信でこの会場へ急報した。

何しろ彼らは民権の大義に感動していた……わけではないだろう。それも少しはあるだろうが、よりいっそう大きいのは売り上げの問題のほうだろう。何しろ板垣党は人気がある。紙面映えもする。派手に政府とやりあってくれるほうが発行部数が伸びるのだ。

急報を受けて、板垣党は豹変した。

それまでは願望書に書きこむ文言をめぐり、どうでもいい、重箱のすみをつつくような議論に終始していた。矢野岡自身、

——あれじゃあ百年経ってもまとまりまへんわ。

などという報告を密偵から受け、つい安心してしまったところへ、電光石火、団結力を発揮した。

あまつさえ願望書まで可決したとあっては、政府が団結させたようなものではないか。

毒のつもりが、最高の良薬。

「どあほ。どあほ」

矢野岡は、立ったまま頭をかかえた。住職はたぶん好人物なのだろう、首をかしげて、

「わしら何ぞ、悪いことしましたやろか」

「……」

返事せずにいると、住職はもう話はすんだと思ったのか、苦笑して、また本尊のほうを向いた。

読経をはじめた。さっきの真言とはちがうようだが、何のお経かわからない。矢野岡は手をおろし、ふと横を向いた。

ひらいた障子戸の向こうを見おろした。階段には六十人の部下がひしめいていて、うしろのほうはまだ賽銭箱のかたわらに立っていたけれども、そのうちの三人、ないし四人が手を合わせている。

ぶつぶつと声をお経にそろえている。ここの檀家かもしれなかった。

†

閉会後、ただちに願望書が大阪を出発した。

めざすは天皇への奉呈である。奉呈委員の片岡健吉と河野広中は、上京の途中、

――万一のことがあったら。

ということで、二手にわかれた。片岡は船で、河野は陸路で。

いくら警察を出し抜いたにしても、ふたりには、密偵どもが四六時中ついている。みちみち奪い去られるか、あるいは襲撃される可能性がある。

そういう大事《おおごと》は、さいわい起こることがなかった。ふたりは東京でぶじ落ち合い、そのまま宮城《きゆうじよう》（皇居）内の太政官庁舎をおとずれたのが四月十七日。

何しろ迫力ある文書だった。冒頭いきなり、

天皇陛下に願望する所あらんとす。

と宛先と目的を明記してから、天賦人権論について述べ、国会開設の必要を説き、その理由をじつに九つも箇条書きしたあげく、

高知県土佐国土佐郡上町北奉公人町一丁目及び二丁目二十九名総代

同県同国同郡同街同町三十一番地士族　　　明神安久

をはじめとする二府二十二県八万七千人の代表九十七人の署名をずらりと列記したの

である。

本文よりも、むしろこちらのほうが強みだった。いちばん端的な世論の証明ともいえる。太政官の役人はしかし、あらかじめ言いふくめられていたのだろう、その入念に綴じられた書類を手にとりもせず、

「立法に関する上書《じょうしょ》は、ここではない。元老院に呈すべきである」

そう言われれば仕方がない。ふたりは元老院へ行った。そうしたら、

「建白書ならば受理するが、願望書には受理の規定はない」

ふたりはくちぐちに、

「ここに来いと太政官に言われたのだ。そんな規定がほんとうにあるのか」

「にわかに決めた話ではないのか」

詰問したけれども、結局、書類はふたりの手を離れることがなかった。ふたりはふたたび太政官へ行き、さっきの役人へ、

「おかしいではないか」

いきさつを話した。役人は弁解しようともせず、顔色ひとつ変えることなく、

「却下する」

片岡と河野は、しりぞかざるを得なかった。その足で銀座へ行き、あちこちの新聞社をまわり、願望書の写しを手わたして、

――使ってくれ。

そう依頼した。もとよりこの事態はあらかじめ想定していたところ。新聞各社は翌日より、それこそ「郵便報知」のような政論系の新聞から「読売」「朝日」のごとき小《こ》新聞まで、大きな花火をうちあげはじめた。国会期成同盟という小むつかしげな、字数を食う組織名がつぎつぎと見出しになったのである。

自由。

の二文字は、東京ではもう流行語ではなくなっている。流行語であることを大きく超えた、酒精度のたかい日常語になっている。そこへこの奉呈未遂事件である。各紙の発行部数はのきなみ伸び、伸びるから続報がどんどん世にあらわれた。

当世第一の人気評論家である福沢諭吉《ふくざわゆきち》が「時事新報」紙上で全面的に民権派を支持したのは象徴的だった。ちなみに言う、福沢は、退助がまだ愛国社の再興に奔走していたころ、人を介して、

「板垣さん、ぜひ東京に住みませんか」

とさそったことがある。

「金物屋の二階だろうがどこだろうが、東京にいれば知見は高まり、世界の大勢に遅れる恐れはない」

退助は悠然として首をふり、

「俊傑とは、時務を知る者にあらず。みずから時務をつくる者なり」

これは答になっていないのだが、福沢はそれ以上、何も言わなかった。ともあれ、

——国会を、開設せよ。

この文句は、もはや東京では完全に市民の常識と化したのである。政府の人気は、まるで天秤の軽いほうの皿ががたりと跳ねあがるように急減した。

この風《ふう》は、ただちに地方へ波及した。

地方の新聞もやはり大きく報じたのである。そこへ大阪から各結社の代表が帰郷して報告会をやり、さらに演説会をやったものだから、

——国会を、開設せよ。

この声に、都鄙《とひ》の差はなくなった。東京はもちろん弘前の、新潟の、金沢の、岐阜の、広島の、山口の、熊本の、佐賀の……あらゆる都市の人士におなじ意見が分け持たれた。日本がひとつになったのである。

†

この形勢を見て、退助は、

「おい」

と、或る日、植木枝盛を呼びつけて、

「この国に、とうとう世論が完成したぞ」

さすがに童子のような笑みを浮かべた。枝盛はあいかわらず天邪鬼《あまのじゃく》である。内心うれしいにちがいないのに、仏頂面で、

「ええ」

「十五年前は」

退助は、かまわずつづけた。十五年前は、この国はいわゆる幕藩体制下にあった。三百あまりの藩にわかれ、それぞれが政治的に半独立し、いわば三百の国民にわかれていた。

陸奥国のさむらいと肥後国のさむらいは、なるほど人間個人の道徳に関しては共通の意見を持ち得ただろう。漢詩や発句といったような不要不急の文化についても趣味をおなじくするたのしみを得た。しかしながら今後の社会をどうするか、将来の日本をどうするかというような時事的、建設的、かつ多数の人々の利害にただちに直結するような話になるともう彼らは発すべき語がなかった。

革新のこころざしがなかったのではない。あっても他国には通じなかったのである。彼らのそういう発想の対象はつねに藩の域を出ず、もっと言うなら殿様ひとりの域を出なかった。幕末のころあれほど卓抜した知力をもち、未来に対する遠大な思想をもっていた仕置役・吉田東洋《よしだとうよう》ですら土佐藩ないし山内容堂が世界の中心だったのだから、ほかは推して知るべきだろう。彼らの目には日本はなかった。しょせん三百分の一の国民でしかなかったのだ。

しいて言うなら、

――攘夷。

があるか。幕末に大流行したあの二文字はたしかに全藩普遍のものだったけれど、しかしそもそも、あれは議論と呼べるものではなかった。

いまにして思えば単なる反応、にわかに外海にあらわれた強大暴慢な紅毛人への感情的な拒否反応にすぎなかった。子供が犬をこわがるのを議論と呼ぶ者はない。

「そうじゃろ、枝盛」

御一新になり、政権は、東京において一《いっ》になった。

だが人心はひとつにならなかった。廃藩置県により藩がなくなってもなお三百それぞれのままだったのが、明治も十三年になり、ようやく名実相伴《あいともな》うにいたったのである。

日本国は、ひとつになった。

「豊《ほう》太閤じゃ」

退助は、満足そうに枝盛へ言った。

「わしらは、豊太閤になったのじゃ。ことばの戦争で天下統一を果たした」

「はあ」

枝盛がきらりと目をかがやかせたことに、退助は、このとき気づいたかどうか。退助をはじめ四十代、三十代の男の多いこの運動体にあってまだ二十四という圧倒的な若さをもち、しかもその若さにふさわしい奔馬《ほんば》のような行動力をもつこの植木枝盛という男

には、天下統一の感慨すらも単なる過去の一挿話、ただ一瞥《いちべつ》して歩み去るべき路傍の一里塚にすぎず、視線はもっぱら、

——つぎは、何をするか。

前しか向いていないのかもしれなかった。

18　自由の党

世論が、政府を追いつめる。

という現象が、日本史上はじめて出現した。

あるいは、名高き支配者と名もなき民衆との関係がはじめて逆転した。もともと政府内にも、

――国会など、断じて開設するな。

などと公言するような輩はほとんどなかった。政権発足時に宣布した五か条の御誓文には「広く会議を興し、万機公論に決すべし」「上下心を一にして、盛に経綸を行うべし」の二条があり、いわば最初から言質をとられている上、欧米諸国の手前がある。国会がなければ彼らの侮蔑をまねくばかりか、いろいろな外交交渉の席で、

――野蛮な国は、信用できません。

という典雅な口実をかまえられる。たとえば日本側からの不平等条約撤廃の要請なども、この口実のせいで遅々として進まないのだ。

国会開設はやらなければならぬ、それは政府の共通理解だった。いますぐにはやりた

くない、それだけの話なのだ。

そういう怠慢状態にあったところへ、このたびの国会期成同盟《こつかいきせいどうめい》である。ひとまず願望書の提出はこれを阻むことに成功したけれども、阻んだことが世論をよりいっそう刺激してしまったのは厄介だった。新聞は政府を攻撃し、役人は登庁途中に石を投げられ、全国の民権結社は同種の建白書をたてつづけに持ちこんで大いに業務の支障になった。政府という城はいわば、ことばで四周を包囲されたのである。

こうなると。

政府内にも、にわか民権派があらわれる。

その代表が、佐賀出身の大隈重信《おおくましげのぶ》だった。もともと機を見るに敏《びん》というか、世の中の流行をたくみに利用して敵をやりこめる型の政治家で、維新当初、政府が日本最初の紙幣、いわゆる太政官札《さつ》四千八百万両を発行したとき、市場のつめたい反応を見るや、

「これは大きな失敗である。日本の幣制は、これを根本的にあらためるべし」

と会計担当の由利公正を痛罵して辞職させてしまったことがある。

その後釜にはちゃっかりと自分がついたわけだ。このときも参議の要職にありながら、もう十年も前から民権派だったというような身ぶりで、

「明治十五年の年末に議員選挙をしろ。そうして明治十六年初頭には国議院（国会）をひらくべし」

と左大臣・有栖川宮熾仁《ありすがわのみやたるひと》親王に意見書を提出した。提出は明治十四年（一八八一）

三月だから、これはつまり、たった二年以内に、

——すべてをやれ。

という話だった。

退助たちですらそこまでは言わなかった極論である。ひょっとしたら大隈は十三年前のあの太政官札さわぎの二四目のどじょうを狙ったのかもしれないが、しかし残念なことに、このたびの相手は由利公正ではなかった。由利（福井藩出身）よりもはるかに強大な長州閥の主導者で、はるかに精力があり、かつ根まわしのはるかに上手な伊藤博文《いとうひろぶみ》だった。

伊藤は天保十二年（一八四一）生まれだから、退助の四つ下、大隈の三つ下にあたる。その意見書を見るや、

「つぶす」

机をたたいて獅子吼《ししく》したという。

もともと大隈と伊藤は、政府内におけるイギリス派、ドイツ派それぞれの領袖《りょうしゅう》のようなところがあり、どちらの国をお手本にして国家制度を設計するかで感情的な対立をくりかえしていた。この大隈の意見書もイギリス流の政党内閣制をはっきりと視野に入れていたため、ドイツ流の立憲君主国をめざす伊藤にはいっそう憎々しく見えたにちがいない。伊藤がつぶすと言ったのは、それは大隈をという意味だったか、それとも国会開設という国民世論そのものを、

——葬り去る。

そんな強烈な決心だったか。有栖川宮はただおろおろと、

「仲良う、しろよ」

とにかく何ごとも丸くおさまらねば不安で不安でしかたがない、そんな感じの口調だった。有栖川宮もふだんは決して意志薄弱ではない人なのだが、この場合はめずらしく、それほど伊藤の態度がはげしかった。

政府は、大混乱した。

†

いっぽう国会期成同盟のほうも、大隈ひとりにいい恰好はさせておられぬとばかり、

——あらたな方針を、打ち出すべし。

そんな気運がもりあがった。

実際には、大隈があの意見書を出す前年にはもう行動を開始している。東京は京橋区西紺屋町にある元愛国社支社にて、第二回大会をひらいた。はじめは、うしろ向きだった。各府県からの参加者たちが、

——政府にもういちど願望書を出すべきか。それともあきらめるか。

などと議論をはじめたのである。

彼らの口調は、熱を帯びた。そこへにわかに立ちあがり、

「むだな議論だ」

放言したのは、植木枝盛だった。長髪をふりみだしつつ左右の聴衆へ、

「いまさら寝た子を起こして何になりますか。あの政府の応対ぶりを見るに、二度目も徒労に終わることは必至。もちろん各府県のみなさんが個別にやるなら反対することはできませんが、そんなことより、この同盟は、さらに遠くを慮《おもんばか》るべきです」

と述べ、かねて思案していたのだろう、左の二条を提案した。

一、国会開設と同様、今後は憲法の制定に関しても政府に実現を督促する。

一、この同盟を、政党組織にあらためる。名称は「自由党」とする。

そうして、それぞれの理由を説いた。この大会における最大最長の弁論だった。

「まずは第一条、憲法制定の督促です。歴史に徴《ちょう》すれば、もともと国会と憲法とは双子のようなもの。市民革命というひとりの母親から生まれ落ちた、顔のそっくりな双子なのです」

西暦一六八八年にイギリスで起きた名誉革命は近代議会と権利章典を生み落としたし、その約百年後のフランス革命もやはり国民議会と共和政憲法を生み落とした。わが国にもすでに明治維新という革命があり、いま国会開設の気運は高まっている。ならばもう

ひとりの子供のほうも出生せしめられるべきはむしろ当然のことだろう。そのもうひとりの子供こそ、すなわち憲法にほかならないのだ。

いったいに、近代社会では人が法をつくり、法が人を支配する。人のほうの代表が国会議員であるならば、法のほうの代表はすなわち憲法、法を支配する法だろう。どちらか片方が欠けてもわが国の未来がないことは、わざわざ歴史を参照せずとも、こうして原理的にかんがえるだけでも明白ではないか。例によって、欧米諸国から、

――日本は野蛮である。

と言われることの外交上の不利についてはことわるまでもない。

「それ故に、われわれは憲法を……」

と枝盛が結語しかけたところで、聴衆の誰かが、

「むりだ」

声をあげた。べつの誰かが、くちぐちに、

「そうじゃ、むりじゃ。国会開設のうったえをすら聞き入れようとせぬ因循退守《いんじゅんたいしゅ》の尻《しり》弱《よわ》政府が、どうして憲法をも」

「また願望書を奉呈するのか？　そんなのはむだだと言うたのは貴様自身ではないか」

場が、ざわついた。

枝盛は、劣勢に立たされた。

しかし誰よりも経験豊富である。まともに言い返すことをせず、不敵な笑みすら左右へ示して、

「みなさんのおっしゃるとおりです。願望書など奉呈しても前轍《ぜんてつ》をふむのみ。何の意味もない。そこで私は、憲法に関しては、それよりも遥かに威力あるものの奉呈を提案したい」

「威力あるもの?」

「憲法は、国会とはちがう。紙と筆があれば誰でも試作できるのです。われわれは、われわれの私案を奉呈する」

枝盛がそう言いきり、くいとあごを上に向けると、また誰かが、

「こいつめ、それが言いたかったか」

「ふところ手などして。もう筆をにぎっているのではないか」

笑いが起こり、場がなごんだ。

まるで懇親会のような雰囲気になった。その後の議論はまとまらなかった。自然に話はもうひとつの話題、この国会期成同盟を、

——自由党。

という政党組織にあらためる云々のほうへ流れが移ることになる。これについても、枝盛はまず世界史から説明した。

「先ほど私は、国会と憲法はおなじ市民革命の母から生まれた双子だと申しましたが、

これは厳密には誤りなのです。より正しくは双子ではなく、三つ子でした。国会、憲法、そして政党」

説明をつづけた。あのイギリス名誉革命は近代議会と権利章典ともうひとり、トーリー党とホイッグ党という子を生んだし、その約百年後のアメリカ独立革命もやはり議会と合衆国憲法とともに連邦派《フエデラリスト》・反連邦派《アンチフエデラリスト》の対立を生んだ。

のちの共和党と民主党である。これもまた歴史をはなれても理の当然というべきなので、国会という人と法とが斬りむすぶ場がいちばん有効なものとなるのは、憲法において法が法を監督し、政党において人が人を宰領し得たとき。それ以外にないのである。宰領などというと何だかやくざの組内《くみうち》みたいだけれども、何十人もいる、あるいは何百人もいる議員とその支持者がてんでんばらばらに運動していたのでは何の力にもなりはしない。人間というのは意図的に組織され、抑制され、方向づけられてはじめて大目的が実現できる。それは厳然たる事実なのだ。

政党はいわば、ことばの戦争の軍隊である。国会、憲法、政党、三つのうちのどれが欠けても国家の鼎《かなえ》は立たないのだ。

ふりかえれば。

わが国には、愛国公党というものがあった。

いまから六年前、板垣退助、後藤象二郎をはじめ副島種臣、江藤新平、由利公正、岡本健三郎、小室信夫《こむろしのぶ》、古沢滋《ふるさわうろう》といったような面々があつまり、政府左院に民撰議院設立の建白書を提出し、民権運動の口火を切った。

或る意味、この同盟の前身である。もっともあれは、はたして近代的政党と呼べるものだったかどうか。征韓論で政府を追われた政治家がそれでも政府へものを言おうとして足なみをそろえた単なる結社にすぎず、いっそ義兄弟のちぎりに近いかもしれない。愛国公党の「党」の字も、政党ではなく、徒党、党類といったような伝統的な語のそれなのだ。

「けれども、自由党はちがいます」

枝盛はいよいよ声をはげまし、水面《みなも》にうつる自分の顔を愛《め》でるような口調になって、

「自由党は、われわれは、日本初の政党となる。世間に政策をはっきりと提示し、政府とおおやけに論争し、そのことで国家に奉仕する。時期尚早とおっしゃいますか。とんでもない。国会開設後にあわててこしらえるのでは間に合わないのです。開設前に支度しなければ。わが同盟もせっかくここまで版図をひろげたのだ、さらに発展しようではありませんか」

この案は、結局、成立しなかった。

挙手による採決にさえ至らなかった。みんな近代的政党などという美しい語にその美しさ以上の具体的な何かを感じ取ることができなかったし、ありていに言えば、枝盛自身よくわかっていなかった。

――いずれやらなければならぬ。が、いますぐにはいい。

そんな感じの空気だった。やはり時期尚早だったのだろうか。あるいは国会期成同盟も、この点では、政府とおなじ怠慢のけしきに支配されていたのだろうか。

†

しかし憲法制定のほうは採択された。紙と筆があればよし、金がかからぬ気安さで、

——各社それぞれ案をつくり、一年後、第三回大会のとき持ち寄るべし。

ということになった。

枝盛の説得が功を奏した恰好だった。持ち寄った上で討議し、想をまとめ、同盟全体の案とし、大げさに公表すれば世間はまた声をあげるだろう、政府もうごかざるを得ないだろう。理想を言うなら、その同盟案がそっくりそのまま政府の採るところとなり、日本そのものを統《す》べるほんものの憲法へと、

——化けるなら。

いくら何でも無理だろうか。

(いや)

と、枝盛はひとり決めしている。

(俺が、化かす)

大会終了後、高知へかえるや、

「私は、私の案をつくります」

と宣言したが、竹内綱《たけうちつな》が反対した。

反対の理由は、制度論的に明快だった。

「よそには社でやれと言うて、高知《うち》だけ個人がやるのは筋が通らん」

「田舎はしょせん、田舎ですよ」

と、枝盛は、あたかも高知が日本一の大都会だと言わんばかりに鼻のあたまで天をさし、

「彼らの案など、海外のものの猿真似ならばまだましで、おそらくは文章の体すら成さぬものが大半でしょう。気にするにはおよばない。滋賀の伏木なにがしなど、去りぎわに『憲法とは、漢詩とおなじじゃ。案じることが最大のまなび』などと悦に入っていましたから。いまから勉強をはじめる気らしい」

「わしもそう思う」

せせら笑いをした。綱はにこりともせず、

「そうでしょう」

「しかしひとたび決議したからには、それはもう鉄の掟じゃ。法律のもつ意味もそこにあろう。これは各社の事業である。個人の事業ではない」

枝盛はしぶしぶ、

「わかりました」

翌日、立志社において、起草委員五名がきまった。枝盛のほかには、

坂本南海男《さかもとなみお》

広瀬為興《ひろせためおき》

山本幸彦《やまもとゆきひこ》

北川貞彦

いずれも立志社傘下の結社の指導者で、三度のめしより議論が好きという連中である。

枝盛はまいにち出社するや、門ちかくの建物の二階の部屋へと直行し、赤焼けした畳の上であぐらをかき、文机に巻紙をのべて、

「さあ、はじめましょう」

と、まるで自分が委員長であるかのように宣言した。

宣言後は和洋の本を参照しつつ、条文の書き消しの作業になる。

むろん大いに議論をともなう。枝盛はしばしば右のうち、北川貞彦とぶつかった。枝盛自身は、けんかを吹っかける気はないのだけれども、たとえば、ほうぼうの条文にあらわれる基本的な語ひとつにしろ、

「人民は」

うんぬんと口に出すのが北川の癇《かん》にさわるらしい。二十世紀の日本国憲法では「国民」にあたる、国家の構成者をさししめす語。

「じ、人民？」

北川は、そのつど大げさに仰天してみせるのである。きつつきが木をたたくような速さで何度も舌打ちをして、

「ことばをつつしめ植木君。そこは『臣民』とすべきであろう。いくら何でも天皇陛下のご威光なしにわれわれが存在し得るとは……」

「その天皇というのも、やめましょう」

「な、な、何を」

「天皇はやめて、皇帝としましょう」

枝盛は、しごくまじめである。奇矯の発言はしていないと信じる者に特有のあの無表情で、

「みょうな権威は取り去ってしまうほうが、わが国の、世界文明へと向かう気概がよりいっそう明確になります。もちろん皇帝は日本の長です。そのことは揺るがしようもない。国政に関するあらゆる責任を免ぜられ、あらゆる刑罰や課税をまぬかれ、その意味において神聖侵《おか》すべからざる存在であることは、ほかの立憲君主国におけると同様だ。けれどもそのいっぽう、これもやはり他と同様になるが、横行闊歩《おうこうかっぽ》がゆるされる存在でもありません」

「もうよせ、植木君」

「われわれ人民のふるまいは皇帝ではなく、あくまでも法律によって掣肘《せいちゅう》される。その法律はもちろん皇帝が発布するにしろ、制定にはかならず国会の承認がなければならな

い。とりわけその法律が、われわれの自由や権利に関するものなら」

「その『かならず』が問題なのだ」

と、北川はここで反撃に転じる。筆の尻でとんとんと畳を刺し、まわりの畳へ墨を散らしながら、

「国家はつねに平時ではない。非常の判断が必要なときもある。他国の攻撃を受けたとき、地震や津波にみまわれたとき、通貨の価値が落ちたとき。それもいちいち国会の……」

「国会を軽視しますか」

「そんなことはない。私はむろん自由の士、民権の徒、うたがうとは心外だ。ただこれだけは言っておく。どれほど良い概念でも、どれほど正しい権利でも、無限にひろげれば害になる。あんまり大きすぎる風呂敷が、それ自体、かえって荷物になるようなものだ」

「しかしそれは……」

「きのうの議論でもそうだっただろう」

と、割って入るのは、たいてい坂本南海男か山本幸彦である。この場合は坂本が、

「きのうは府県の問題をやったが、植木君、君の意見はひどかった」

話をむしかえした。おそらく君は人民も、地方政治も、おなじく政府に虐待されている哀れないけにえと見ているのだろうが、だからと言って、地方政治にも人民なみの自

由をあたえようとするのはどうか。いくら何でも県庁や市役所や村役場などが国家の指示をいっさい受けず、法律もつくらせぬ権利をもつなどというのは、急進的にすぎるだろう。

「何が急進的ですか」

と、枝盛もよろこんで応じる。

「地方の法律《きまり》は地方がつくる。当たり前ではありませんか。政府は人民ひとりひとりの心のなかに立ち入ることができないのと同様、地方政治の内実へも、立ち入ることはできない」

「それは自由のはきちがえだ。植木君、よくかんがえろ。そんな世の中が実現したら、佐賀でまた江藤の乱が起きる。鹿児島でふたたび西郷党が逆反《ぎやくほん》する」

「自由が暴動を誘発する。あなたはそう言いたいのですね、坂本さん」

「あ、いや」

「自由が暴動を誘発する」

枝盛はわざと棒読みふうに言ってから、

「それこそが私たちのこれまでさんざん闘ってきた相手、政府の詭弁《きべん》ではありませんか」

「話がべつだ」

「べつではありません。だいたい地方政治に関しては、権利拡張の先例がある。アメリカ合衆国の連邦制は……」

「アメリカとは歴史がちがう。国土のひろさもまったくちがう。日本は小さな国なのだから……」

「それは理念より情況を優先させる悪弊だ。そんな木からは衰退の花しか咲きませんよ。だいたい坂本さんは近ごろ意気地がなくなったのではありませんか。目の色が、志士から小役人になってしまった」

「一個人を責めるのはよしたまえ」

と、北川貞彦がふたたび口をはさむ。山本幸彦も、広瀬為興も、くちぐちに和すような発言をした。それからまた坂本が、

「植木君。少しは落ちつけ」

坂本南海男も、もともとは、性格があぶらっ気まんまんなのである。何しろ、

——あいつは、いい血じゃ。

と言われることが、他人の声望をも、自分自身の矜持《きょうじ》をも高めている、そういう型の人間だった。

旧幕時代にあの薩長同盟やら大政奉還やらを舞台裏できりまわした土佐の英雄・坂本龍馬の姉の次男にあたるこの南海男ですら、こういうときは、ほかの四人と組むかたちで、

——落ちつけ。

枝盛を包囲してしまう。

熱をさます側というか、守勢の側へまわってしまう。枝盛はもう何も言い返さない。

ただ内心、

（立志社はもう、以前の立志社ではない）

そのことに、身もだえするほどの気のあせりをおぼえるのだった。

むろん、事情は理解している。

立志社はいまや、しゃにむに政府を罵倒すればいい組織ではなくなった。全国の同種の結社をひきい、国会期成同盟はおろか日本人の人権そのものの将来に関して責任を負う立場に立っている。

それはそれで、ひとつの権力と化したのだ。おのずから指導者は、

（小役人になる）

血気さかんな青年が、きゅうに分別くさい中年男になってしまうように。事情は理解するけれども、しかしながら、こと憲法にかぎっては、いまだこの国にあらわれていない。

立志社がまもるべき何かなど、そこには存在しないはずではないか。こういうところで青年期を思い出さぬようでは、理想の追求をしないようでは、ゆくゆくこの中年男は、

（死ぬ）

枝盛は、そう思わざるを得ないのだ。

しかもさらに嫌なのは、こういう場合、坂本や北川がしばしば虎《とら》の威《い》を借《か》りることだった。社長の片岡健吉が、

「どうかね。筆はすすんでおるかね」

などと言いつつ部屋へ来ると、北川あたりが素早く起立して、

「植木君が」

つばを飛ばして言いつける。

枝盛の横暴をうったえる。寺子屋の子供さながらだけれども、片岡は、大人《たいじん》の風格がある。片耳をつきだし、

「ふんふん」

と真摯に聞くそぶりをして、

「ま、君たち、むつまじくやりなさい。完成したら見せてもらう」

もっともまあ、枝盛のほうも、告げ口という点では人のことは言えない。ほかの用事で退助に会うと、右の顚末《てんまつ》を述べて、

「こんなことでは、立派なものはできません」

とうったえる。しかし退助はそのことばが終わらぬうちにもう蠅でも払うように右手をふり、

「できたら見せろ。とことん筆誅《ひっちゅう》をくわえてやる」

などと、見せたところで筆誅はおろか用語ひとつの出し入れもしないこと確実な口調

でこたえるのだった。

あきらかに、興味がない。もともと細部にこだわるのは長所《とりえ》でない上、このごろは、

——わしはもう、時代おくれじゃ。

そのあきらめが、退助にはある。

枝盛にはそんなふうに見えた。実際、退助は、半引退状態なのである。いかなる社内の肩書ももっていないのは以前からだが、いまや実質的にも、片岡や林有造、谷重喜などの大幹部に毎朝ごく大まかな指示を出すだけで、あとはどこかへ行ってしまう。海へ舟を出して釣りでもしているのか。とにかく、きゅうに閑人《ひまじん》になってしまった。夜はしばしば玉水新地へくりだして茶屋あそびをしているらしい。

酔余、ときおり、例の「民権かぞえ歌」をうなることもあるようだが、だとしたら、そのこと自体が時代おくれもはなはだしいと枝盛は思った。妓《おんな》たちの関心はとっくのむかしに、べつの、あたらしい節《ふし》へと移ってしまっているのだ。枝盛は或る日、退助の部屋へ行き、

「憲法起草の仕事は、私には、いささか窮屈なようです」

と告げた。

退助はガラス窓を背にして椅子にすわり、老眼鏡《とおめがね》をかけ、絵入りの雑誌をながめている。雑誌の名前は知らないが、どうやら書画骨董の売買に関するものらしい。

「今後もせいぜい努めますが。板垣先生、それとはべつに、私の名で、新聞に論説を寄

せることをおゆるし願いたい」

「いいよ」

「連載になるかもしれません」

「いいよ」

退助は、雑誌に顔を向けたまま。

枝盛のほうへ目を向けもしない。むっとして、

「ゆくゆくその論説は、私独自の憲法案になるかもしれませんが。立志社は立志社、植木枝盛は植木枝盛ということで」

竹内綱なら、またぞろ制度論的に明快に反対するだろう。退助はあっさり、

「いいよ」

「失礼します」

枝盛は一礼し、部屋を出た。もはや板垣退助の時代は、

(終わった)

疑念が、確信に変わりつつある。

†

東京政府という城は、かくして、外から内から攻められている。

外から攻めるのは、立志社。あるいは立志社にひきいられた全国の民権結社たち。いっぽう内部から舌炎をひらめかすのは、大隈重信という重臣だった。

大隈はあいかわらず、イギリス流政党内閣制の実現をうたい文句にして、ドイツ流立憲君主制の旗をかかげる城主・伊藤博文らと陰湿な政争をくりひろげている。両派はそれぞれ多数の政治家や役人、実業家などを擁しているから、このあらそいは、いずれ日本の権力そのものを、

――分裂させる。

そんな深刻なけしきを帯びているのだった。

おりしも政界では、権力がらみの大問題がもちあがっている。権力というよりも利権だろう。

開拓使。

という役所が、その利権のたねだった。

北海道開拓使と呼ばれた時期もある。文字どおり北海道開発のための役所である。札幌に本庁を置いて道路をつくり、線路を敷き、炭鉱をひらき、ビール製造工場やら木材加工工場やらをどんどん建てている。ゼロからの産業推進というと聞こえがいいが、いうなれば、

――もうかる、北海道。

をこしらえているわけだ。むろん最終目的は、そのことで本土から移民をさそいこむことだった。

アメリカからマサチューセッツ農科大学学長W・S・クラークをまねいて札幌農学校を開校し、農学はもちろん人格教育のための機関としたのもこの役所の企画である。しかしながら北海道はあまりに広大かつ荒蕪《こうぶ》の地で、たいへんなお金がかかるわりには産業はなかなか発展しない。

「もうかる北海道」どころか札幌周辺の整備すらも前途遼遠、これでは金銀をざらざら海へすてつづけるようなものだということで、

——維持しきれぬ。

この役所を、政府は廃止することにした。

もちろん、開発そのものを中止するわけにはいかぬ。そんなことをしたらこれまでの投資が無になってしまうし、だいたい北海道はただの辺境ではない。

その北にはロシアがある。あの領土的野心のばけもののようなロマノフ家の大帝国とひとたび国境がらみの紛争が起きたら、ただちに最前線となる地なのだ。開発事業の継続のためには、事業そのものを、

「民間へ、払い下げるべし」

そう主張したのは、開拓長官・黒田清隆《くろだきよたか》だった。

払い下げの相手は、おなじ薩摩出身の政商・五代友厚《ごだいともあつ》の経営する関西貿易商会だとい

う。

北海道ではなく大阪の会社というところが少々あやしい感じだけれども、払い下げそれ自体は、むろん悪いことではない。官が民にもちものを売るというだけの話であり、或る意味、むしろ利権の放棄だろう。このさいの問題は、その売り値にほかならなかった。

全部ひっくるめて三十八万円あまり。法外に安いように見える上、

――無利息、三十年の分割払い。

という一条が、一般市民を刺激したのである。

市井《しせい》には、あわれな話がいくらでもあるのだ。金貸しにたった一円借りた若い夫婦が二割三割の高利のために隅田川へ身を投げたとか、成績優秀な学生たちが質草《しちぐさ》にした英語の辞書をふたたび請《う》け出せず中退を余儀なくされたとか。そういう世知がらい時代に、これはまた、

――何という親切さか。

その感情に、火がついたわけだった。

払い下げが決まるや、新聞は連日、政府を批判した。

そのつど発行部数がのびた。薩摩の連中がつるんで国家の金を私《わたくし》している、五代は黒田へいくばくか袖の下をつかったにきまっている、そんな論調が受け入れられたのだろう。演説会も盛況だった。ところで世論は、すでにして、国会開設で沸騰している。

一日もはやく国会をひらけ、全国各地から国民の代表を召集せよと政府にきびしく要求している。ここにおいて開拓使官有物払い下げと民権運動とは、

——打倒、藩閥。

この一点でむすびついた。

あたかも二軒の家の火事がひとつになり、街そのものを灰にしようとしているかのごとく、世論はさらに狂乱したのである。立志社ももちろん、どんどんやる。

全国の結社へ檄を飛ばす。もっとも退助は、当初、

「五代友厚とやら、なかなかの男伊達《おとこだて》じゃのう」

などとむしろ賛意をもらしている。

このせりふを言ったのは、或る日の暮方。浦戸湾に舟を出し、ほんとうに釣りをしているときだった。

まだほんものの夏は来ていないのだろう、すみれ色にそまった海面をサササと音を立てて来る風がすずしいというより冷たい。

頬には、日中の熱気がのこっている。それが根こそぎ奪い去られる快感は、二三蔵には、ほかの何にもまさるものだった。東京湾、いや江戸湾を思い出す。人の世がどんなに変わろうとも、これだけは、

(変わんねえ)

そう思いつつ、

と聞き返した。

船尾《とも》にちょこんとあぐらをかき、たばこを吸っていたのが、にわかに煙管《きせる》を口から離して、

「そりゃあまた、なんで。五代っていやあ薩摩の出のくせに大阪ぜいろくの銭《ぜに》の面倒ばかり見てる奸商じゃありませんか」

ふなばたで煙管をかつんと打った。見えるかぎりの海には、舟はいま、この一艘しか浮かんでいない。ふたりの会話は密室の会話とおなじである。

退助は、じっと釣り糸をにらみながら、

「いやいや、あの貧相な北海道の地に、なかなか三十八万という金は出せんわい。今後の投資もかんがえれば、どうして義侠の一挙じゃよ。わざわざ火中の栗をひろうてくれるのじゃ、国民はむしろ感謝せねば。ちょうどヤスが……」

「ご存じなので？」

「ヤスを？」

「五代を」

「ああ、そっちか」

退助は二、三度、目をしばたたくと、ふだんの口調にもどり、

「会《お》うたことはない。たしか旧幕のころはヨーロッパに行っちょったから、おなじ薩摩

藩士でも、西郷や吉井幸輔などのように京や江戸へは来なかった。戊辰の役にも出んかったしな。お」

声とともに、退助はぴゅっと竿をしゃくり上げた。

糸がこちらへ飛んできて、夕闇のなかに一瞬「へ」の字を描いたかと思うと、からりと舟のなかで音が立った。竹製の針が落ちたのである。

針の先には、何もなし。

退助は二本の指でつまみあげて、

「食わなんだか」

「あたりまえでさ」

二三蔵は鼻を鳴らすと、魚のいっぴきも入っていない魚籠《びく》をかさかさと左右にふってみせて、

「えさもつけずに、日がな一日。いってえ何がおもしろいんだか」

うんと顔をしかめてやった。じつのところ退助はここ何か月も、ろくろく人と会うことなく、こんなことをしているのである。

(だんなはもう、おっ死《ち》んじまった)

二三蔵は、無念だった。

死んだも同然というほかなかった。むかしはちがった。全身がはっきりと濃厚な活気を発していて、それが退助のけっして大柄ではない体軀《からだ》を二倍にも三倍にも見せたもの

だった。このごろはどうだ。立志社が国会期成同盟になったあたりから、活気どころか、退助は逆に、

(きゅうきゅう縮んでらあ。年寄りみてえに)

頭脳《あたま》も、よほどぼけたらしい。

社務いっさいを片岡健吉にまかせて太公望《たいこうぼう》を気どるのもまあ、それだけ偉い立場なのだと思えばすむ。身を粉にしてはたらくばかりが有能の証拠でもないだろう。がしかし、いまや政府という敵城にあらわれた五代友厚という恰好の攻め口を、攻めるどころか賞賛するなど、あの血気さかんな植木枝盛あたりが聞いたら即座に、

――板垣さんの時代は、終わった。

などと宣言して、追放の議を発するのではないか。

城攻めどころか、お家騒動である。もっとも、退助はたいへんな民衆的人気がある。そんな謀反を起こしたりしたらそれこそ枝盛というより立志社そのものが世論の総攻撃を受けることは確実だが、それにしても、こんな心配をしなければならないという一事でも、二三蔵には、

(徳川様の世のほうが、よかった)

退助は、ほとんど好々爺である。

またしても針を、針だけを、ぽとんと海へほうり投げて、

「釣りというのは、釣ることを期したらおもしろくない。釣れぬ、釣れぬと嘆くうちが

道楽なのじゃ。わかるか、二三蔵」

「わかんねえよ」

「釣ったら魚《うお》は過去のものになる。釣らぬうちは永遠に未来じゃ」

「へえへえ。ご高説で」

二三蔵は横を向き、鼻の穴に指をつっこんだ。禅問答には興味がない。退助はくすりと笑い声を立てて、

「五代のやつは知らなんだが、岩崎なら」

「岩崎？」

「弥太郎じゃ。岩崎弥太郎」

「と、土佐の？」

二三蔵があわてて退助のほうを見ると、退助は、やっぱり海に目を落としている。巨大な夕陽がうしろにあるので、その横顔は、ほとんど黒一色だった。

その黒い唇が、ぱくりと上下にひらいて、

「ああ、そうじゃ。たしか井の口村の出じゃったかな。旧幕のころからヤスがずいぶん褒めちょったわ。弥太郎は当時、土佐藩が長崎にひらいた貨殖《かしよく》局ちゅう貿易《とりひき》の役所におったんじゃが、ずいぶん金を入れたらしいな。わしも二、三度、ヤスの家でめしを食うたわ。何しろ鼻のふといやつじゃったのう」

ヤスとはむろん、後藤象二郎のことだろう。征韓論にやぶれて退助とおなじく政府を

しりぞいたあとは、政商をめざし、政府から高島炭鉱（長崎県）の払い下げを受けた。

ここまではまあ開拓使（北海道開拓使）における五代友厚と同様だけれども、おそらく象二郎には、五代ほどの運か商才がなかったのだろう。炭鉱はたちまち経営難におちいり、かろうじて三菱に引き取ってもらったものの、象二郎自身はまるで借金とりから逃げるようにして有馬（兵庫県）あたりの温泉宿に、

——ひきこもっている。

そのうわさは、二三蔵もつとに耳にしていた。有馬は最近、東京者《もの》に流行しているのだ。

一種、人生の失敗者だろう。ただしこのとき、退助はそちらへ話を行かせず、

「そういえば二三蔵」

「何でさ」

「弥太郎のことは、吉田東洋先生も褒めておられたなあ」

と、またしても懐旧の度のふかい名を出した。

吉田東洋。土佐藩の仕置役。開明的な政治家であり、優秀な教育者であり、退助にとっては不遇に甘んじていたところを藩政の表舞台へひっぱり出してくれた恩人ないし恩師である。

尊王の大義をかんちがいした勤王党のべこのかあに暗殺されたりしなければ、維新時には、それこそ佐賀の副島種臣あたりとともに発足初期の政府の重要人物になっていた

に相違ない。それほど惜しい人物だった。その吉田がまだ生きていたころ、或る晩、

——猪之助。

と退助を呼んで、こう諭《さと》したことがあるという。

——古人いわく、文武は車の両輪の如し。またいわく、武備ある者はかならず文事あり。おぬしは武にのみ就きすぎる。文もまなべ。書をひもとけ。しからばゆくゆく藩の重望をかならず繁くする人間になるであろう。

退助はなまいきざかりだったから、ないし読書ぎらいだったから、

「通論ですな」

「何？」

「この世には武と文のふたつしかないのだから、どちらも得れば鬼に金棒、あたりまえの話です。わざわざ天下の仕置役のお口を借りるまでもない。猪之助は耳を貸しませぬぞ」

「弥太郎は、貸したぞ」

「弥太郎？」

「おぬしが以前、罪を得て配所されていた神田《こうだ》村には、岩崎弥太郎という地下《じげ》浪人がおる。おぬしよりも数等《すうとう》いやしい生まれじゃが、おなじ話を熱心に聞いたぞ。おぬしより見込みがある」

退助は、そのときのことを思い出したのだろう。ふくみ笑いして、釣り竿をひょいひ

ょいと上下させながら、

「その地下浪人が、二三蔵、いまや三菱の総帥様さ。まったくこの世はわからぬものじゃなあ。西南の役では政府軍の武器調達に貢献し、高島炭鉱ではヤスを債鬼から救い出し、まさしく土佐藩どころか日本中の重望を繋くしているよ」

「いや、だんな、あのね……」

「さてさて吉田殿は先見の明があったわい。わしもあのとき話をちゃんと聞いておれば、いまごろは崑山《こんざん》の玉《たま》になっちょった。こんなふうに代書屋にちっぽけな舟を出させて退屈三昧の人間になどなっちょらんかった。慚愧《ざんき》のいたりじゃ、あっはっは」

「だからね、だんな」

「何だい」

「その岩崎弥太郎が、いまや、大隈さんの金主《かねぬし》じゃありませんか」

二三蔵は、話題を政治談義にひきもどした。またしても煙管をふなばたへ叩きつけてから、

「何しろ大隈さんはいま、国会開設の要求に、開拓使払い下げの弾劾にと大立《おおた》ちまわりのさいちゅうだ。打倒藩閥の大将ですよ。そうして各省の役人もけっこう薩長出身じゃねえ連中がたくさんで、そいつらを大将は手なずける必要がある。政治家は、徒党を組まなきゃならねえんだ」

「うん。それで？」

「手なずけるにゃあ、金がいる。食わせたり飲ませたり抱かせたり、いろいろ世話してやんなきゃあ。その金をそっくり供してるのが、つまり、弥太郎の三菱なんだって」

退助は、顔色ひとつ変えず、

「うわさだろう」

「事実でさ」

「根拠は？」

「弥太郎は、土佐出身。その五体の裡《うち》には、われらとおなじ自由の碧血《へきけつ》がながれている」

「おぬしは江戸っ子ではないか」

「土佐《ここ》もう、ふるさと同然さ」

二三蔵は、鼻を天に向けた。われながら調子がいい。ここまで言えば退助はさだめし、

（よろこぶ）

そう期待したけれども、退助は、海から目を離すこともしない。二三蔵はさらに強い口調で、

「とにかく時代は、大隈さんだ。伊藤博文なんか下野《げや》だ下野だ、あすにも東京を追っ払われちまうよ。井上馨とか、山県有朋とか、山田顕義《やまだあきよし》とかの長州一味といっしょに萩へ落ち、粗末ななりをして、むなしく釣り糸を垂れる日々さ」

言ってから、最後の一句が失言だと気づいたけれども、退助はただ、

「ふーん」

「怒《おこ》れよ、だんな」

二三蔵は立ちあがり、櫓《ろ》をつかみ、押し引きをはじめようとした。浜へ向かおうとしたのである。夕陽はとっくに海の下だった。まわりは闇の濃墨《こずみ》にぬりつぶされて何も見えぬにひとしく、かろうじて漁師たちの焚く漁火《いさりび》の、蛍のような光がちらちらと目に入るだけだった。漁火が上下にふたつずつなのは、それぞれ水面にうつっているのだろう。

「まだまだ」

退助はつぶやき、子供のように背をまるめた。この人はひょっとしたら釣りをしたいのではなく、陸《おか》にいたくないのではないか。

このまま死ぬまで浦戸湾から出ぬ気なのではないか。二三蔵はふと思いついて、これみよがしに二、三度、舌打ちをした。

†

結局。

下野したのは、大隈のほうだった。

おなじ年の秋十月、政府はとつぜん、

——免官。

と天下に公表したのである。

これにともない、味方の有力な政治家である農商務卿・河野敏鎌《こうのとがま》や駅逓総監・前島《まえじま》密《ひそか》なども罷免され、さらには子分の役人というべき矢野文雄《やのふみお》、犬養毅《いぬかいつよし》、尾崎行雄《おざきゆきお》、中上《なかかみ》川彦次郎《がわひこじろう》などもことごとく辞職せざるを得なかった。

大隈はもとより、大隈派が一掃されたのである。

伊藤博文は、けだし政局に勝利した。むろん伊藤自身の手腕もあったろう。それはまちがいないことだけれども、この場合はそれ以上に、数がものを言った。おなじ長州閥の有力者にくわえて薩摩閥の黒田清隆や西郷従道や、あるいは公家出身の右大臣・岩倉具視らがこぞって口裏を合わせた上、たまたま大隈が出張で東京をるすにする機をうかがっていたからだ。河野や前島あたりが対処するには荷がおもすぎるだまし討ちだった。

ふりかえれば。

明治政府のこれまでの歩みは、スペースシャトルの打ちあげに似ている。

スペースシャトルは、地を蹴るのに必要な推力を得るため巨大なブースタや燃料タンクをいくつも抱えている。しかし地を蹴り終えると、もはや必要なしとばかり、それらを気前よく切り離すのだ。

第一のそれは、明治六年（一八七三）である。

征韓論のどさくさで退助や後藤象二郎や江藤新平や副島種臣や西郷隆盛らを切り離し

た。

彼らはまさしく政権発足時の巨大な推力だったのである。そのうちの江藤や西郷はさらに逆賊の汚名をきせて跡形もなく消し去った上、八年後、いまこの明治十四年（一八八一）に、第二段階が実行された。こんどは大隈重信という燃料タンクが切り離され、地上に落とされたのである。

のこったのは、軌道船《オービタ》ひとつ。

それまで自分をはこんでくれたブースタや燃料タンクよりも、はるかに軽い、はるかに小さな船。搭乗人員はかぎられている。

機長はさしずめ伊藤博文であろう。これをべつの面から見れば、発足当初は、

——薩長土肥。

と呼ばれていたものが、土を落とし、肥を落とし、薩や長のあまりものも落として、いわば純粋薩長になったわけだ。

小さいけれども、敏捷である。

操縦の自由度もこれからいっそう上がるにちがいないが、しかしその反面、このたびは或る装置が、軌道船を強力に制動している。明治六年のときには存在しなかったにひとしい命令装置が。

世論である。

この八年間でにわかに存在感を高めた無名の者たちの声、日のあたらぬ人々の意見と

いうより感情の集積。その指示するところに耳を貸さなければ、政府はもはや、安全堅実な運行が不可能になっていたのである。

軌道船はブースタや燃料タンクから解放され、身軽になったかわりに、地上の管制室の指示を受けなければならない。

大隈追放とひきかえに、世論にえさをあたえねばならない。

†

具体的には、まず例の払い下げを取り消した。開拓使の事業はこれを民間会社へ売り出すことをせず、これまでどおり継続もせず、役所そのものを、

――廃止とする。

と公表した。世論へ配慮したのである。民衆は、おのが勝利に満足した。

ただし民衆のほうも、飽き性という致命的な弱点をもっている。もともと思考というよりは反応でうごき、熱しやすく冷めやすいのは致し方もなかった。これは翌年の話だが、人々がもう開拓使のかの字もわすれたようになってしまうと、政府はそれを見すまして、こっそりと旧開拓使の事業のほとんどを農商務省へ入れてしまった。

これでは、廃止などではない。

単なる移管にすぎない。しかもその長官たる農商務卿は薩摩の西郷従道なのだから、結局は、藩閥の手に落ちたのである。

世論は、短期的に勝利した。

政府は長期的に勝利した。見かたを変えれば、この措置により、ロシアをにらんだ国境地帯の開発はつつがなく継続されたことになる。北海道はその産業の発達のため、日本全体の利益のため、今後も税金が投じられるのだ。

いっぽう。

もうひとつの攻めどころである国会に関しては、政府はおどろくべきことに、

——開設する。

と約束した。

しかも一片の事務文書によるのではなく、詔《みことのり》、つまり天皇じきじきの命令という最高の形式をとってである。

まさに明治二十三年を期し、議員を召し、国会を開き、以て朕が初志を成さんとす。いま在廷臣僚《しんりょう》に命じ、仮すに時日を以てし、経画《けいかく》（計画）の責に当たらしむ。……もしなおことさらに躁急《そうきゅう》を争ひ、事変を煽し、国安を害する者あらば、処するに国典を以てすべし。

明治二十三年を期すというのは、要するに、

――十年以内に、やる。

ということだろう。国家の根幹《ねみき》を変えるとなると、十年など、たかだか一弾指《いちだんし》にひとしいことは維新以来のこの十四年があっというまだったことを思い出すだけで明白なのだから、この点では、退助たちの活動は、かんがえられるかぎり、

――実をむすんだ。

ということになる。

どう控えめに見ても、退助たちは勝利し、政府は敗北したのだ。これを東京からの電報で知ったとき、退助は、新潟にいた。

†

その少し前。にわかに寝床から立つや、大声で、

「二三蔵」

「何でさ」

あわてて入って来た二三蔵へ、

「舟はこわして薪にしろ。竿はどこぞの童子《わらべ》へやれ」

「へ？　へ？」

「もう釣りはせん。旅に出る。すずをたのむ。よくめんどうを見てやってくれ」

「旅だって？　行き先は？」

「東国。ことに北陸」

すずとは、妻の名である。長女おひょうはもう二十をこえ、他家にとついでしまったが、最近のすずは家から出ず、しばしば昼から床《とこ》をのべている。あまり体調がよくないらしいのは寄る年波か。まだ四十をすぎたばかりだが。

「たのむ」

退助はその日のうちに高知を発《た》った。

北陸は、地理的にもっとも高知から遠い地方のひとつである。たぶんそのことも関係があるのだろう、これまでは、国会期成同盟へもっとも少ない結社しか参加していない地方でもある。

大げさに言うなら、未開拓の地だった。退助はここにおいて、もはや地元の結社にまかせっぱなしにせず、みずから姿をあらわして、民のこころを、

(掘り起こすべき、機《とき》)

そう判断したのだった。

今後は、北陸以外でもそうすべきだろう。なぜなら同盟はいずれ解散し、さらに面目を一新して、

（政党になる）

そんな予感が、ある。

むしろ義務感にちかいかもしれない。ところで退助は、かつて「党」を名乗ったことがあった。民撰議院設立の建白をやったときの愛国公党がそれだけれども、あれはしょせん、単なる有志のあつまりだった。

徒党の「党」にすぎないのであり、その点では、旧幕時代に武市半平太が結成したあの頑迷かつ迷惑きわまる「勤王党」とまあ変わりはない。このたびはちがう。いわゆる近代的政党である。

口をそろえて政策をとなえ、利害をまとめ、国会へひとりでも多くの代表をおくりこんで政権運営への加担をめざす組織。

単なる徒党ではなく、さらには従来の「同盟」のごとき、小さな結社をただ横にならべただけの建物でもない。それよりもはるかに有機的かつ統一的な意思をもつ、それ自体がとほうもなく大きな動物のごとき運動体。

イギリス等の先例もじかに参照し得るだろう。そんな近代的政党が、いまなら、

（つくれる）

退助は、そう予感したのだった。予感はたちまち決意になった。

（つくる）

もちろん、この時点では、退助はいまだ国会開設の実現を知らない。

政府が詔を渙発《かんぱつ》するという情報をあらかじめ内聞《ないぶん》したわけでもない。根拠はなきにひとしいのだ。

しかしながら退助としては、この予感は、日々の雑事にまみれつつ自分から取りに行ったものではない。

俗塵《ぞくじん》をはなれ、海に浮かび、ひねもす針にえさもつけず釣り糸をのんびり垂れる身の上でおのずから得たものなのである。逆にいえば自分は、そういう明鏡止水の境遇にあるためにこそ、連日、二三蔵に、

——舟を出せ。

と命じたのかもしれない。退助はそんなふうに思った。見わたすかぎり何もないところでは、というより、他人のいないところでは、人間の眼《め》はじつにおっとりと将来の急所をつくことができるのである。

いずれにしても。

退助は、北陸旅行に出発した。

具体的な道のりは、まず埼玉へ。

埼玉から群馬、長野と行き、高田《たかだ》へぬける。そうして柏崎《かしわざき》、長岡《ながおか》と東上し、そこからは舟にのりこんで信濃川の川くだりをした。河口の街へたどり着けば、そこが新潟。ここにはいまだ陸《おか》蒸気の汽笛はとどいていないのである。

新潟でも。

ほかの街とおなじように、昼には演説会をやった。

退助はしんがりに登壇した。内容はもちろん国会開設。いっぽうで全国からの有為の人材の登用を説き、返す刀でこのごろの開拓使払い下げをめぐる薩摩閥の癒着《ゆちゃく》の非を鳴らし、ふたつを一挙に解決するにはもう、

「国会のほか、道はなし!」

そう吼《ほ》えた。聴衆はここでも喝采のあらし、なかには興奮のあまり諸肌《もろはだ》ぬぎになり、踊りだすやつも出るしまつだった。

むろん退助の頭脳は、もっと複雑なことをかんがえている。善悪の単純な二元論はもとより採るところではないのだが、いまここでの目的は、認識ではなく作用である。論説ではなく煽動である。ひたいの汗を袖でぬぐい、聴衆ひとりひとりと目を合わせながら、

「ありがとう。ありがとう」

と言おうとして、あー……としか言えなかった。声がすっかり嗄《か》れたのである。

終演後は、懇親会。

新潟随一の料亭・行形亭《いきなりや》での大酒宴だった。

店いちばんの広間には市長はもちろん実業家もいたし、弁護士も、教育者も、高額納税者もいた。高額納税者のほとんどは地主だった。

寺の坊主もいたというのに芸者を呼んで、たちまち座がみだれはじめた。そこへ木村《きむら》

時命《じめい》、尾本二一郎《おもとにいちろう》という、かねて顔見知りの民権運動家が、

「静粛に。静粛に。東京から急報です」

注目をうながし、その電文を読みあげたのである。


ニジフサンネンヲキシコククワイヒラクノタイセウイヅ

二十三年を期し、国会ひらくの大詔出《い》づ。つかのまの静寂ののち、
わっ
と、雷鳴が沸いた。

それほど歓声がすごかった。みんなが足をふみならすので、畳がゆらゆらと波打った。

その場の客が、みな退助に握手をもとめようとした。退助はまず、その若者へ、

「ただちに土佐の立志社へ打ってくれ。『前途なお遠し、よろこぶなかれ』と」

そう命じてから、握手に応じた。

終わるころには、右手の親指のつけ根が、

(痛い)

こんな心地いい痛みをこれまで経験しただろうか。いまの感想をもとめられて、退助は満面の笑みで、

「ふりかえれば、紆余曲折」

言いかけて、きゅうに涙声になった。

（年をとったな）

涙をぬぐい、声をあげて、

「いや、ふりかえるひまはない。政府という城は落ちたのだ。これからいよいよ政党です」

退助は、断言した。

すでに声が嗄れている。誰かがさしだしてくれた汁椀一杯の酒をぐっと飲みほし、汁椀を投げすてて、退助はつづけた。

しかり、自分たちは、これから組織をまたあらためて、すみやかに近代的な政党を結成しなければならない。これまでの同盟というのが鱸《すずき》の群れだとすれば、政党は、ただ一頭の鯨《くじら》である。

並列的行軍から有機的団結へ。その結成のための一手はもう、

「打っています」

と退助が言うと、聴衆は全員、畳の上で直立したまま、

「おお！」

と喚《おめ》き、めいめい新潟弁をたくましくした。

「さすがは、板垣殿じゃ」

「勉強家じゃなあ」

「で、その一手とは？」

誰かに問われて、退助はそちらへ、

「温泉に」

「え？」

「有馬の湯は、まるで純金がとけたような色でした。聞きしにまさる名泉でしたなあ。豊《ほう》太閤がたびたび湯治におとずれて天下統一を果たしたというのも縁起がよろしく、話には打ってつけでした。そう、後藤象二郎との密談に」

退助は、なおも話をつづけた。

ふたりはそのとき、肩まで湯につかっていた。象二郎はちょうど高島炭鉱の経営に失敗した直後で、

「何じゃ、イノス。嗤《わら》いに来たか」

と不機嫌この上なかったが、退助は、

「それより悪い」

「何じゃ」

「救いの手を、さしのべに来た」

「かえれ」

退助はもちろん、かえらない。湯のなかへ右手をざぶりと入れ、おのれの金玉をもてあそびつつ、

「ゆくゆく国会開設がきまったら、わしはいまの組織をあらためて、政党にしたいと思うちょる。ヤスも加勢せい。おんしの立場は……」

「下足番かね」

「総理」

退助は、ずばりと言った。

総理とは、すなわち党首である。象二郎は、

「ばかな」

一笑した。それはそうだろう。なるほど民撰議院設立建白のときは堂々として主導者のひとりだったけれども、その後は運動から離れた上、政府から炭鉱の払い下げを受けて金もうけの道をもっぱらにした。

——うらぎった。

という引け目があるのにちがいなかった。退助は真顔で、

「本気じゃよ」

「おんしが、ならんのか」

「わしはもう、なかば引退しちょる身じゃ。新しい組織には新しい顔が必要じゃろう。おんしなら記者がよろこぶ」

「ほかの党員が納得せん」

「実業界に顔がきく。おんしは、これが大きいのじゃ。実業界というのは、あれはあれ

で、世間の風《かぜ》によわいからな。おんしの名で、金があつまる」

「つまり、わしは看板か」

象二郎はあきれ顔をしたけれども、退助はやっぱり真顔で、

「そのとおり」

「失礼な」

と苦笑いする象二郎の顔は、どこか楽しそうである。退助がもういちど、

「加勢せい」

と言うと、象二郎は、

「死ね。イノス」

左右の手のひらを直交させて握り合わせ、水面すれすれに沈ませた。両手をふくらませてつぶし、ふくらませてつぶしを繰り返せば水鉄砲の連射になる。

銃弾が、退助の目を直撃する。退助が、

「こいつめ」

おなじ手わざで反撃したので、あとは銃撃戦になった。

髪の毛も、肩も、耳のなかまで黄金の湯まみれになった四十なかばの男ふたり。退助はふと、ふるさとの鏡川を思い出した。おさないころから自分はこの憎々しい濡れ顔をいったい何度まのあたりにしたか。

いったい何度、ともに泳いだか。季節が変わり、世の中が変わり、おたがいの境涯が

変わっても、この男とのくされ縁だけは、

（変わらぬ）

などという感慨を、退助は、もちろん即席の演説において明かすことをしない。

金玉と水鉄砲以外のところを略述して、ひとつ咳払いをしてから、

「そんなわけで、新潟のみなさん」

と、ようやく話をしめくくった。

「象二郎も加わり、機運が熟し、いよいよ自由の党がわが国にあらわれる。ぜひとも力をお貸しいただきたく」

「力でのうて、金じゃろ」

囃し声がしたほうへ、退助は何度もうなずいてみせて、

「そのとおりです。政党というのは、当たり前じゃが、党費がなければ一日ももたぬ。そうしてこの新潟というのは、われら土佐の国人《くにびと》から見ると、あまりの富の蓄積のおびただしさに妬心すら抱かざるを得ぬ街です。旧幕時代よりつづく日本の物流《にはこび》の大《おお》根幹、いわゆる西廻り航路の寄港地《みなと》にあたり、北陸一《いち》の、いや、博多をのぞけば日本海沿岸でいちばんの金蔵じゃ。お願いします。たのみます」

手を合わせ、頭をさげれば万雷の拍手。

その夜、退助は、すすめられる杯をことごとく干した。鯨の団結をうったえた男はあっというまに鯨飲《げいいん》して昏倒し、そのまま起きず、翌日の夜までねむりつづけた。

19　自由は死せず

植木枝盛はこの九日前、父母に、

「行ってまいります」

と挨拶して、汽船・浦戸号にのりこみ、高知を発している。

目的地は、東京。

都市の規模という点からしたら都上《みやこのぼ》りだが、自由思想のもりあがりから見れば、むしろ、

（都落ち）

枝盛自身は、この移住を、そんなふうに定義している。

都落ちのわりには、甲板上で海風を受けるその顔つきは意気軒昂そのものである。たったひとり、

「……どこまで、行けるか」

などともつぶやいている。

どちらにしろ、自由民権運動は、もはや高知中心であってはならぬ時期にきたという

のが枝盛の認識だった。

旅の過程では、船、徒歩、鉄道など、交通手段をくるくる変えた。

そのつど次の目的地までもっとも時間のかからないものを選んだのである。生来せっかちなこの男らしいが、それでも箱根の山を越えるときだけは、むかしながらの駕籠しかなかったので、

「この文明の時代に、ご苦労だね」

口に出して、あやうく雲助《くもすけ》にぶん殴られそうになった。枝盛は、たった八日で東京に着いた。

東京では。

当初、鎗屋《やりや》町の国会期成同盟中央本部に厄介になった。

小さな所帯ではあるけれど、まがりなりにも諸国の同志があつまっている。枝盛はそこで物価、治安、人気《じんき》、安いめし屋のありどころ等、いろいろのことを教えてもらい、下宿も紹介してもらった。

芝区兼房《かねふさ》町の三沢ゆうという人の家に厄介になることにした。女ひとりの大家だが、この時代、未亡人が糊口《ここう》および生活の安全のため二階を貸しに出すという話はめずらしくない。この時期の社会には、女がひとりで金をかせぐ手段はきわめて限られていた。

「よろしくお願いします」

しおらしく頭をさげて、本や衣類、お気に入りの文房具などの荷物をその三沢方《がた》へは

こびこんだその日に、

――国会開設の大詔、出る。

の速報がこの首都の空を旋回したのは、そんなわけだから、完全な偶然にすぎない。

高知より送り出したものが、この日たまたま着いたにすぎぬ。しかし枝盛はその後、誰彼なしに、

「予感だよ」

と言いちらした。

「予感が、はたらいた。だから急いで高知を出たのだ」

これから自由民権は一部の意識家による特殊な運動ではなくなり、いっそう普遍的な、いっそう当たり前のいとなみになる。

つまるところこの運動は、ただの政治になるのだ。その中心もしたがって東京になる。

「ならざるを得ぬ。まあ予感というよりは、確信だったね。最初から」

連夜、吉原やら新橋やら品川やらで宴を張った。

同志たちと飲みくらべをし、妓《おんな》どもへ抱きついた。

みずから作詞したあの民権かぞえ歌も大いに歌った。かつて退助がおなじことをしたさい鼻で笑ったそのことを、枝盛も上きげんでしたのである。もちろんそんなもの、いまや東京の若い女はもう誰ひとり知るはずもなかった。知ったところで、

――いなかくさい。

鼻をつまんで一蹴されていたにちがいない。

それならとばかり枝盛がこの一大事を報じる新聞記事をかたっぱしから読んで聞かせてやっても、こんどは古株どもがくちぐちに、

「ふかく契った男女でも、ひと月も経てば心ははなれちまいます」

「ましてや十年だなんて」

これはまた、一般市民の反応でもあった。

そんな先の大きな約束など、きょう一日の小さな実行に劣る。それが市井の知恵なのである。

ましてやこの場合、約束のぬしは、政治家である。

――どうせ、反故《ほご》にされちまうさ。

新聞各紙が数日後、この話題をきゅうに報じなくなったのは、ひっきょう、期待したほど評判にならなかったからにちがいない。無邪気によろこんでいるのは、自分たち、

(民権家だけ)

枝盛は、にわかに頭の芯がひえた。

ひえれば、この男はまた、過去よりも圧倒的に未来のほうを見つめる男である。連日、鎗屋町に出入りして、

「百年河清《かせい》を俟《ま》つべからず。いまのうち、すみやかに、つぎの一手を打つべし」

同志たちを鼓舞した。

つぎの一手とはもちろん、いまこそ、

(自由党)

徒党、党類などとはちがう日本初の近代的政党。あるいは政策と議論で国家に奉仕する機能的組織。もはや時期尚早どころの話ではなく、うっかりすると手おくれになる。

そのためには、退助が要《い》る。

枝盛はさかんに同志を説きながら、内心、

(板垣さん、何をのんびりしているのだ。はやく東京《ここ》へ)

その長すぎる髪をかきむしりたい思いだった。

†

退助はもちろん、新潟での鯨飲の翌日にはもう、

「東京に、もどろう」

そう言い出すと、誰もが予想した。

旅行中、身のまわりの世話をしているのは、喜多川孝経《きたがわたかつね》という若者である。

京都府出身の民権家で、二十代の若者にしては頭がよく、なかなか現実家だったけれども、その喜多川もまた当然のごとく、

「東京へ向かうには、どういう経路で」

などと旅宿のあるじに聞いたりした。けれども退助の部屋へ行くと、これまた当然のような顔で、

「喜多川君。つぎは新発田《しばた》だな」

と言われたので、喜多川はおどろいて、

「せ、先生」

「何だ」

「それはむろん、元来の予定ではそうでしたが……」

「予定どおり行く。変更はせぬ。わしごときの演説をたのしみにしてくれる人がそこにいる以上、失望させることはできんよ」

そのくせ新発田に行き、演説をやったあと、喜多川が、

「今後はさらに日本海をさかのぼります。庄内《しょうない》、秋田と……」

と説明すると、退助は首をふり、

「取り消しじゃ」

「はあ?」

「予定はすべて取り消しじゃ。もう演説はせん。海浜の暖地で保養しよう。連日連夜しゃべりづめて、のどが変になってしもうたわい」

ひたいへ手まで当ててみせた。熱もあるかも、というこころらしい。

海浜の暖地とは、

（太平洋岸か）

　喜多川はそう思い、あわてて旅程を組みなおした。仙台では退助はほんとうに数日間、何もせず過ごしたかと思うと、とつぜん喜多川を居室に呼び、ひどく思いつめた顔で、

「会津に行きたい」

　喜多川は、頭がいい。

それをみずから誇ってもいる。しかし何しろ若いから察しの悪さは如何ともしがたく、

「はあ。あそこには有力な結社がありましたかな。演説会場はどこにしましょう」

などと腕組みしてしまう。退助はまなこをひんむいて、

「ばかめ！　わしが行くんじゃぞ」

　会津へは、しずかに入った。

　ほかの街でするように、

——板垣来《きた》る。

とあらかじめ触れまわらせることをしなかった。地元の有力者を訪問もせず、演説もせず、夜宴の予定も組まなかった。まるで罪人のように人力車から降りず、幌《ほろ》ですっぽりとわが身を覆って一目散に城をめざした。

　実際、退助は、ここでの自分を、

（罪人だと）

　喜多川はひとつうしろの人力車で追いかけつつ、さすがに思いあたるふしがある。十

三年前、あの戊辰のいくさのとき、退助は大軍をひきいてこの街を「征伐」し、その大半を焼いたのではなかったか。

何千、何万という無辜《むこ》の民をして余儀なく逃散《ちようさん》させたのではないか。喜多川はぼんやりと周囲を見おろした。若者の目には、その街は、他とはほとんど変わりない。

城に着き、一行は、人力車を降りた。

†

若松城には、天守はなかった。

十三年前、退助がぽんぽんと砲弾をうちこんで穴だらけにした白い美しい建物は、いまはもう、ただの青空になっている。

「とりこわしました」

とだけ、地元の案内者は言った。空の下にいすまっている重たげな石垣のみが往事の兵の不屈のたましいを誇示している。

退助はきびすを返し、

「行こう」

城を出て、ふたたび街中へ入る。ちょっと北へ上がったところに東明寺《とうみようじ》という寺があり、退助はふたたび降りて門をくぐった。

出むかえた住職に、

「官軍の墓地があると聞いた。案内してくれ」

と言うと、住職はにこりともせず、

「西軍ですな」

案内してくれた。無数の墓石のならぶなか、

「ここです」

と言われた一基に正対し、退助は、

「謙吉」

背広すがたのまま、両ひざをついた。

石のつらに、

官軍土藩　小隊長小笠原謙吉茂連墓

ときざまれているのを手でざらざらと撫でながら、

「ひさしぶりじゃのう。謙吉。わしじゃ、板垣じゃ。いやむしろ乾退助と言うほうがおんしには自然《なじみ》かな。わしはまあ、わしなりに仕事しちょるぞ」

「おんしの耳にもとどいたかな、政府が十年のうちに国会開設を……いやはや、こんな話はわからんか。おんしはあくまで、ちょんまげ時代の武士じゃからのう。わしはつく

づく思うわい。こんなところで死ななんだら、おんしはいまごろ、わしなんぞ及びもつかぬ自由民権の大家になっちょった。まっことじゃ。旅も酒もやりほうだいじゃ」

気がつけば、うつむいている。

ズボンの両ひざが、黒いしみをふやしている。退助は手の甲でぐいと両目をぬぐうと、立ちあがり、合掌して、

「……わしが、おんしを殺したんじゃ」

十三年前、若松城には、まだ天守があった。

そこをめざして退助たちは進軍した。小笠原謙吉《おがさわらけんきち》はそのなかの三番隊をひきいて最強の小隊長だったけれども、何しろ城が強固だった。

あるいは、城のつくりが巧妙をきわめた。退助はなかなか城門が見つけられぬまま兵力をいたずらに費消したが、謙吉はそのさい、半マンテルの胸を撃たれてしまった。

馬から落ち、退助のもとへ来たときにはもう土色のむくろだった。おなじ上士の家の出《で》で、旧幕のころから仲がよく、ここまでの行軍中は甲府でも、勝沼でも、今市でも、つねに退助のちかくにいた。退助はそれを当然と思っていた。

うしなって、はじめてわかる友。

もちろん実際は、かりに戦死しなかったとしても、この謙吉にそこまでの器量があったかどうか疑わしい。おそらくないだろう。しかしこの瞬間、この墓前で、退助はたしかに、

(ある)

罪悪感が、あり得べかりし死者の未来をかがやかせている。

退助はそれから、他の兵の墓にも詣でた。

ことに小笠原唯八《おがさわらただはち》のそれにはねんごろに手を合わせた。唯八もやはり若松城の攻防戦で左脇を撃たれ、絶命した。謙吉の兄。なつかしい土佐の小笠原家は、この会津の地で、長男と次男をたてつづけに亡くしたのだった。

喜多川は、不満らしい。

――懐旧の情など、生きるに何の役に立つか。

という意のあらわな声で、うしろから、

「板垣先生、東京の植木枝盛殿から電報が来ました。こちらでは政党を結成すべく後藤象二郎殿もまねいて会議している。すぐ帰京あるべしと」

「そうかね。じゃあ」

退助はよっこらしょと腰をあげ、唯八の墓へ、さようなら、もう来《こ》ぬからなと声をかけてから、

「じゃあ、行くか」

「はい!」

「また仙台へ」

――逆方向ではないか。

という顔を、喜多川はした。ようやく察したのだろう。目をほそめて退助をにらみ、

「先生はつまり、東京へ、行きたくないのですね」

「理由がある」

「え？」

「理由が、わかるか」

たたみかけると、喜多川は目をおよがせて、

「あ。……いや」

「仙台へ行く」

退助は断固として言い、さっさと墓地外へ出てしまった。

人力車にふたたび乗り、幌をかけ、視界をまっくらにした。喜多川を待たずに走りださせて、ひとり、

「総理になる」

四度つぶやいた。

総理、つまり党首である。東京の同志が政党をつくれば、その指導者には、

（わしが、なる）

われながら、気のはやりを如何ともしがたい。

と同時に、おちついて算盤《そろばん》をはじいたつもりでもある。これまでとはちがう。自分がなるのが、物理的な意味で、

（いちばん、効《き》く）

なぜなら、いま全国における同志たちの遊説の情況をかんがみるに、退助は、ほかの誰よりも成績がいい。

ほかの誰よりも聴衆をあつめ、金をあつめ、あらたな同志をあつめている。ところでいま、政党をつくると称したところで、世間はそもそも政党の何たるかを知らぬ。

となれば、世間へは、活動内容よりもまず、

――顔。

で印象づけるのが良策だろう。ここでいう顔とは代表者の知名度くらいの意味であり、要するに世間が、

――板垣なら、信じていい。

と何となく思いこんでいるその信用を、そっくりそのまま、政党のそれへと転じればいいのだ。

だから総理には、自分がなる。とはいえここでは、退助が、

――みずから、望んだ。

という筋書きにはしたくない。

世間には、ほんのわずかでも私欲のにおいを嗅がせたくないのだ。いうまでもなく、そのにおいは、政党そのものへの不信の念に直結するからである。

——同志が勝手に党をつくり、わしを推した。わしは仕方なくその座についたのだ。

のちのちまでも、そう言えるのが理想なのだ。もっともこの小笠原唯八、謙吉兄弟の墓まいりは、それはそれで心のまことである。おそらく今後もう二度と、

（まいられぬ）

退助には、その予感がある。

政府との対峙のため東京から離れられぬだろう、遊説のため全国を馳駆《ちく》しなければならないだろう、そう思ったからでもあるが、事ここに至れば、あるいは、民権運動の伸張をこころよく思わぬ誰かに、

（殺《や》られるかも）

そのことは、かんがえざるを得ないのである。

墓まいりどころか、退助自身が墓のなかの人になるのだ。

臆病ではない。うぬぼれの反動でもない。実際、これまでも、演説中にものを投げられて顔にけがを負った同志はいたのだし、そういう身体的な危険は、今後ますます強まるにちがいない。

これもまた、運動の発展の一帰結なのである。最近は、国権論などと称して、

——御一新より十年あまり。欧米列強によるしたたかな東アジア侵略の前で、わが国は、いまや風前のともしびのごとき状態である。独立の矜持をたもつなら、民権よりも国権をまず拡張すべし。

などと味噌も糞もいっしょの論をかまえる新聞がある。

それを真に受ける読者がある。そういう読者のなかに少しく乱暴なやつがいれば、演説の妨害などはもちろん、暗殺事件もこれから容易に起こり得るのだ。いまのうちに会津へ来なければ、もう死ぬまで、

（行けぬ）

退助には、その焦燥があったのである。そもそも墓まいりの用をのぞいても、会津の地は、退助には記念の地にほかならなかった。はじめて支配者ならぬ被支配者の価値にめざめたのは、この地へ入るとき、逃げゆく人々の姿をまのあたりにしたからだった。あれはみんな武士ではなかった。乾退助の生涯は高知の中島町にはじまったが、板垣退助の生涯は、或る意味、ここを揺籃《ようらん》の地としているのだ。

とにかく。

予定どおり、退助は、会津を出た。

喜多川孝経に命じたとおり、仙台へふたたび入った。宿にひきこもったまま釣りにも出ず、酒も飲まぬ。

喜多川を相手にくだらぬ話をつづけるか、そうでなければ本を読む日々。

人生でもっとも意味ある無為。東京からは次々と電報が入り、手紙が舞いこむ。それによれば同志たちは浅草須賀町《あさくさすがちょう》の大規模貸席・井生村楼《いぶむらろう》へと場をうつし、会議をかさね、国会期成同盟の、

——解散。

を、決議した。

あらたに自由党を結成し、盟約三章を決定した。その盟約とは、
第一章　わが党は自由を拡充し、権利を保全し、幸福を増進し、社会の改良を図るべし。

第二章　わが党は善美なる立憲政体を確立するに尽力すべし。

第三章　わが党は日本国においてわが党と主義をともにし、目的を同じくする者と一致協合して、もってわが党の目的を達すべし。

大した中身はない。要するに、

——これから、がんばります。

とおだを上げているにすぎないのだが、しかしとにかく話がとんとんと進んでいることはまちがいない。

（おいおい）

退助は、当惑せざるを得ぬ。

（鬼のいぬ間《ま》に、一瀉千里《いっしゃせんり》か）

わが心事ながら、矛盾をきわめている。この進退は失敗だったか。総理はもう自分の

ほかの誰かに決まってしまったのではないか。退助は、にわかに不安になった。

退助はこれまで、無役をつらぬいていた。

愛国社でも、国会期成同盟でも、固辞して指導者をひきうけなかった。もちろんそれはそれなりの意図があったのだが、あれでもう、

——板垣さんは、金輪際うごかぬ。

そう思いこんだ者もあるだろう。

想像以上に多いのかもしれぬ。それにどうやら、この会議の議長には、
(ヤス)
後藤象二郎がえらばれたらしい。

それだけ支持があるのだろう。実際、象二郎は、実業界での知人友人にかたっぱしから声をかけ、寄付をつのり、ほかの誰よりも金を入れている。

退助をのぞけば、たぶん額は最多ではないか。それこそ退助がこのおさななじみをこの運動へひきずり込んだ目的とはいえ、こうなると、

(やつめが、総理に)

むろん象二郎自身は、

「就かぬ」

つとに断言している。

退助みずから耳にしている。高島炭鉱の経営に失敗して九州をはなれ、有馬で湯治を

していたとき、あの純金がとけたような湯のなかで、

「総理になれ」

と退助がわざと大きく出たところ、即座に、

「あり得ぬ」

と応じたのだ。

もとより退助も本気ではなく、一種、不意打ちを食わせたにすぎなかったにしろ、それでもあの言いかたはにべがなかった。いまとなっては大きな安心材料だけれども、そのいっぽう象二郎は、稀代の、

（かつがれ上手じゃ）

このことは、何としても事実なのである。

早い話が、旧幕のころ。はじめのうちは吉田東洋に登用されたり、土佐勤王党を弾圧したりと保守派の巨魁でありながら、時代の空気が変わると心をなだらかに変化させ、坂本龍馬あたりと相通じた。

とうとう大政奉還まで実現させて、徳川の世を終わらせた。どっちにころんでも象二郎は神輿《みこし》の上にありつづけたのである。

一種の才能である。象二郎自身はそれなりに首尾一貫したつもりなのだろう。いまも同志たちの支持を得たと見るや、節を変じて、

「やっぱり、やる」

などと色気を出しかねない。それが後藤象二郎なのだ。

そもそも民権だの総理だのと小むつかしいことを言わずとも、退助と象二郎は、

——おさななじみ。

というより、それ以上の関係である。

退助が象二郎に蛇を投げれば、象二郎は糞をつかんで投げ返す、そういうことをくりかえしてきた骨がらみの宿敵《あいかた》どうし。

退助の上に、

——立てる。

というだけで食指が何本うごくことか。いくら何でも象二郎ももう四十四、そこまで子供っぽい理由で去就をきめるなど、

（あり得ぬ）

とも思うのだが、反面、政治の世界では、人はふしぎに子供っぽくなる。

退助はそれを何度も見てきた。はたして総理には誰がなるのか。もしも自分がなれないのなら、そのときはそのとき、

（しかたない）

板垣退助、畢竟《ひっきょう》それだけの器でしかなかったということ。人生の採点表というのは、毎日こつこつ出されるものではない。

或る日とつぜん、何年ぶん、何十年ぶん、まとめて突きつけられるものなのだ。……

と思いつつも、やっぱり、

（わしが、やりたい）

（やらねば）

これもまた、政治の泥沼なのだろうか。

†

十日あまりのち、東京から電報が来た。

——板垣君、総理に決定せり。固辞すべからず。

喜多川がそれをうれしそうに読みあげると、退助は顔をしかめて、

「わしの意思も聞くことなく、勝手なことを」

われながら、天邪鬼《あまのじゃく》なことではある。ほんとうは脇息にもたれたくなるくらい安堵したのだが。

喜多川が、

「板垣先生」

「何じゃ」

「どうします」

「固辞する。むろん」

喜多川はみるみる不満そうな目になり、

「わかりました。では、返電を」

立ちあがりかけたが、退助は、

「待て。それはいかん。人をつかわし、直接、口上を述べさせろ」

と言った。電報一本でことわっては、

――本心でない。

と見ぬかれる恐れがある。

喜多川は、

「口上は？」

「私ごときは任ではない。後藤象二郎君を推薦する。後藤君はよく分別して拒むことなかれ、堂々大役をひきうけよと」

その日のうちに、使者がふたり、仙台を出た。

数日後、帰仙した。口をそろえて、

「後藤氏より、お返事をことづかって参りました」

「ほう。何と」

「それが……」

ふたりは、顔を見あわせた。よほど言いづらいことらしい。退助が、

「かまわぬ。申せ」

とうながすと、片方の男が意を決したように、

「後藤氏は、こう言われました。『おんしが死んだら、ひきうけてやる』」

「ヤスめ」

退助は、苦笑いした。

単なる憎まれ口なのか。それとも、

――いのち大事に。

という気づかいを秘めているのか。退助はただちに宿を出て、汽車に乗り、一路、東京へと向かった。

†

上野の駅に到着するや、人力車に乗り、まっすぐ浅草へ向かった。

沿道は、しばしば制服を着た警官の姿が見られた。帰京を待っていたのだろう。退助に何か特別の行動があれば、たとえば車上から痰を吐くといったような小さなことでも、それを理由に、

（拘引する気か）

退助は、むろんそんなことはしない。

もともと潔癖性なので、箸なども、この旅行のあいだも自分専用のを常時携帯させた

ほどなのだ。井生村楼にぶじ着いた。
井生村楼では、連日、党の集会がひらかれている。部屋は、いつもおなじだという。店の者にみちびかれると、退助は、立ったまま襖を
バタリとあけ、かたくるしい口調で、
「いま、戻りたり」
部屋のなかは、二列。
一列あたり八人、あわせて十六人。さしむかいで党幹部が居ならんでいる。膳のもの
も用意してあり、椀物は、白い湯気を立てていた。彼らはいっせいに、
「おお」
拍手しはじめる。退助はみょうに感傷的になった。うつむいて、そそくさと奥へすす
む。
いちばん奥には、十七番目の席。
左右どちらの列にも属さぬ、しかしどちらの列をも睥睨《へいげい》できる位置。背後に床柱をひ
かえる上座中の上座。そこの座布団にあぐらをかくと、左右のうちの左の列、もっとも
退助に近いところの男が、
「総理就任、おめでとう」
意味ありげに笑う。後藤象二郎である。退助は、
「ふん」

苦笑いして、

「おんしは副総理かね」

「いや、ちがう」

と象二郎がこたえたのと、象二郎の向かいの男が、

「副総理は、私です」

と口をはさんだのが同時だった。退助はそちらへ目を向けた。三十五、六というところか。むやみと小さなその顔には、見おぼえは、

（ない）

いや、かすかにあるような気もする。眉をひそめて、

「おんしは、ええと、たしか……」

「中島作太郎《なかじまさくたろう》」

と象二郎が助けぶねを出す。これには中島自身が、

「いやいや、後藤先生、その名はもう捨てました。いまは信行《のぶゆき》」

「そうじゃったかなあ」

「またまた、ご存じのくせに。中島信行とお知り置きください」

仲がいい。

あるいは、おたがい狎《な》れている。退助は、

（なぜ）

きつねに化かされたような気になった。なぜ新顔がそんな重要な職にいきなり就くことができるのか。そうしてまた、なぜ、

（このふたりが）

名前を言われて思い出したが、中島は、かつて長崎でほかならぬ象二郎を斬殺しようとしたのだ。

中島信行は、土佐国高岡郡津賀地《つかじ》村の郷士の家の出身。

若くして尊王のこころざしに目をひらき、脱藩して、おもに長崎に潜伏した。いっぽう象二郎はそのころ土佐藩の大監察で、志士を弾圧する側だったが、勤王党をひきいる武市半平太に切腹を命じたことが、中島をたいそう憤激させた。

――武市先生の、かたきを討つ。

中島は、その一心だったのだろう。

象二郎が所用で長崎に来たさい、川ぞいの道ですれちがいざま刀の鞘をわざとぶつけ、喧嘩を売り、抜刀しかけた。

中島には、仲間が三人いた。結局この挙が、たまたまそこを通りかかった坂本龍馬のとりなしで未遂に終わったことは本稿で以前に述べたところだが、とにかく退助は、その話を聞いてから、

（中島なる男は、軽挙妄動の徒）

好印象をもたなかった。退助はこういうとき、どちらかというと志士のほうに共感す

ることが多かったが、中島だけは例外だった。

ところが御一新後は、人が変わった。政府へ出仕し、民部省、大蔵省のあとは神奈川県令に転じて手腕をあらわし、中央へまいもどり、元老院議官となった。順調な出世である。時代の風をつかむのがうまかったのだろう。だが元老院でつまらぬ政争にひっかかり、職を辞した。一年前のことだった。ここにもまたスペースシャトルから落下した小部品があったわけだが、そんなわけで、

「私も、心をあらためました」

と、中島はいま、退助へすらすらと述べ立てる。

「これからは民権の闘士となり、藩閥打破、国会興隆のため身命を賭《と》します。どうぞよろしく」

(勝手にしろ)

渋面をつくる退助へ、象二郎が、

「わしが声をかけたのだ」

あいだに入った。まるで仲人口でもきくように、

「政党というのは要するに小型の政府、政権を持たぬ政府じゃからな。わしらはそのつくりかたを知らん。しかしこの中島君は、維新時に政府を一からつくり、なおかつ最近

までその枢要の地位にあった。政党づくりに最適当の人物じゃ。そうだな中島君」

「ええ、後藤さん」

「実際、イノス、党規則の策定には中島君の知識と経験がどれほど役に立ったことか。副総理に推した甲斐があった。なあ中島君」

「ええ、後藤さん」

ふたりは親しい兄弟のように見つめあい、笑顔を交わす。退助はもういちど、

(勝手にしろ)

ここにも藩閥はあるのだ、そう思わざるを得なかった。よその土地の出身なら県代表がせいぜいだが、土佐に生まれれば、いきなり副総理にもなれる。

——人は、群れる。

どうしようもなく派をつくり、閥をこしらえる。退助自身も例外ではない。何しろ高島炭鉱の経営に失敗した後藤象二郎を民権運動へひきこんで、ただちに幹部の応対をしたのだから。

こんなことでは政府内の人事を、

——薩長閥の巣窟なり。

などと批判することは、少なくとも倫理的にはできないだろう。それはそれとして、

「で、ヤス」

「何じゃ、イノス」

「おんしの肩書は何じゃ、ヤス」

退助が問うと、象二郎は、

「常議員、ということになった」

「常議員？」

「党規則に『重要なる事件を評議す』とさだめるが、要するに党そのものの意志決定の最高機関じゃ。ほかには三人。馬場辰猪《ばばたつい》君、末広鉄腸《すえひろてっちょう》君、竹内綱君」

「よろしく」

象二郎のとなりの三人が、声をそろえて点頭《てんとう》した。こんどは中島信行が、

「私の側には、五人の幹事」

「幹事とは、常議員とどうちがう」

「党規則には『会計および党員出入、文書の往復、所有品の監護等の諸事を分掌す』とさだめました。林包明《はやしほうめい》、山際七司《やまぎわしちし》、内藤魯一《ないとうろいち》、大石正巳《おおいしまさみ》、林正明《はやしまさあき》の諸君です」

つまりは事務局というところだろう。これもまた全員、

「よろしく」

同時に点頭。これで十人の氏素性が判明した。中島がことばを付け足して、

「言うまでもありませんが、これら常議員、幹事はもとより副総理、総理の職にいたるまで、すべて党員がこの井生村楼にて選挙をおこなった上、選出しております。薩長とはちがう。情実ではない」

「よろしい」

退助は、異論がない。

せいぜい竹内綱の顔を見ながら、

(竹内は、あれほどの計数家だ。むしろ幹事のほうが性に合っているのでは)

などと感じたくらいである。実際はもちろん選挙の前に有力者による推薦があり、それが結果に直結するのだ。選挙は、なかば形式である。

のこりは、六人。

退助からは最遠である。

「彼らは何だ?」

中島に問うと、中島は、

「九十八人の各県代表のうち、おもだった者を呼びました」

「よろしく」

と、こんどは退助のほうから頭をさげた。既知の顔もあるし、未知の顔もある。福島県の河野広中、高知県の植木枝盛はかねてなじみだし、

「栃木県代表、田中正造《たなかしょうぞう》です」

と名乗った恰幅のいい、いかにも裕福な家に生まれた感じの中年男ははじめて見た。

横から中島信行が、

「わたくし中島も、東京代表を兼ねております」

「というわけで、イノス」

「何じゃ」

「全員の身元がわかったところで、心骨《しんこつ》を吐け」

象二郎が言うのへ、退助は、

「心骨？」

「おぬしは頭領じゃ。頭領は、心ひとつがそのまま党自体の大方針となる。わしらも個々に意見はもつが、大きくは、おんしにどこまでもついて行く。その心ひとつを明らかにせよ」

要するに、所信表明演説をしろと言うのだ。退助は即座に、

「いやだ」

「何？」

「所信など、何の役にも立ちはせぬ。かんじんなのは個々の論じゃ、こまごまとした現実の処理じゃ。もっとも、その現実の処理がさしあたり目標とするところ、くらいの話ならしてもいいが」

「天邪鬼め」

象二郎は苦笑いして、

「たのむ」

退助はあぐらをかいたまま、さながら雑談のごとき口調で、

「目標は、もちろん十年先じゃろ」

今後十年、政府がほんとうに国会をひらくのか、それへ向けて準備しているのか。これから毎日それを監視するのは当然として、ほんとうに開設されたあかつきには、その国会へひとりでも多くの同志をおくりこむことが重要になる。

すなわち、

「きたるべき国政選挙に勝利する。いや、圧勝する。それが自由党の目標じゃ」

「そこへ至る、具体的な道は？」

象二郎が問うのへ、

「道は、ふたすじ。ひとつは憲法の文案づくり……」

「その件について」

待ってましたとばかり挙手の上、すっくと立ったのは植木枝盛である。中島信行が、

「何だね、植木君。いまは総理の演説のさいちゅう……」

「かまわんよ。座談にすぎぬ」

と退助が言ったので、枝盛は紅《あか》い顔になり、

「憲法の文案に関しては、国会開設の大詔に、その文言に、大きな罠がありました」

「罠？」

「あの文言にはこうあります。国会開設に関する政務はこれを天子が『在廷臣僚《しんりょう》に命じ』、その組織や権限についても『朕みずから衷《ちゅう》を裁《さい》し』うんぬんと。これはつまり、

どういうことか。臣僚でもなく天子でもないわれわれ市民にはいっさい手をふれさせぬということです！」

よほどくやしいのだろう、二、三度、足ぶみをしたので、膳の上の皿小鉢がかちゃかちゃと踊りだした。退助は柔和な顔になり、

「おんしは、たしかに、それを言う権利があるのう」

ふりかえれば民権運動界ひろしといえども、この若者ほど、

――憲法は、俺がつくる。

それにこだわった者もなかった。

国会期成同盟の第二回大会のとき、はじめて憲法創案の動議を起こし、全国各社を叱咤したばかりか枝盛自身も高知の立志社で奮励努力したことは、つとに退助もまのあたりにしている。

立志社では坂本南海男、広瀬為興、山本幸彦、北川貞彦といったような議論ずきの連中とさんざんやりあったものだったが、結局、枝盛は、彼らの思想には満足しなかった。

――ぬるすぎる。

と見たのだろう。立志社案とはべつに、立志社案よりももっと急進的で国民の革命権までみとめる「東洋大日本国国憲按」全二百二十条を完成させたが、それをさあ天下へこれから示そうという瀬戸際に、政府のほうが大詔を出した。

いうなれば、

――機先を、制されたのだ。

そのくやしさが、いま、枝盛に地団駄をふませているのだ。

退助はしかし、この筆まめな若者をなぐさめる気はなかった。あえてきびしい叱責の口調で、

「政府も、ばかではないということじゃ。元来はわれらや大隈重信らに追いつめられて出さざるを得なかった大詔ながら、一矢むくいた。こっちは国会開設で一点、むこうが、憲法草案で一点、まあ引分けにもちこまれたわけじゃ」

「……はい」

「一勝一敗。よしとしよう」

諭しつつ、退助は、

（老いたな）

われながら、そう思う。

若いころなら、よしとするどころの騒ぎではない。二勝〇敗、三勝〇敗をもとめて焦り、むりに行動し、かえって虎の子の一勝をみすみす手ばなす失敗をやらかしたかもしれない。

そうしてこんな自由党など、さっさと飛び出していたかもしれない。若者の目には、この組織は、発足直後のこの時点ですでに腐敗の癌におかされているのである。何しろ、ついこのあいだまで政権の走狗《そうく》だった後藤象二郎や中島信行がいきなり重役に就いてい

るのだから。

むろん退助は、いまの退助は、そんなのが視野の偏狭にすぎないことを知っている。

若者は人脈を理解しない。人脈とくされ縁の見わけがつかず、それがじつは大事業をやりとげるのに絶対必要な条件であることを理解しない。

それは或る部分、都合がわるいからでもあるだろう。人脈こそは、経験と同様、若者がどんなに努力しても老人に勝つことのできぬ要素だからだ。

むろん枝盛も、理解していないだろう。

胸中、不満も大きいだろう。しかしながら批判の論を張ることはおろか、こんな組織、

――やめてやる。

と言いだすこともしないあたり、おのが身にくらべて、

(よほど、文明的)

覇気がないという見かたもできる。どちらがいいのかはわからない。とにかく枝盛は何も言わないので、退助は、

「中島君」

「はい」

「このたびの大詔、裏で糸を引いたのは誰じゃ」

「伊藤博文です」

中島は、即答した。いかにも世なれた口ぶりで、

「総理のご思案のとおりです。あの大詔は、われわれの意を汲んだと見せて、じつはわれわれを挫《くじ》くのが目的。そうして元老院内のうわさでは、だいぶん前から民権対策……ありていに申せば民権弾圧にほかなりませぬが、その采配をふっているのは、あやつです。国士の風上《かざかみ》にも置けませぬ」

「じゃろうな」

伊藤博文。

退助の四つ年下。大久保利通なきあとの政府の実質的な指導者であり、最近は、大隈重信を政権から追放した。

どこからどう見ても民権運動の大敵である。たいていの党員が、感情的には、

——暗殺したい。

と思っているにちがいないが、じつのところ退助は、

(さすがじゃ)

尊敬とも、あきれともつかぬ思いが日に日に大きくなっていた。

旧幕時代は、長州藩士。しかもあの松下村塾出身のため若いころから人脈がきわめて豊富だったばかりか、天子に気に入られ、イギリス公使とじかに英語でわたりあい、みずから法の立案をやる頭脳もある。

官僚をこっそり手なずける寝技もたくみである。いわば政治家になるために生まれてきたようなその伊藤が、もちろん形式上は天子がだけれども、

――朕みずから衷を裁し。

などと声明したということは、憲法づくりも、これからよほど気を入れてやる気なのだろう。

諸外国のそれを精査して、じゅうぶん時間と金と人手をかけて文案をこしらえるにちがいない。少なくとも、枝盛がひとりで考案したあの急進的な「東洋大日本国国憲按」あたりの文言を採るなどということは、

（金輪際）

ない、とは退助はもちろん言うつもりはない。

口に出して言うつもりはない。党の出発のその日にわざわざ枝盛という有為の者の士気に水をさすのは損得において損だろう。そこで口では、

「枝盛よ」

「はい」

「伊藤など、恐るるに足りず。今後も草案を練りつづけよ。ただし言動には気をつけろ。あの大詔の最後《しまい》には『躁急《そうきゅう》を争い、事変を煽《せん》し、国安を害する者あらば、処するに国典を以てすべし』とあることもわすれるな。政府はわれらに意地悪しているのではない。焦りの故に手を出しているのだ。そうして人に真に残酷なことをさせるのは、悪意よりも焦燥じゃぞ。いいな」

「はい」

「すわれ」

枝盛、無言で着座。

その目はいまだ退助へ何かをうったえている。退助は、

——議には、乗らぬ。

の意をあらわすべく、わざと視線を下に向けた。膳の上の椀物は、いつしか湯気を立てるのをやめている。退助はまた顔をあげ、全員へ、

「そこで、ふたつめ」

ひとつ大きく咳払いをして、

「国政選挙の圧勝のため、ふたつめの手段。これはやはり遊説だろう。われらが足のおよぶかぎり。声のつづくかぎり」

半年後、退助は岐阜にいる。

†

人の一生など、わからぬものである。

退助はそれまで、あまりに起伏の多すぎる人生を歩んできた。

たった一語、たったひとつの文章で要約できるはずもない人生であるが、それはしかし、岐阜でのその事件により、後世、極度に単純化されることになる。

それだけで退助の人物まで象徴され得るかのような、そんな一文が生まれてしまう。じつに大きな事件だった、いや、大したことのない事件だった。そう、まことに些細なことだった。少なくとも退助本人にとっては。

†

岐阜までは、牛のあゆみのようだった。

何しろ東京を出発したのが自由党結成の四か月後、明治十五年（一八八二）二月下旬であり、岐阜に着いたのが四月五日。約四十日もかかったことになる。要所要所で演説会をやったからであることは言うまでもないが、手はじめは、北関東だった。あのとき井生村楼にいた恰幅のいい栃木県代表、田中正造に、

「自由党最初の遊説は、ぜひ、ぜひ、わが両毛《りょうもう》の地へ」

と拝み倒されたのを容《い》れたのである。

両毛というのは、群馬県および栃木県にまたがる広域圏の名前である。群馬県は上毛野《かみつけの》国、栃木県は下毛野《しもつけの》国と古来よばれたためこの名がある。桐生《きりゅう》、館林《たてばやし》、太田、足利《あしかが》、佐野、栃木あたりをふくみ、文化的、経済的な独立性が高いため、——両毛県。

などとも揶揄される。

退助はその両毛のいくつかの街を巡遊したのち、八王子へながれ、静岡に入った。

浜松から豊橋、田原《たはら》、岡崎、名古屋と西進し、それから内陸へ進路をとり、岩村、竹折《たけおり》、中津川《なかつがわ》といったような山間の僻村をも素通りすることなく、くりかえすが四月五日に岐阜に入った。

その日は、

――岐阜祭り。

だったと、のちのちまでも土地の民は言い伝えたという。

そんな祭りは存在しない。自由党総理・板垣退助の来訪が彼らの褻《け》を晴《はれ》にした、その街中のにぎわいが年に一度級、いや、一生に一度級だったのである。

その日の宿所は、岐阜市今小町《いまこまち》の資産家・玉井伊兵衛の別邸だった。

退助たちの乗った人力車が列をなして門をくぐる、それ以前にもう塀にながながと紅白の幔幕《まんまく》が張られていた。ずらりと提灯《ちょうちん》が吊《さ》られていた。

屋敷のなかは、いたるところに花が挿されていた。行灯《あんどん》の列が煌々と夜を昼に変えるなか、退助は何の憂いもなく、自分の箸でめしを食い、自分のさかずきで酒を飲んで、平らかな眠りを得たのである。

翌日は、四月六日。

朝の空気のあたたかさ、うぐいすの声のうららかさ、春というのは陳腐さがうれしい季節である。寝巻のまま縁側に立てば、目の前で、くろぐろとした山なみが朝日を背負って、のしかかってくる。

逆光のなかにも、金華山《きんかざん》がひときわ高い。

山腹あたりで桜の木の桜色がまだらに浮いている。背後から、

「総理」

ふりかえると、竹内綱が立っている。

今回の旅の随行役である。にこにこしながら、

「お目ざめは、よろしいようですな」

「ぐ」

「ここのあるじに聞きましたが、昨晩は、東海地方の党員がそっくり岐阜に集結したそうです。旅館はどこも満員だったとか。料理屋も、酒屋も、貸布団屋も、さだめし繁盛したでしょうなあ。岐阜中の人々が総理に感謝してます」

と、いかにも計理にあかるい竹内らしい無駄ばなしをした。退助はにっこりして、

「ぐぐぐぐ」

「ああ、すみません。もうお話しになりませんよう」

竹内は、あわてて口をふさいでみせた。退助はいま、

——それは、重畳《ちょうじょう》じゃ。

とこたえたつもりなのである。

ここへ来るまでに、何しろ演説の連続だった。演説会は一日に二度も三度もやることがあったし、演説会のない日でも歓迎の宴はかならずある。あれば挨拶をもとめられ、ときには即席の演説をもとめられる。こばむという選択は退助にはない。豊橋で演説会を終えたあと、退助は、とうとう血を吐いてしまった。のどが、やぶれたのである。

と同時に高熱を発し、床《とこ》についたので、その後の予定は、全体に四、五日おくれてしまっている。

いまでも通常の会話はほとんどできない。退助はかまわず話すのだが、それはどうやら、相手には意味ある音《おん》のつらなりには聞こえないらしい。ぐぐ。ぐぐぐぐ。もぐらの地鳴きのようなものだろうか。

(不自由な)

退助は、苦笑いした。

面倒くさいから誰にも言わないが、正直、微熱もつづいている。退助はおのが手をひたいに当てようとして、

「ん?」

がさり

と、葉のうごく音《おと》がしたようである。

竹内も同様に感じたらしく、するどい目を庭へ向けて、

「誰か、おるか！」

返事なし。

うぐいすもおどろいて飛び去ったか、しんとしてしまった。ほどなく右のほうで皿小鉢が鳴りはじめる。

ちゃりちゃりという小さな音。そこに複数の男女のさんざめきが重なったのは、この部屋のつづきの控えの間で、ほかの随行役たちの起きたところへ、女中が朝めしを運んできたのにちがいない。

ときおり、笑い声もまじるようになった。

竹内はなお庭をにらんでいる。と、飛び石が左右につらなる右奥のほう、前栽《せんざい》のうめもどきの根あたりから、一匹の猫がおどり出た。

面相のわるい、ひげの長い虎猫《とらねこ》である。こちらから見て左へ出ようとして、竹内と目が合ったのか、身をひるがえして飛び石づたいに右へと去った。

一瞬の間《ま》のことだった。竹内はまだ前栽を見つめつつ、

「あんなところに、なんで……」

「ぐぐ」

退助は顔をしかめ、首をふってみせた。われながら、音《おん》の数の少ないわりには、——かまうことはない。あの猫ならゆうべも見た。どうせ板場の連中がえさでもやっているのだろう。

と、内容はゆたかである。

その内容を、竹内もなかば察したらしい。退助のほうへ向きなおり、

「ですが、総理……」

「ぐ」

退助は、庭に背を向けた。

部屋にもどり、帯をといて畳に落とす。それから寝巻も落として、まっぱだかになった。

「あ、総理、ただいま着がえを」

と、竹内もあわてて来る。着がえが終わり、女中がここへも朝めしを運んでくるころには、庭ではふたたびうぐいすが鳴いている。

†

このとき。

うめもどきの根にいたのは、猫ではなかった。

いや、猫もたしかにいたのだが、そいつが走り去ったあともなお、おなじ場にうずくまる人間の男ひとり。短刀を和服のふところに入れ、おのが手で口をふさいで、

(ばか)

心中、おのれをののしった。

せっかく支持者をよそおってこの玉井家別邸にしのびこんだのに、せっかく自由党総理・板垣退助を亡き者にする千載一遇の機だったのに、よりにもよって、くしゃみが出るとは何ごとか。

くしゃみの声は殺したものの、肩がびくりと葉を鳴らした。

縁側の男に気づかれた。たまたま猫があらわれなかったら、どうなっていたか。きたならしい土佐弁で、

「誰か、おるか！」

誰何《すいか》されただけでなく、抜刀の上、こちらへ向かって来られたかもしれない。

自分は逮捕されたかもしれない、刑殺されたかもしれない。逮捕や刑殺それ自体はむしろのぞむところだが、かんじんの大義を果たせないのでは犬死にである。

（殺す。殺す）

念仏のように心中でくりかえしつつ、しかし男は、口をおさえる手の力がいっそう強くなっている。

あたかも臆病な兎《うさぎ》のごとく、上目づかいに、母屋をうかがっている。縁側はもう誰もいない。

退助ともうひとりは、奥へひっこんでしまったのだ。

声だけが、わずかに聞こえる。男はようやく手をおろして、

「……ふ、ふう」

ほっそりと息を吐いた。走り雨のあとのように全身、汗まみれである。相原尚褧《あいはらなおふみ》、二十七歳、小学校の先生だった。

生まれは、愛知県。

いや、そのころはまだ徳川支配の時代だったから、尾張藩というべきか。父・七郎兵衛が御納戸役をつとめ、百五十石の禄を食《は》んでいたというから家格は高く、この点、土佐における退助の乾家にも比べ得るが、ただしもちろん藩そのものの格となると尾張のほうが上である。何しろ御三家のひとつなのだ。

尚褧は、長男だった。

世が世ならばまさしく支配側の人間としてこの世を闊歩していたにちがいないけれども、十二歳のとき、明治維新がすべてをひっくり返した。尚褧はただの国民になり、一家は収入をうしなった。

――勉強しなければ、支配者になれない。

そういう世になった。

人生にたいへんな錘《おもり》がついたのである。さいわい尚褧は、勉強はきらいではなかった。師範学校を卒業して、小学校教師の免状をもらった。

愛知県内、伊勢湾にのぞむ横須賀《よこすか》という小さな漁村に赴任して、下宿と学校を往復する生活をはじめたのである。

下宿では、ひとり暮らしだった。

尚褧にはもはや広大な家屋敷もなく、何でも言うことを聞く家来たちもなく、あそんでいてももらえる百五十石の禄もなかった。それらを取り戻すすべも永遠にない。それもこれも、

（維新の、せいだ）

それともうひとつ、至上の悪は、

（四民平等）

教室へ行けば、生徒たちには身分がないのである。士族の子とそれ以外の子とをひとしく相手にする場合、教師は、ことばづかいからして迷わなければならない。なぜこの自分がそんな配慮を、と尚褧は憤懣《ふんまん》する。ほかの教師はみなうまくやっているようであるが。

（ばかめ）

尚褧は、にわかに人ぎらいになった。

学校へ行けば生徒には教えるものは教えるけれども、ひとたび教員部屋へ入れば、同僚と世間ばなしをしない。終業後に、

「飲みに行こう」

と言われても、それに応じることをしない。

毎日まっすぐ下宿にかえり、新聞を読む。新聞はもちろん政府系の「東京日日新聞」

である。

——狷介固陋《けんかいころう》。

と陰口をたたかれても気にしなかった。ほかに尚褧の余暇はなかった。世の中すべてがまちがっているのに、どうして正しい自分のほうが如才なく歩み寄らなければならないのか。

そもそも尚褧のかんがえでは、

——同僚。

などという人間関係さえあってはならないのである。なぜならそれもまた、あの平等という悪しき思想の産物だからだ。この世にはただ主従関係があればよし。あとはすべて些事《さじ》である。

尚褧の信念は、急速に成長した。

孤独がそうさせたのだろう。そうして信念というのは抽象物である。抽象はつねに具体を欲する。この場合はひとりの人物だった。板垣退助である。維新の功労者であり、かつ自由民権という平等思想の卸元。

まさしく悪の二重織《にじゅうお》り。こんな奸物をこの世にあらしめていては、

(国家が、やぶれる)

論理の飛躍。

では、けっしてない。

少なくとも尚褧には、きわめて自然な結論にほかならなかった。何しろ自分というこの善良な国民ひとりの人生を破壊した以上、その国民の集合体であるところの日本そのものを破壊することは必定であろう。

逆にいえば、板垣ひとりを世から除けば。

万事は解決するだろう。自由民権の狂熱は已《や》み、平等思想の進展は已む。それを果たした人間は、たちまち救国の英雄となるだろう。のこる問題はただひとつ、

（誰が、その英雄になるか）

そんなとき尚褧は新聞で、

――板垣氏、岐阜に来る。

の一報に接したのである。

（俺が）

行動は、早かった。勤務先の小学校へ、

――病気につき。

と称して欠勤届を提出し、同僚および父母弟妹への遺書をしたため、横須賀の下宿を出たのが五日前。同僚へも遺書を書いたのは、尚褧の、例の人間関係論からすると理解不能な心事だけれども、

――迷惑を、かける。

というような申し訳なさが心のどこかにあったものか。古今東西ほとんどの暗殺者が

そうであるように、尚褧もまた、ほんとうは律儀すぎる男だった。

下宿を出たら名古屋へ行き、古道具屋へとびこみ、

「短刀をくれ」

「へい」

店のあるじが出したのは、意外にも、かなりの美品だった。刃渡り九寸五分、柄《つか》三寸、鉄製の鍔《つば》に金銀の蜻蛉《せいれい》が散らしてある。

正直、値段が気になった。

「いくらか」

「一円三十五銭で」

「安い！」

尚褧は、あるじへ食ってかかった。

「かりにも武士のたましいを、しかもこのような逸物を、そんな泥をぬるような値で……」

「そのたましいを、売られる方がたくさんでしてね」

と即座に言い返されると、尚褧はうつむき、沈黙してしまう。ほかならぬ尚褧の父もおなじようにして先祖伝来の、ということは尚褧自身が受け継ぐはずだった一振りを米塩の資《もと》にした。

わるいのは、父ではない。

六年前の、

(廃刀令だ)

と、ここでもまた尚褧は原因を政治に帰着させる。廃刀令とは、正確な名称は、明治九年(一八七六)太政官布告三十八号。大礼服着用者、軍人、および警察官以外の帯刀を禁じるという内容で、これにより旧幕以来の武士階級は、物理的にも、精神的にも、武士であることを召し上げられた。いわゆる不平士族の反乱は、ひとつには、これがきっかけだったのである。尚褧の父も、尚褧も、それらに参加こそしなかったが、心理的にはおなじ犠牲者。

いまはもう、たかが古道具屋のあるじにも頭のあがらぬ境涯である。尚褧はふたたび顔をあげ、しずかな口調で、

「……承知した。その値で買おう」

あるじには、よくあることなのだろう。顔色ひとつ変えることをせず、

「研ぎは?」

「たのむ」

「あすには、できます。取りに来てください」

「わかった」

こうして尚褧は、もうひとつ蹶起《けっき》の理由を得た。名刀の正しい値つけのためにも、板垣は、この世から除かねばならない。

いつ。

どこで。

それを決めるのも、やはり新聞の情報に拠《よ》った。

——板垣退助氏は遊説のため、四月五日に岐阜市に入り、六日に演説会をやる予定。

宿泊先は玉井伊兵衛方。

尚斐は、

「よし」

とつぶやいて新聞縦覧所を出て、岐阜に入ったのが四月四日、つまり板垣の来る前日。

そのまま玉井家の、ただし本邸のほうを訪れた。本邸はどうやら、自由党の岐阜事務所になっているらしい。

玄関に立つ。

邸内は足音にみち、怒号がつづいている。みな総理をむかえる準備でいそがしいのだろう。人の出入りも激しかった。ちょうど下駄音《げたおと》たかく脇をすりぬけて出て行こうとする初老の男が、人のよさそうな感じだったので、

「あ、あの」

「何です」

「愛知県士族、相原尚斐」

名乗りつつ胸をそらし、ふところに手を入れた。

例のりりしい短刀をちらりと見せて、

「当方は、かねて板垣先生に心酔する者である。腕に多少のおぼえがある。この地には先生を亡き者にせんとする不逞の輩が多い故、万一のときは駆除すべく、ともに宿泊して進ぜよう」

われながら、胡乱《うろん》すぎる。わざわざこちらから、

——疑ってくれい。

と言っているような口上だが、相手はあっさり、

「それは頼もしい。どうぞお上がりを」

言うや否や、どこかへ出て行ってしまった。

人気の故の気のゆるみか。対応の時間も惜しかったか。いずれにせよ、

（ばかめ）

ひとたび本邸に上がりこめば、あとはもう党員そのもののあつかいである。尚褧はその晩、ほかの党員とともに、党の重鎮・渡辺源太郎をかこんでの食事の席にすら列したのである。

用心棒のくせに酒をくらいつつ、時勢の痛論に参加した。尚褧はもちろん赤心《せきしん》とは正反対に、

「政府の民権弾圧は、断じてこれをゆるすべからず！」

などと言ったのである。案外、快感だったのは、あるいはこれまで日が暮れると下宿

でひとり悶々としていたのを、この一夜でまったく取り戻したような気分だったからか。その後は、何とまあ、渡辺とふとんをならべて熟睡して、翌日、朝めしを食ったところで、

——ここを、出ろ。

と命じられた。

命じたのは村山某という、べつの党幹部である。ことばの最後にむやみと「故《ゆえ》」をつけたがる。

「ここを出て、おなじ町内の安藤重平方に宿泊せよ」

「なぜですか」

と尚褧が問うと、

「きょうの午後、総理が到着される予定である。この玉井家本邸は、その随行の方々の宿所となる故」

「随行の方々?」

「ああ」

「先生ご本人は?」

「別邸のほうへ。あっちのほうが屋敷も庭もひろい故」

これで板垣のいどころがわかった。ばかりかその客室が庭に面していることまで。

(刺せる)

というわけで、翌朝つまり六日の朝、尚褧は、うめもどきの根にうずくまり、暗殺の機をうかがったのである。

がしかし、いざ板垣が縁側へ出ると、

（先生）

体が、とつぜん漆喰《しっくい》でぬりかためられた。

どうしたことか、脳裡に浮かんだ。大した愛情をそそいだわけでもない教え子たちの顔が。あいつらは一生、

――罪人に、まなんだ。

などと言われて生きることになる。士族の子も、それ以外の子も。

何を未練なとばかり短刀の鞘にふたたび手をかけ、おどり出ようとしたその瞬間くしゃみが出そうになり、猫が出て、凪《なぎ》のような時がながれた。

板垣たちは部屋へひっこみ、じきに談笑の声が聞こえはじめた。四、五人ぶんはあるらしいのは、訪客でも来たのだろう。尚褧はしゃがんだまま体の向きを変え、庭をあとにした。

†

このきまじめな暗殺者の存在に、退助は、この朝とうとう気づかなかった。

気づかぬまま、宿を出た。

演説会の会場は金華山のふもと、中教院《ちゅうきょういん》。退助はその正門というべき大きな鳥居をくぐり、

「ぐ」

のどを鳴らした。

中教院というのは、各県にある。

国家主導でつくられた、元来は神道系の布教施設である。いまはどこも神道をはなれ、ふつうの集会所になっていて、この岐阜のそれも同様だった。鳥居の先は庭だった。

時刻は、午後一時ころ。

庭はかなり広大だった。植木のたぐいはほとんどなく、地面が一枚板のように均《なら》されている上、きれいに掃き清められて箒目《ほうきめ》をくっきりと浮かびあがらせているあたりは庭というより境内《けいだい》の風景である。その箒目の上には、金華山から降ってきたのであろう桜の花がぱらぱらと散って、

「踏むのも、こう、惜しいですなあ」

つぶやいたのは、竹内綱である。人事よりも数字、情緒よりも物理をこのむこの男には、なかなかめずらしいことではある。退助はあっさりと踏みこんだ。

ステッキももちいず、下も向かず、脛《すね》までの高さの編上《あみあ》げ靴でさんざん花びらを乱舞させつつ一直線に突き進んだ。

随伴の者が、あわてて追いかける。ここまでは、まあいつもどおりだろう。ただしこの日は、

（む）

存外、足が前へ出ない。

退助は進みつつ、わずかに顔をゆがめた。まるでズボンが鉄製でもあるかのような懶《ものう》さが、どんよりと太腿《ふともも》の芯にひそんでいる。背後の足音がわずかに弱まった気がするのは、随伴の者が、あるいは退助に気をつかったものか。兵卒は大将を追い越してはいけない。

が。

ほどなく、彼らのひとりが、遠慮なく左から駆けぬけて出た。

退助の前方で進路を右に寄せ、にわかに立ちどまり、くるりと体をこちらへ向けて、

「総理」

両手両足をひろげた。子供がよくやる通せんぼそのものの恰好である。退助を見つめて、退助にのみ聞こえるくらいの声で、

「お帰りを」

退助はそいつの前でぴたりと止まり、片目を細めて、

「何じゃと？」

「総理はよほどお疲れでいられる。このまま宿へお帰りあられい」

垢ぬけした口ぶりで述べ立てた。いわく、総理がこの愛知県域に入ってからというもの、自分は、豊橋、田原、岡崎、名古屋、岩村、竹折、中津川そしてこの岐阜にいたるまで、ずっと案内役をつとめさせてもらっているが、じつのところ気がかりでない日はなかった。

疲労が、たまっている。見ていればわかる。

「総理は誰にもおっしゃらないが、おそらくは、われとわが身に鞭を打っているような感じでしょう。内心《おこころ》では悲鳴をあげておられるのにちがいない」

「内藤《ないとう》君」

と、退助はそいつの名を呼んだ。

手をかざし、相手の肩ごしに庭の奥を指さした。指の先には、入母屋造《いりもやづくり》の、神社の拝殿と仏寺の本堂を合わせたようなかたちの建物がひとつ。この中教院で最大にして最重要の、講堂である。

「あれを見ろ、内藤君。人があふれておる。きょうは幾人《いくたり》だったかな」

内藤はふりかえりもせず、

「三百人と聞いております」

「彼らを落胆させられぬよ」

「三百人ですむ」

内藤は頬をぴくりともさせず、

「総理がここでお斃れになったら、それは万民の失望です」

こういうところが、この内藤魯一という男、

（おもしろい）

退助は、そんなふうに思っている。地元の名士というやつは、ふつうは逆の考えかたをする。

森よりも木を、国民よりも少数の郷党のほうを大事にする。内藤はちがう。年齢《とし》は九つも下だし、この旅ではじめて親しく口をきくようになった程度の仲だけれども、人というのは、つくづく、

（いるところに、いる）

中央にある者が、つねづね念頭に置くべき事実だろう。

もっとも。

内藤魯一というこの最後の重要人物は、じつはこの物語には初登場ではない。

半年前、自由党が結成されたとき、浅草の井生村楼で退助をむかえた十六人の党幹部のなかにいた。

上から総理（退助）、副総理（中島信行）、常議員四名（竹内綱ほか）と来て、その下の、いわば事務局にあたる幹事五名のうちの一名。

地元では、はやくから民権家だった。中央の土佐人が、

――愛知に、内藤あり。

認識しはじめたのは、おそらくは自由党の前身・愛国社の時代だったろう。愛国社が大阪北野の太融寺で第四回（再興第三回）大会を開催し、そこでの決議により、植木枝盛の筆になる国会開設請願の檄文を全国の結社に発したところ、最初に呼応して、

——国会を開設せよ。

と声明を発表したのが、ほかならぬ内藤の創設した交親社なのである。交親社はほかの社にありがちな内輪もめもなく、社員全員がよくまとまり、資金力も安定していた。よほど内藤の指導がいきとどいているものか。こんな経緯があったから、土佐人たちは、

——内藤氏は、尾張か三河の生まれらしい。

と何となく思いこんでいたし、退助もその例外ではなかったが、しかしながら退助はこのたびの旅で愛知入りして、豊橋でいきなり、のどをやぶった。

血を吐いた上さらに高熱を発して寝こんだ、その病褥《びょうじょく》へ内藤が来て、

「ご退屈でしょうから。おなぐさみに」

語りはじめた前半生が、

（何と、まあ）

退助には、ふとんを蹴って正座したくなるような内容だったのである。尾張か三河どころではない。内藤は、福島の生まれだった。

あの戊辰の役で完膚なきまでに征伐された東北諸藩のひとつ、福島藩三万石の、それ

も家老の家の出身だった。

家禄、三百二十石。

上級というより最上級である。退助はこのとき会津を攻めるのに手いっぱいだったから、こちらへは参戦しなかったけれども、大きく見れば、福島藩はまあ退助がつぶしたようなもの。

ただし城内の内藤は、主戦論者ではなかった。二十三歳、血気さかんな時期だったにもかかわらず、

——最後の一兵まで戦いぬくべし。

という藩論の大勢《たいせい》にさからって、一日もはやく降伏すべし、天子様のしろしめす新しい世の中づくりに貢献すべしと主張した。勇気ある非戦論である。結局のところ、藩主・板倉勝尚《いたくらかつなお》は、抗戦のほうを選択した。

抗戦のあげく、戦況たちまち不利となり米沢へ逃亡した。

福島城はもちろん開城である。藩主家が領地を没収されたあげく、三河国重原《しげはら》の地へ転封となったのは、これはもちろん官軍の見せしめにほかならなかった。内藤をふくむ藩士たちも、全員が、この米と土器のほか何ものも産しない東海の貧村へむりやり移住させられたのである。

敗者の末路というしかない。この時点でもう、この新しい重原藩には未来はないが、しかし内藤はここでも青雲のこころざしを挫くことなく、禄をうしなった藩士たちの生

活のために奔走する。

林野を百余町（約百ヘクタール）も開墾するとか、三十万坪におよぶ茶畑をつくるとか。つぎつぎと事業を興《おこ》して藩経営をこつこつ上向かせたけれども、そのとたんに、こんどは廃藩置県。

重原藩は消滅し、紆余曲折のあげく、愛知県に編入された。

つまり自治権をうばわれた。事実上、内藤はとうとう無職になったわけだけれども、それでもなお匙を投げない。

どういうわけか、あきらめない。自分の身をかえりみず、

――がんばれ。

――みんな、がんばれ。

と言いつづけ、銀行をこしらえて財産を保護させた。

内藤はまた、案外と筆まめでもある。右のごとき奔走のあいまに、愛知県令へ、さらには東京の内務卿・大久保利通へも、さかんに意見書を書きおくった。

べつだん過激な政治論ではない。地方における殖産興業がおもな主題であるにすぎない。しかし相手方《がた》からは、いつもいつも梨のつぶて。

――どうかしている。

内藤は、そのつぶやきが多くなった。

ようやく政府を猜疑しはじめたのである。

いっぽうそのころ、東京では、より大きな猜疑のかたまりが政府を攻撃しはじめていた。

愛国公党である。退助はじめ、後藤象二郎、江藤新平、副島種臣、古沢滋、小室信夫といったような征韓論の下野《げや》組が結成したこの政党というより一種の政社は、例の、民撰議院設立建白書を政府左院に提出して、世の注目をあびていた。

この報は、むろん愛知へもとどく。内藤はその顚末をとっくりと見て、

――これからは、こうでなければ。

と確信した。

旧譜代藩の家老の長男にしては、おどろくべき頭のやわらかさである。しかも内藤には行動力があった。ほどなくして同志十六名とともに民権結社・交親社を創設し、滝の落ちるようないきおいで支持の輪をひろげつつ、退助たちに同調した。

国会開設請願運動への参加については、右に述べたとおりである。内藤はその人物たしかさ、運動の規模、資金のゆたかさを以てこのたび自由党の幹事たることをみとめられ、あの浅草の井生村楼での退助をむかえる席につらなるに至った。

こころざしは、ひとまず達成されたのである。

達成されても、慢心せぬ。

傲慢にも怠惰にもおちいらぬ。東京と地元を往復し、退助遊説の準備をととのえ、その煩務のあいだにもみずから筆をとって「大日本国憲法草案」と題する私擬《しぎ》憲法まで書

きなした。

植木枝盛にも、あれこれ教えを乞うているらしい。枝盛のほうが年齢は十《とお》以上も下なのである。

負けても負けても、前を向く。

いまここにある仕事をやる。

退助の大好きな型の人間である。その内藤が、いま、退助の前に仁王立ちしているのだ。

子供のように通せんぼしているのだ。退助は苦笑いして、

「気づかいありがとう、内藤君。たしかに正直なところ、体調は、万全とは申しかねるが」

「ご無理なさらず。ご静養を」

「なあに、これしき。戊辰のころにくらべれば」

と口に出して、退助は、

(ああ)

戊辰の役はこの男の前では禁句だったかと思い出したけれども、内藤は、意に介するふうもなく、

「承知しました」

両足を閉じ、体を横に向け、さっと一歩しりぞいて、

「総理はひとたび口に出したら、金輪際、おゆずりにならぬお人ですから。どうぞ気持ちよう討ち死になさりませ」

「討ち死にはせんよ」

「お骨《ほね》は、ひろわせていただきます」

ふかぶかと体を折り、右手を地面へ突き出した。

――さあ、通れ。

の意味のしぐさである。

悪意でも皮肉でもないことは、誰よりも退助がわかっていた。退助の見るところ、この内藤魯一という男の唯一の欠点は、ひょっとしたら長所かもしれぬが、この芝居がかりなのである。

興奮すると、所作がいちいちつくりごとめく。これは後日談ながら、内藤はこの約二十年後、愛知県の県会議長をつとめた。

県下安城《あんじょう》村に農林学校ができたさい、山崎延吉《やまざきのぶよし》という農政家が校長として赴任することになり、挨拶に来たのへ、内藤は、その教育方針や経営方針について思うさま意見を述べた。

山崎延吉は、東京帝大農科卒の専門家である。この日はただ挨拶に来ただけである。あまりのことに、

「校長の職権に属する。口出し無用」

と一喝したら、内藤は、

「何を言うか。よそから来て何がわかる」

憤然として席を立った。ところが翌日、こんどは内藤のほうから山崎をたずねて、

「昨日は、非礼でした」

土下座せんばかりに叩頭《こうとう》した。それからふたりは親友になったが、結局のところ、内藤のこの芝居がかりは、生涯の性《さが》だったといえる。退助はうんと身をそらして、

「うむ。通る」

ひげをしごきつつ、ゆったりと、大またで一歩をふみだした。こっちも芝居でやり返したのである。

†

退助は講堂の横をぬけ、裏へまわり、裏口でよっこいしょと編上げ靴をぬいだ。せまい廊下をゆき、控室で茶を飲んでいると、係員が呼びに来た。どうやら壇上では岐阜県の大物民権家・岩田徳義《いわたのりよし》がようやく開会の挨拶を終えたようで、例の村山某はじめ、幾人かが順番に祝辞を呈しているという。

それもじき終わるだろう。退助はまた、

「よっこいしょ」

と立ちあがり、フロックコートをぬいだ。

ぬげば、臘虎《らっこ》皮のチョッキを身につけている。

どこで入手したものだったろうか。生地がぶあつく、あたたかく、それでいて見た目よりもずいぶん軽い。退助はそれへも指をかけたが、

(いや)

着なおした。

もう四月というのに、われながら意気地のないことではあった。土佐人だからか。それともこのごろはいっそう寒さにも、

(弱くなったか)

着たまま舞台の袖から進み入り、演壇の前に立った。

どっと聴衆が屋根をふるわす。この日の客は三百人とさっき内藤魯一は言ったけれども、

(嘘だ)

と、退助は見た。

あきらかに、もっといる。

客席は畳敷きにもかかわらず客はみな正座もせず、あぐらもかかず、立ったまま押し型の鮨みたいにひしめいている上、それでも入りきれぬ者たちが出口の奥にあふれている。ほんとうは、五百人はこえているだろう。彼らにとって演説会とは、イベントとい

うより、それ自体が世の中の最新の事件と思考を知るための一冊の総合雑誌なのである。

（あいつめ）

退助は、苦笑いした。わずかでも退助の心の負担をへらそうとしたのだろう。ふつうなら弁士をいっそう励ますため、あるいは郷土自慢のため、多めに言うのが人情なのだが。

「諸君」

退助がむぞうさに口をひらくと、大きな拍手。

のちの文書が、

――急霰《きゅうさん》の迸《ほとばし》るがごとく。

と形容したほどの拍手だった。退助はそっと手をのどにやり、ハンカチーフの具合をたしかめた。

湿布を貼っているのを隠すため、強めに巻いていたのである。ようやく聴衆がしんとなったところで、

「本日は諸君の招待を得て、この懇親会の盛宴に列し、諸君と相見《あいまみ》えるの栄を得たり」

演説会というよりは、むしろ宴会の挨拶という体《てい》で話しはじめた。実体はもちろん演説会にほかならないのだが、最近は、いよいよ警官の干渉がきびしい。九州の或る地方の民権結社など、演説の最初に、弁士が、

「諸君」

と言っただけで警官が解散を命じたこともあったくらいで、この日ももちろん、制服を着こみ、サーベルを腰にさげたのが最前列に数名いる。ちょくちょく会うから顔見知りになってしまったくらいで、そのうちのひとりは警部補の、(姓は、山崎、だったかな)

そんなわけだから建前だけでも民権臭をうすめなければ会そのものが成立しない。退助はそちらを見ないようにしつつ、まくしたてた。

いわく、わが自由党は日本初の政党である。

もともとは立志社という単一の地方結社にすぎなかったものが、日本中に同志を得て愛国社になり、国会期成同盟になり、同盟ごと政党と化したという経緯をもつ。

ここへ来るまでに御一新後、十四年もかかったというべきか、十四年しかかからなかったと言うべきか、それは自分(退助)もわからぬけれども、いずれにせよ、はっきりしているのは、これで「目的を果たした」わけではないということ。

——目的を、果たした。

と、それを構成する人々がみずから認めた組織がどうなるかに関しては、古今東西、おもしろくない歴史がいくらでもある。衰亡か、壊滅か、内紛か、もしくは彼ら自身が利権執着の餓鬼《がき》となるか。倫理的な問題はべつにしても、物理的に、われわれはまだ目的をほんの一部しか達成していないだろう。

まだまだ先は、ながいのである。

何しろ政府が今後、ほんとうに国会をひらくかどうかは定かではないのだし、ひらかせるには、われわれが日ごと夜ごと、火に薪をくべるように監視の視線をそそぎつづけなければならぬ。われわれの目的は国会それ自体にはない。そこへひとりでも多くの仲間の代議士をおくりこむこと、それにより国政そのものを真の意味での経世済民、すなわち民の苦しみを救うための組織《しかけ》とすることにある。

われわれはそこのところを見当ちがいしてはならないだろう。うんぬん。

……話しつつ、退助自身、

（へたくそ）

内心で、愛想をつかしている。

われながら、どうして聴衆がこんなに熱心に聞き入っているのか理解できない。ほんとうに箸にも棒にもかからないのだ。論理的な首尾一貫においては江藤新平にかなわないし、好人物の演出においては片岡健吉にかなわない。海外の新知識なら植木枝盛の足もとにも及ばぬし、歯切れのいい口調なら竹内綱のほうが上だろう。ただひとつ余人にまさるものがあるとすれば、首領らしさというか、むりにでも人の注目をひきつける人間自体の吸引力のようなものだけれども、これもまた、実際首領なのだから当たり前と言うこともできる。

こんな説教で、いつまで世間をだませるか。どちらにしても、これが自分の、

（最後の、表舞台じゃ）

そのことはたしかだと、退助は、このごろしきりに思うのである。ことに、今回の遊説では。

この流行が一段落したら、さきざき床の間の置きものになることはあっても、ほんものの、実質をともなう首領には、

（もう、なれぬ）

だいいち体力がもたぬ。退助はときどきハンカチーフごしに手でのどを撫でさすりつつ、

「そうして、さて、自由とは」

と、これまで全国いたるところで披露した話のくりかえしへと入った。聴衆はいよいよ聞き入った。

†

演説が、終わる。

退助はふたたび急霰の迸るがごとき拍手におくられ、袖へしりぞいた。控室へ入るや否や、

「手出し無用」

たおれこむようにして畳の上にあおむきになり、瞑目し、胸を大きく上下させてふた

たび起き上がることをしない。

随行の者はみな顔をこわばらせて突っ立ったまま、退助を見おろすのみ。手を出すどころか声をかけることすら躊躇している感じだった。

講堂の祭りは、なおつづいている。

退助のあとも小室信夫、内藤魯一、宮地茂春《みやじしげはる》らが入れかわり立ちかわり快弁をふるっているはずで、拍手の音もぱらぱらと壁ごしに洩れこんで来る。退助の耳はそれを聞いた。こちらは鳥の雛《ひな》を貝がらに閉じこめたような、そんな逃げどころのない静寂がとっぷりと控室を支配している。

あおむきのまま、チョッキのポケットに手を入れた。

時計を出して、

「長いのう」

顔をしかめた。終了予定を、すでに三十分あまりも超過している。

悪いのは誰か。

（わしじゃ）

そのことを、退助はむろん知っている。いちばん超過したのは自分なのだ。宮地のあとも二、三人、まだ壇に立つ予定のようだが、

「帰る」

退助はむくりと身を起こし、目をこすり、ようやく二本の脚で立った。

立ったとたん頭がゆれ、片ひざが畳につきそうになる。わっと周囲から人が駆け寄ったけれども、退助は手をふって下がらせて、

「わしは疲れた。疲れたよ。今宵は、はやく寝《やす》むことにする。聴衆が気づいたら興ざめになるから、見おくりは無用。ここで諸君とわかれよう」

ひとりで裏口へ行き、編上げ靴をはき、講堂を出た。

正面には山があり、いまにも太陽がしずもうとしている。その手前の植えこみは右へのびつつ黒影《くろかげ》をこちらへ曳いているが、その影に桜の花が散りかかり、めいめい風にふかれているさまは何か心がしっとりとする。

宿への道順《みち》は、おおよそ頭に入っている。

（ひとりで、帰る）

そのことに少し心がはずんだ刹那、右のほうの植えこみが、
かさり
と葉音を立てたかと思うと、

「将来の国賊！」

声とともに、ひとりの男を押し出した。

顔は、黒い。

逆光のせいである。黒いながらも無精ひげがみょうに鮮明にみとめられて、その下で、白い星がひとすじ光った。こちらの胸めがけて、

（刃《やいば》）

退助は、逃げない。

本能的に、ひじが出た。ひじは男の腹にあたり、男をさっと飛《と》び退《の》かせる。

一瞬ののち。

男はふたたび右手を突き出す。そこにしっかりと握られた短刀が、刃渡り九寸五分、柄三寸、鉄製の鍔に金銀の蜻蛉を散らした業物《わざもの》であることを退助はむろん知るよしもない。

ましてや男がそれを数日前、名古屋の古道具屋で、わずか一円三十五銭でもとめたことなど。

退助はやはり身をかわすことをせず、こちらも右手を出し、はっしと男の手首をつかんだのはしかし少しばかり遅かった。

短刀の先が、左胸にとどいた。

「ぐっ」

激痛が来た。

下着の内側がぬるりと熱い。鮮血の湧き出すのが肌でわかる。ただし痛みはすぐに弱まり、蜂に刺された程度になった。血はなおも肌につきつつ流れ落ち、腹のあたりで冷えはじめる。

朧虎皮のチョッキが、鎧《よろい》のかわりになったのだ。

男は刃を引いた。退助はその手首をはなさなかったが、これがかえって仇になった。実際は手首というよりも、手首半分、手のひら半分くらいの位置をつかまえていたから、男がもういっぺん、逆ねじりしつつ刃を引いたところ、するりと抜けてしまったのである。

抜けざまに、人差し指と親指のあいだが切られた。

きいっ、と汽車の車輪のきしるような音が立ったのは、骨まで切られたのだろう。退助はただちに左手を出し、こんどこそ相手の手首をしっかりとつかんだ。

第二撃をふせいだのである。そのまま男ともみあいになり、なりつつ両者、体が右へ右へとずれはじめる。

上から見ると、円運動のようになる。

ほどなく位置が入れかわり、退助のほうが植えこみを背にしたとき、

「あ」

声が出たのは、いま出たばかりの裏口から内藤魯一が出て来て、悪鬼のごとき形相で、

「賊め!」

男の髪をつかんで引き倒したのだ。男にとっては背後からの急襲であり、完全に無警戒、はずみで退助の左手がはなれた。

短刀はたかだかと虚空に舞い、一瞬きらりと夕日を反射したあと、太陽とは反対の、講堂に近いほうの地へ戛《かつ》と落ちた。

男はあおむきのまま手足をばたばたさせたけれども、魯一の膂力《りょりょく》はかなりのもの。右手ひとつで首ねっこを押さえつけて一寸《いっすん》たりとも浮き上がらせない。

——逃げられぬ。

と観念したのだろう。男はほどなく手足を寝かせ、ぐったりと息をするだけになった。内藤が首から手をはなし、体をはなして立ちあがったとき、裏口から随行の者たちが出て来た。男のまわりに群がって、

わっ

声をあげつつ、蹴りはじめた。男はあおむきのまま雑巾のように右へもまれ、左にこねられ、もはやあらがう気もないらしい。それを、

「やめろ」

制したのもまた内藤魯一。

乱暴は、ぴたりとやんだ。

全員、きょとんとして内藤を見る。内藤はきびしい顔で男を見おろす。その横顔をぬすみ見て、退助は、

(ああ)

好意をもった。

どころではなかった。いたみもわすれて感動した。この内藤魯一という福島藩の家老の家《いえ》の出身の、維新で無残におちぶれた、しかしそれでも配流先の愛知《はいる》でおのれよりも

同志の身を案じつづけた苦労人は、

——賊にも、名誉がある。

そのことを、誰よりも知っているのにちがいなかった。

戊辰のいくさから十四年。人間の最高の矜持に、

（やっと、出会えた）

退助は、みょうに力がぬけてしまった。

両ひざを地についた。あわてて駆け寄った竹内綱が、

「ご無事ですか」

抱き起こし、血まみれの手をとったけれども、退助はひどく冷静に、

「なに、手はさほどでもない。しかし胸を刺されたから命はだめだ」

「声は」

と、これは小室信夫の声。頭のうしろから、

「声は、お変わりないように聞こえますが。息はどうです」

「そういえば、さわりはないな」

竹内が、

「お胸を拝見」

つぶやきつつ、手ばやくチョッキとシャツをぬがす。まだ血はながれ落ちている。竹内がのどのハンカチーフをほどき、血をぬぐうと、傷はせいぜい親指の先ほどの長さし

かなく、肉の裂け目には桃色の肉があざやかに見えた。

つまり、骨まで達していない。

竹内はそれからハンカチーフをまるめ、傷へおしつけ、誰かに兵児帯《へこおび》をよこさせて上にあてがった。

左右のはしを背中へまわし、ぐるりとふたたび前へ出す。

ハンカチーフの上でかたくむすぶ。退助は、

「ああ」

ながい吐息。竹内が、

――すわ。

という顔をしたのへ、首をふってみせ、

「ちがうよ。大事ない」

胸の血が、にわかに引っこむ感覚がある。退助はふしぎに失望した。これでまた、

(生きねば)

誰かが、

「さあ」

という声とともに、男をむりやり立たせた。

みんなで高手小手《たかてこて》にしばりあげ、ようやく来た警官にひきわたした。

退助も立った。何となく右のひじをLの字にまげてしまう。宙に浮いた右手がいまだ

鹿《しし》おどしの出来そこないのように気前よく血を落としつづけているけれども、退助はかまわず、自分で歩いて門を出た。

門前の傘職人・太田卯兵衛の家を借りることになり、縁側へまわった。家の女房は、

「どうぞ座敷へ、お上がりを」

としきりに勧めたのだけれども、退助はことわった。畳をよごすのがいやだったのだ。市井の者への気づかいではなく、単なる潔癖症である。

医者が来て、処置をした。

やはり手のほうが深刻だった。あんまり傷がふかいので、親指の爪が手の甲につきそうになるほどだったが、それも何度か包帯で指をしっかりと固定すると、血はとまり、交換の必要がなくなった。

――しばらくは、安静に。

ということで、医者はかえってしまったので、退助は籐椅子に腰かけ、庭など見つつ、水など飲みつつまどろんだ。

と、背広姿の、みょうに恰幅のいい男がどたどたと来て、

「閣下。閣下」

「うん?」

「山崎です」

「誰じゃい」

「岐阜警察署づめ、警部補の」

「ああ」

さっきまで退助の演説をさまたげるべく制服を着こみ、サーベルを腰にさげて客席の最前列にがんばっていたやつ。退助は彼のほうを向いて、

「制服はどうした」

「着がえました。御前《ごぜん》へ出るのに」

「御前？」

「板垣閣下の」

「えらい豹変じゃのう」

と退助はからかったが、警部補はくそまじめな顔つきで、

「このたびはわれらが控えておりながら、このようなことになり、まことに相申《あい》し訳ありませぬ。相原のやつめは……」

「あいはら？」

「失礼しました。賊の名が、相原尚褧というのです。先ほど取調べを開始したところですが、何ぶん、やつめ、『脇腹がいたい、耐えられぬ』とひどい取り乱しようで、立ってもおられぬありさまで」

「脇腹が、か」

「ええ。で、服をぬがせてみたら、左のそこが、鬱血でしょうか、まっくろに腫れあが

っておりました。閣下が、ひじで？」

「ああ」

退助はにわかに破顔して、役者まがいの口ぶりで、

「小具足組討《こぐそくくみうち》の術じゃ」

冗談である。

ほんとうは無意識に体がうごいたにすぎぬ。がしかし冗談にしてもその名を出したのはいちおう由来がないでもないので、小具足とは、ここでは柔術、居合、捕手《とりて》術などと並び称される、れっきとした武術の一種である。

退助は旧幕のころ、いっとき藩政から遠ざけられていて、ひまでひまで仕方ないので高知城下に住む本山団蔵という人のもとをおとずれ、竹内《たけのうち》流の手ほどきを受けたのである。

名人とはいえ、すたれ武術である。

門人はなく、むつかしい手足《しゅそく》のうごきもなく、その奥にかくべつの哲理もない。退助のほうもしょせん時間つぶしだったから、藩の仕置役・吉田東洋に目をかけられ、いそがしくなると、あっさり通うことをよしてしまった。いまこのとき、にわかにその名を思い出したのは、一種の照れかくしにすぎないのである。

余談だが、山崎警部補は、あとで記者につたえたのだろう。

新聞に載り、うわさになり、はるか高知の団蔵本人の耳に達した。

——たいへんに、よろこんでおられる。

と聞いて、退助はおどろいた。まがりなりにも師である。あわてて礼状をしたため、熊の皮を贈呈した。おりかえし団蔵から送られて来たのは一通の書類。免許皆伝状だった。

ともあれ。

山崎警部補は、

「はあ。小具足」

首をひねり、あいまいな返事をしてから、

「今夜は、ここにお泊まりですか」

「それは家の者に迷惑だ。予定どおり玉井家にもどろう」

「承知しました。しからば駕籠を手配させまする。それまで、もう少しお休みを」

「駕籠か」

「人力車や馬車は、ゆれますから」

警部補は、そう返事した。冗談ではないようだった。退助は、

「駕籠も、ゆれるだろう」

と言いかえそうと思ったが、面倒になった。二時間ほどのちに退助がそこを出たとき、護衛のため駕籠をかこんだ警官は無慮数十名。その人口密度はもしかしたら演説会の会場よりも高かったかもしれない。

†

玉井家についたときには、午後十一時をすぎていた。

朝とおなじ部屋にもどり、すぐに寝た。翌朝、党員のひとりが来て言うに、玄関に、

「名古屋から来た。会わせてくれ」

とうったえる客がいる。

後藤《ごとう》なにがしという名の、愛知県病院長兼愛知医学校長だという。随行の者は、くちぐちに、

「何をいまさら。非常識な」

退助はしかし、

「よい、よい」

籐椅子をはこばせ、腰をおろし、

「どうせ県知事あたりに命じられたのだろうよ。急いで行け、かたちだけでも診察しろ、さもないと新聞にたたかれるとな。院長先生もまあ、県の役人さ」

ところが、

「どうも」

と部屋にあらわれたその院長先生は、見たところ、ずいぶん若い。ひょっとしたら、

（枝盛よりも）

体温をはかり、脈をはかり、通りいっぺんの問診をするあいまに、退助はふと、

「君には、東北なまりが」

「わかりますか」

「かすかだが。福島かね？」

院長は顔色を変えず、

「仙台藩領、水沢です」

「代々、医家かね」

「そういうわけでもないのですが。母方の祖父が侍医で」

「あー、ときに、名前は何だったかな」

「後藤新平《しんぺい》」

「年齢《とし》は？」

「八十」

「えっ」

「失礼」

院長は、退助の手首から手をはなし、やっぱり表情を変えずに、

「これは脈拍の数字です。ごく正常。私は二十六歳です」

（ほう）

退助は、にわかに興味をおぼえた。この男、この年で、人の気をひく会話というものを知っている。

「後藤君とやら。知事に行けと命じられたかね」

と聞いてみると、

「ええ」

「どうして知事は命じたのかな。ここは岐阜県。わざわざ隣県へ……」

「犯人が、愛知《こっち》の士族だからでしょう。責任をとらねば」

「だとしても、わしは自由の闘士じゃぞ。政治の当局者から見れば、不倶戴天の敵のはずじゃが」

「自由の闘士だから、ではありませんよ」

「なら、なぜじゃ」

「維新の元勲《げんくん》だからです。死なせたら厄介」

「はっはっは。なるほど」

「いい笑い声です」

後藤はそう言うと、用具を鞄へしまいながら、あっさりと、

「これ以上の診察は無用のようだ」

鞄の留具をとめ、立ちあがった。退助はそれを見あげて、

「もともと無用だったのじゃ。もっともまあ、あす以降の演説はさすがに中止にしても

らったがね」

「それもまた、わが知事殿の聞きたかったことですよ」

「竹内君」

と、退助は、かたわらの竹内綱へ、

「こいつは、みょうに厚かましい。医者にしておくのは惜しいなあ。政治家にしたい」

この後藤新平が、後年、医者をやめ、ほんとうに政治家になったことはよく知られている。内務省衛生局に入り、局長になり、台湾の民政局長に就任した。

事実上の植民地長官である。それから内地で逓信大臣、鉄道院総裁、内務大臣、外務大臣を歴任し、東京市長の座にあるときに関東大震災を経験して、帝都復興院総裁になった。

まことに、退助の慧眼《けいがん》である。

が、それに、

「しかり、しかり。惜しいですなあ」

と相づちを打っている竹内綱も、この四年前、じつは後藤以上の大政治家をこの世に生み落としている。

五男・茂《しげる》である。すでにして友人である横浜の貿易商・吉田健三《よしだけんぞう》のもとへ養子に出してしまったが、これが長じて東京帝国大学を卒業し、外交官となり、第二次大戦後は五次にわたり内閣を組織した上、その第三次のときいわゆるサンフランシスコ平和条約を締結して日本を国際社会へ復帰させることになる。

吉田茂である。

すなわちこの岐阜の家で、この数分に、明治、大正、昭和の政治史の光線が交錯したことになる。後藤医師が出て行ってしまうと、入れかわりに、内藤魯一が来た。退助はぎしりと籐椅子をゆらし、

「どうした」

声がはずんだ。内藤は、

「相原がおおむね白状したそうです、ここ何日かの行動について。あそこ」

と言いつつ籐椅子の横に立ち、庭のほうを指さして、

「昨日の朝は、あそこにひそんでいました」

「ほう」

退助は、目をこらした。

そこには庭土があり、飛び石があり、その飛び石の右の奥にうっすらと背のひくい木があった。

「あのうめもどきの、根のへんに。じつにやすやすと忍びこむことができたそうです」

「前栽に、潜在しとったか」

われながら、つまらぬ駄洒落である。内藤は聞こえなかったのか、語を継いで、

「相原はしかし、そのときは閣下を襲うことはしませんでした。たまたまくしゃみが出

た上に、猫まで飛び出したので、気がひるんだのだそうです。いったんこの家を出て、あらためて中教院へ行ったところ、演説を終えた閣下が」

「思いのほか、たったひとりで出て来たというわけじゃな。いくつじゃ」

「え？」

「その賊……相原だったな。年齢は」

「二十七」

「枝盛と、あまり変わらぬな。経歴は？」

退助が問うと、内藤は縁側へあぐらをかき、腕を組んで、

「白状しました」

述べはじめた。いわく、生まれは愛知県というより尾張藩であること。その家は禄高が百五十石、父親が御納戸役をつとめたほどの格をほこり、相原は長男だったこと。維新ですべてを逸したあとは小学校の教師になったこと。けれども生徒や同僚とはあまり親しむことがなく、鬱々たる日々をおくりつつ胸のうちで危険思想の芽をふくらましていたところへ新聞で退助の来岐を知ったこと。

新聞には、宿泊先が玉井方であるとも書いてあったこと。最後に内藤は、ふと思い出したという感じで、

「ご安心ください、総理。昨晩はわが党員と警官で寝ずの番をしました。今夜も」

「百五十石か」

と、退助はつぶやいた。

そのまま言語を発することをしない。しばらくののち、

「内藤君。あいつはな、はじめから、わしを憎んではおらなかったのだ」

その証拠に、あいつめ、出会いがしらに『将来の国賊』とさけんでいる。これは聞き誤りではない。あいつの値ぶみでは、この板垣は、いまのところは国賊ではなかったわけだ。

「なぜだか、わかるか」

「わかります」

内藤は即答した。退助は首肯して、

「じゃろうな、おんしなら。わしもあいつが憎めぬよ。いくら立場がわかれていても、畢竟《ひっきょう》われらは、大根《おおね》のところはおなじ人間。その人間がたまたま、いまのところは、民権派と反民権派という別の役を演じているにすぎんのじゃ。そうしてたぶん……」

「たぶん？」

「政府の、連中も」

「おなじですか」

と、内藤はみじかく応じた。

庭は、あかるい。

遠くの空で、ふぉっ、ふぉっ、と鳥の羽音がしたようだが、これはあるいは、きつね

が鷺《さぎ》をおどろかせでもしたのか。

退助は庭を見つめたまま、

「われわれの世は、まことに遂げたのかね。御一新」

つぶやいて、

「いや」

ぷいと顔をそらしてしまった。

われながら、言うことが感傷的でありすぎる。自分で照れてしまって、早口で、

「国家のためなら、この命、惜しうないわ」

付け加えた。なおさら感傷的であるばかりか、型どおりの美辞麗句。

何の意味もないことば。そっと苦笑いしたところへ、内藤が、声をひくくして、

「そのことですが、総理」

「何だね」

「自由は死せず」

「は？」

退助はふりかえり、内藤を見た。

（こいつ）

何を言われたのか、皆目わからなかった。

内藤も、こちらを見あげている。

じっと退助の目を見て、

「これから一時間後には、われわれは、新聞記者の取材を受けねばなりません」

「うん」

「むろん対応は私と竹内さんとでしますので、総理はお出ましにはおよびませんが、そのさい私は、こう言おうと思っております。自由党総理・板垣退助はとつぜんの賊の猛襲に遭い、瀕死の重傷を負いながらも、苦しい息の下、あっぱれ言い放ったのであった。『板垣死すとも自由は死せず』と」

「はあ?」

退助は、あいた口がふさがらなかった。

（正気か）

としか思われなかった。百歩ゆずって「瀕死」の誇張は目をつぶるにしろ、「板垣死すとも」うんぬんは芥子粒《けしつぶ》ほどの根拠《たね》もない。誇張どころか嘘そのもの。

「冗談だろう、内藤君」

「正気です、総理。これは人の気を惹きますよ。世情という名の枯れ草はあっというまに大火《おおび》につつまれ……」

「扇情のために、記者に嘘を書かせると?」

「ちがいます」

内藤はかぶりをふり、

「嘘ではありません。つくりばなし」

「おなじゃ」

「だとすれば、それは民を利する嘘」

「おいおい」

あきれつつ、退助はようやく思い出した。内藤魯一、この男は、

(芝居がかり)

つまりは自意識過剰なのである。ふだんから見るよりも見られる者であろうとし、こ
こぞのところで大見得を切ってしまう。

「そのせりふ、誰が思いついた」

念のため、退助は聞いた。内藤は平然と、

「私です」

「やっぱり」

「総理」

内藤は立ちあがり、身をのりだして来た。籐椅子の背に手をまわして、

「やりましょう、総理。これは最高の宣伝になる。新聞の見出しにもぴったりの字数《じかず》だ。

あすのうちに東京、横浜、京大阪……日本中へひろまりますよ。この世は芝居です。後
世にのこるのは百万枚の意見書ではない、たったひとつの名せりふなのです」

「だとしても、少々、田舎ぜりふにすぎやせんかね」

「それくらいでちょうどよろしい。いきというのは一にぎりの趣味人にしか通じませんが、やぼは万人のはらわたをえぐる」

一時間後。

内藤は、これを記者たちへ告げた。

例のせりふを、解き放った。とたんに記者たちは立ちあがり、きびすを返して駆けだした。

岐阜市でただひとつの電信局は開局以来の混雑となり、そのことがまた一事件として報じられた。

例のせりふは東京に達した。政治家たちの耳に入り、官僚たちの耳に入り、あまっさえ天子の耳に入ったあげく、天子みずから、

——板垣へ侍従一名、侍医一名をさしつかわせ。

と沙汰した。

国賓待遇である。これを聞いた退助はさすがに閉口し、かといって断るわけにもいかないので、

「侍医だけは、かんべんしてくれ。軽傷じゃ軽傷じゃ」

そのように返事させた。

20　総選挙

内藤魯一のもくろみは、図に当たった。

　板垣死すとも
　自由は死せず

の文句はあるいは新聞における見出しになり、あるいは雑誌における大判の挿絵の主題となり、あっというまに全国にひろまった。

挿絵はどれも迫力があり、あたかも見て来たかのようだったが、内容はばらばらだった。退助が演説中に襲われた絵。胸ではなく腹を刺された絵。それでも退助が苦痛に顔をゆがめつつ、強いまなざしで、

「板垣死すとも自由は死せず」

と大言しているところはおなじだった。全体に、退助がせりふを言ったというよりは、むしろせりふのほうで言い手をえらんだような感じだった。

字が読める者は、あらそって読んだ。

読めぬ者は読んだ者から聞き、べつの読めぬ者へ話した。中継、中継、また中継。この過程でいよいよ話はふくらんで、あらぬほうへ逸れ、退助はしばしば死んだことになった。そのうち新聞や雑誌はあらたな事件へと興味がうつったし、人のうわさもそれを追ったが、それでも結局、たったひとつ、消えなかったものがある。それは、

自由

の一語だった。

この語はかつて、世間で大流行したことがある。西南戦争のあとだから、もう五年も前。土佐で立志社の活動をしていたころ。退助はここぞとばかり「民権かぞえ歌」だの「民権都々逸《どどいつ》」だのをこしらえさせて玉水新地にくりだし、芸者衆におしえこみ、あらゆる席で歌うよう裏で糸を引いて、流行の火をあおったものだ。

かんがえてみれば、これこそまさしく一《ひと》にぎりの趣味人よりもむしろ万人を標的とした一大宣伝だったわけで、退助もつまり内藤のことは言えないのだが、それはとにかく、

「今回が、二度目の流行？　ちがうね」

と、東京向島《むこうじま》の料亭・傾月楼《けいげつろう》の二階の座敷でうそぶいた若者ひとり。植木枝盛である。

あの退助の岐阜遭難から半年ほどのちの、秋気の身にしむ晩だった。横にひかえる年上の芸者・生野《いくの》へ、

「一度目は五年前、たしかに『自由』の流行だった。俺はほかならぬその『民権かぞえ歌』の作者だから、つぶさに見とどけたわけさ。まったく大したものだった。でもあれは、いま思えば、しょせんは一時《いっとき》のおなぐさみ。一月後にはもう下火になっちまったし、だいいち高知以外じゃあ大したさわぎにならなかった。今回はちがう」

さかんに熱を吹いている。生野は酒をつぎながら、白粉《おしろい》をつけた細いうなじをやわらかにかたむけ、

「どう、ちがうんです」

と問う。座敷はふたりきりだった。この時代の若者にはややめずらしいことだが、枝盛は、友をつれずに登楼する習慣がある。

「今回は、一時じゃない」

とこたえると、杯をあおり、がらんとした座敷の虚空《そら》に向かって、

「半年経っても新聞は日々『自由』の語をおどらせている。人々は口の端《は》にのぼせている。板垣さんの事件とか、政府攻撃とかは何ひとつ関係のない話題でな」

ひとつの逸話を披露した。

何日か前のことだった。自分（枝盛）は竹内綱にたのまれて横浜へ用を足しに行ったが、停車場の前の広場には、客待ちの車夫がたくさんいた。

外国人専用なのだろう、こちらへ来ることはなかったので、枝盛は歩いて広場をとおりぬけつつ彼らの話に耳をかたむけた、というより、話がつい耳に入った。どうやら彼らにはトラジ——寅次か——とかいう年老いた仲間がいて、誰かの家へぬすみに入って警察につかまり、いま監獄へぶちこまれているらしい。

或る車夫が、

「来月、めでたく出獄だってさ」

と言ったところ、

「生野、べつの車夫が何て言ったと思う?」

「さあ」

「聞いておどろけ。『寅次のやつも、これで自由の身だ』って」

と、枝盛はそこまで言ったところでこらえきれなくなり、背中をまるめて笑いだした。目じりの涙をぬぐいながら、

「わかるか、生野。自由という語は、すなわち自由という価値は、ついに社会の底にたどりついた。どれほど粗野な、無教育な、その日暮らしの連中であっても……」

「車夫にわるいよ」

「なら、べつの言いかたをしよう。自由はついに、味噌醬油になった」

「味噌醬油?」

「われわれの暮らしに定着したのさ。完璧にな。これが俺の成功でなくして何だ!」

「板垣さんの成功でしょ」

生野がまぜっかえしても、枝盛は、

「あの人といえど、たったひとりじゃあ何もできん」

「それじゃあエモさん、あたしも自由にしておくれよ」

「何の話だ？」

「まーた、わからないふりして。民権の闘士が聞いてあきれるよ。あたしももう二十四だ。いつまでもこんな商売つづけられるもんじゃあない。あんたが身代金《みのしろ》出してくれりゃあ、足をあらって、身軽になって、稲荷町あたりで小料理屋のひとつも……」

「身請けか」

枝盛はにわかに背中をのばし、

——興ざめだ。

と言わんばかりの顔をして、

「俺は、貧乏書生だよ」

「期待してないよ。板垣さんに聞いとくれな」

「板垣さんに、みのしろを？」

「前にも言ったろ」

「いずれ、な」

「毎度それればっかり」

自由が日本人の生活に定着して、それからさらに八年が経った。

明治二十三年（一八九〇）の正月がすぎた。退助は五十四歳となり、あいかわらず日々いそがしい。東京では愛宕下《あたごした》の邸宅をつねに留守にして、人と会い、取材を受け、党員たちに指示を出した。

そうしてしばしば地方をまわった。むろん演説のためである。仕事そのものは変わらないともいえるのだが、世間のほうは、評価のしかたが激変した。

土佐藩を勤皇化させたとか、戊辰戦争の名指揮官だったとか、維新政府の参議だったとか、自由党の結成者だとかいう輝かしい事実をぜんぶ合わせたよりも、

――あのせりふを、言った人。

という一事によって尊敬するようになった。退助自身、たびたび雑誌記者だの、各地方の名士だのから、

「あれをぜひ、聞かせてください」

と面と向かって頼まれた。

よほど本人の口から聞きたいのだろう。もちろんすべて謝絶した。これだから素人《しろうと》は、

（こまる）

などと思っていたら、足もとの、自由党の若手連中までが、毎年、四月六日に、

板垣氏岐阜遭難三周年記念

などと銘打った宴会をひらくありさまである。

遭難の何が記念になるのだろう。見るからに馬鹿げた看板であるが、退助は、これはしぶしぶ顔を出した。若手のなかには定見《ていけん》のない、ただ流行を追いたいだけの連中が少なからずいるし、その受け皿となるべき政党というやつも、いまはもう、自由党が唯一ではない。

というのも、退助たちが自由党を結成した半年後には、大隈重信が、同志の小野梓《おのあずさ》や矢野文雄らとともに立憲改進党を発足させたからである。

大隈には、一家言がある。

——日本の政体は、すべからくイギリス流の政党内閣をめざすべし。

というもので、これがドイツ的な立憲君主制に範をとろうとする伊藤博文との感情的対立をまねき、伊藤にやぶれ、政府を追い出されたことは既述した。もっとも、このたびの立憲改進党結成は、そういう理想の実現というよりもむしろ、

——先を、越された。

そのあせりがあったのだろう。

日本初の政党の創始者という永遠の名誉を退助にとられたのみならず、政府にまで国会開設の詔勅を出されてしまった。十年のうちに日本では、確実に、国会がひらかれる運びになったのである。

こうなれば全国に、

――雨後の、たけのこのごとく。

政党が簇出《そうしゅつ》することは目に見えている。

何ぶん流行の最先端なのだ。実際、退助以後、日本には大きなたけのこが二本生えた。

ひとつは九州改進党。「改進」の語をふくんではいるが実際の政治的立場はむしろ退助にちかく、自由党系の運動家である松田正久《まつだまさひさ》が熊本で創設した。

もうひとつは、立憲帝政党。

名称から想像がつくとおり、何とまあ、政府がこしらえた政党である。実際には政府系の御用新聞「東京日日新聞」主筆・福地桜痴《ふくちおうち》が世話しているようだが、この御用政党は、おもてむき自由民権の看板をかかげつつも従来の民権派を批判して、ことに都市部でなかなかの評判となっていた。

ともかくも先行者である。ということは大隈重信は、あるいは立憲改進党は、少なくとも四番目の存在ということになる。

たいへんな出おくれである。大隈の肥大化した自尊心は、

――とりもどすべし。

という焦燥になり、その焦燥はしばしば強引な人材あつめにつながった。

自由党からも引き抜いた。退助には大迷惑である。この猫の手も借りたいときに、たかだか宴会の看板ひとつで若い連中の機嫌をそこなうわけにはいかぬ。

うっかり出て行かれたら元も子もないのである。あの岐阜遭難「伝説」への依存も、ときには、

（やむを得ぬ）

いずれにしろ。

ここまで来ると、退助は何が何やらわからない。これまでは、

——人間が、ことばを操るものだ。

とばかり思っていたのだが、いまや「自由は死せず」ということばのほうが退助を、（囚われ人《びと》に）

あるいは、自由党そのものを囚われ人に。虚構が現実を支配した、そういうことかもしれなかった。

†

張本人たる内藤魯一とは、その後の八年間で三、四度しか会わなかった。

あるいは三、四度も会った。たいていは東海地方の遊説のときなので、会えば五日間とか、十日間とか寝食をともにするわけだけれども、内藤というのはふしぎな男で、どこの街でも、どこの村でも、まるで生まれたときから住んでいるかのように手ぎわよく退助の世話をした。

話もいろいろ交わしたが、すべて事務的なことばかり。あの岐阜での事件について、

「なつかしいですなあ」

とか、

「どうなることかと思いました」

などと蒸し返すことはしなかったし、ましてや、

「私の案じた『板垣死すとも』、すっかり総理の看板になりましたなあ」

などと不粋《ぶいき》なことは言わなかった。

自慢を避けた、というふうではない。退助は、

（まさか）

と思いつつも、ひょっとしたら内藤はあのせりふが自分の創作であることを本当にわすれてしまったのではないか、いまはもう退助みずから案じ出したと心の底から信じているのではないかと疑う瞬間がたしかにあった。真実はわからない。内藤はいつ会っても、どこで話しても、つまりそれくらい態度があっさりしていた。

内藤魯一という男は、退助のながい人生においては、しょせん一挿話の主人公にすぎない。

ひとすじの光を曳いて消え去って行った、単なる流れ星にすぎなかった。これ以降、内藤はあるいは愛知県会議長をつとめたり、あるいは国政に進出して衆議院議員となったりするが、退助との関係はついに淡々《あわあわ》のままだった。

枝盛の言う「味噌醤油」、すなわち自由の定着は、それ自体が、政府には重い圧力だった。

この場合の圧力とはもちろん、明治十四年（一八八一）十月に公表した国会開設の詔《みことのり》、「明治二十三年に国会をひらく」というあの約束を、

——たしかに、実行せよ。

とせまる圧力である。

あのとき政府は、おそらくだが、一抹の期待を持っていた。

十年先には民権運動など下火になっているだろう。あるいはいっそこの世から消えているだろう。……はたしてほんとうに消えてしまえば、政府は「時期尚早だ」だの「国権論者へも配慮を」だのと口実をつけて、堂々と約束を反故《ほご》にできるのである。

が、それは現実にはならなかった。

退助たちの運動はけっして下火にならなかったし、かえって燃焼温度をいよいよ上げた。

全国規模でもりあがった。政府は期限どおり国会をひらかざるを得ず、そのための準備の一環として、明治二十二年（一八八九）二月十一日、紀元節の日に、

大日本帝国憲法を発布したのである。

実質的に、アジアにおける最初の近代的成文憲法。歴史に徴《ちょう》すれば、あの政府発足時に発表された五か条の御誓文のうちの最初の二条、

第一条　広く会議を興し、万機公論に決すべし。

第二条　上下心を一《いっ》にして、さかんに経綸を行うべし。

を可能なかぎり精密に、大がかりに体現したものということになる。

その憲法には、「自由」の二字がしばしば当たり前のように用いられた。臣民は住居および移転の自由を有す（二十二条）、信教の自由を有す（二十八条）、言論、著作、出版、集会および結社の自由を有す（二十九条）。

ほかにも「自由」の語そのものは使用していないが、裁判を受ける権利はこれを奪われることがない（二十四条）とか、法律によらざる逮捕、監禁、審問、処罰はこれを受けることがない（二十三条）とかいう規定は、事実上、自由の規定といえるだろう。ここにおいて退助たちの運動は、考え得るかぎりの勝利をおさめた。おのが主張のうち、もっとも根幹にかかわる部分を、日本法制史の頂点の碑《いしぶみ》へ永遠に刻せしめたのである。

もちろん実際は、運用ひとつでどうにでもなる。

そのこともまた明記されている。戦時または国家事変のさいは、右の規定は「天皇大権の施行をさまたげることなし」、すなわち公然と無視されるというのは第三十一条の条文である。

政府がひとたびその気になれば、自由など、権利など、蠟燭《ろうそく》の火のようにサッと吹き消されてしまうのだ。

それでもまあ、

――ないよりは、いい。

というところなのだろう。あるいはこれで、またひとつ、

――日本が、欧米列強なみになった。

という満足もあったにちがいない。新聞雑誌は、おおむねこれを歓迎した。

各地の祝賀行事を好意的に報道した。憲法発布の日の午後には、退助たちも東京で祝宴を張ったが、その席上、植木枝盛でさえ、

「ひとまず、よかった」

と相好をくずしたくらいだった。ただし枝盛は、酒がまわるや、お膳のふちを箸でたたいて、

「あんな憲法《もの》、荒物屋のがらくただ」

と言いだした。

「私があれほど心血をそそいで書きあらわした『東洋大日本国国憲按』全二百二十条を、どこにも採らぬとは。私だけじゃない、立志社名義で出したものも、全国有志が発表したものも」

まわりの者は、

「まあまあ、採られたも同然さ」

とか、

「それに憲法発布には、恩赦というおまけもつく。坂本南海男君、山本幸彦君ら、同志が出獄できるんだ」

などと枝盛の肩を抱いたけれども、枝盛はことごとく撥ねのけて、

「ぬるい、ぬるい。それこそ政府の思うつぼじゃありませんか。そもそも私は『臣民』という語が気に入らぬ。政府は日本を近代国家にしたいのか、それとも封建の世に逆もどりさせたいのか。私の案じた『人民』でなぜ悪い」

「しっ、声が大きい」

「何をはばかる必要があります。『人民』なんて日常語じゃありませんか。不敬にはあたらん。天子は人民を尊重し、人民は天子を欽慕《きんぼ》する、それで一向かまわんじゃないか」

この日の宴は、夜どおしつづいた。

発布はしかし、発布にすぎない。

あくまでも書類のお披露目にすぎない。かんじんの施行は約一年九か月後、すなわち明治二十三年（一八九〇）十一月二十九日とさだめられたが、その日はまた、国会召集の日でもある。

†

正式名称は「帝国議会」。

議場には全国から三百名の代議士があつまらなければならず、その代議士はあらかじめ、全国各府県における、

総選挙

により決定されなければならないことは、憲法と同時に公布された衆議院議員選挙法のさだめるところ。日本は、これから選挙の季節に入るのである。

「選挙とは」

退助は或る日、自邸でめしを食いながら、後藤象二郎へ言った。

「選挙とは、要するに陣とり合戦じゃ。刀をもちいず、銃砲をもちいず、ただ紙と筆と箱のみで日本中に乱を起こす。そういうことじゃろう？　ヤス」

「そうじゃな。イノス」

「戊辰のいくさの再来じゃ。われわれはかつて徳川幕府をたおしたように、こんどは政府をたおす。と言いたいところじゃが……」

「政府も、さだめし本腰入れるじゃろ」

「ああ」

しばらく、ふたりは沈黙した。やがて後藤象二郎が、うつむいたまま、

「大《おお》騒動になるぞ。この選挙」

「ああ」

退助は、ひくい声で応じた。

民権派《こちら》には、時勢という味方がある。

圧倒的な援軍である。がしかし時勢というものは、軽薄な流行と紙一重なだけに、全国に、よからぬ連中をも引き寄せてしまう。粗暴な者、勉強ぎらいな者、狂信的な者、他人を支配したいだけの者。

おどろくべきことに、政治にまったく興味がない者。これら「味方」は、選挙となればむやみやたらと興奮し、警察を相手に無用の悶着を、

——起こすのでは。

象二郎は、そう言いたいのにちがいなかった。

「だいじょうぶだ」

とは、このとき退助は言えなかった。

自信がないとかあるとか、そういう以前の問題である。誰にとっても生まれてはじめての全国的行事なのだ。

何が起こるか、起こらぬか。

†

正式名称は、第一回衆議院議員総選挙。

定数、三百。

全国の府県を三百の選挙区に分割し、一選挙区から一名しか当選者を出さぬ、いわゆる小選挙区制を原則とする（実際には諸事情により二名を出す選挙区がいくつかあり、そのぶん選挙区数も三百より少ない）。

選挙権は、もちろん国民全員にはあたえられない。基本的に、

一、日本国民であり、

一、直接国税十五円以上をおさめる、

一、満二十五歳以上の、

一、男子

のみとされ、この条件をみたす有権者総数は全国に約四十五万人、総人口の約一・二パーセントにあたる。大ざっぱに言って、百人にひとりしか政治に参加できないのだ。

それ以前のことを考えたら、

——百人にひとりも、参加できる。

ともいえる。投票方法は記名式。立候補者の姓名はもちろん、投票者の住所姓名も明記して、捺印もする。

誰が誰に投票したか一目瞭然であるばかりか、動かぬ証拠がのこる。ゆくゆく紛糾のたねになるかもしれない。

†

ふたをあければ、大さわぎにも何もならなかった。

あっさりと選挙は終わってしまった。

投票日の、翌日。各新聞は、

——事態は静穏に推移した。

だの、

——朝野おしなべて粛々たり。

だのと通りいっぺんの書きっぷりだったが、たしかに通りいっぺんに書くより仕方がないほど事件らしい事件は起こらなかった。それまでの騒ぎの大きさをかんがえれば、神社の玉砂利のように清らかな選挙戦だった。

各地の演説会場では、候補者どうし、支持者どうしが多少もめたりもしたけれども、火事でいえば小火《ぼや》に終わった。警察もむりに介入しなかった。ましてや酒食の接待や、賄賂といったような頭脳的な問題行動はほとんどなかった。

理由は、誰にもわからなかった。

退助もわからなかった。というより、

（こんなものか）

納得するしかできなかった。

結局のところは、官民ともに、

――勝手が、わからぬ。

というに尽きるのだろう。これまで選挙などというものをやったことがなく、やった人の話を聞いたこともなく、その結果としての国会を目睹《もくと》した者もいない。そこで多数派を占めることが国家にどんな変化を強いるか、個人にどんな利をもたらすか。逆に負けたらどうなるか……行程も行先《いきさき》もわからぬ旅でわざわざ騒ぎを起こすほど人間というのは愚かではないのである。さらには有権者のほうも心理がなかなか初々しかった。ないし賢くはないのである。

何しろ、

――自分は、投票の権利がある。

という事実はそれだけで百人にひとりの社会的名士であることの確たる証拠にほかな

らぬ上、投票用紙に署名捺印までさせてもらえる。公文書をのこしてもらえる。彼らはみな鼻高々《はなたかだか》だった。結局、投票をしなかった、つまり棄権した人の数は全国に約二万八千。

全有権者数のほぼ六パーセントだった。彼らはただ忘れていたか、自分がそういう立場にあることを知らなかったか、あるいは何か、

――厄介らしい。

という漠然とした不安ないし恐怖を感じて知らんぷりしたかであり、逆に言うなら九十四パーセントは当日、投票所へ足をはこんだ。名誉を世間に誇示したのだ。

こういう情況にあっては、国民の興味は「誰が」投票したかにはあつまっても、「誰に」投票するかまでは及ばず、これもまた、じつは不正の起こらぬ一因だった。選挙における不正とは、とどのつまり「誰に」を無法に操作しようとする行為である。

ちなみに言う。

これが二年後の第二回総選挙となると、事態がすっかり逆になった。

政府が、あからさまに手を出したのである。

内務大臣・品川弥二郎《しながわやじろう》みずからの、

――政府支持の候補者を、当選させろ。

という命令が各府県知事にいきわたり、各知事は警察署長にそのむね言いふくめ、全国にいわゆる選挙干渉のあらしが吹き荒れた。気に入らぬ新聞を発行停止にしたとか、

民権系候補者の演説会場へ警官をふみこませたとか。

ことに後者はしばしば支持者とのあいだで暴力沙汰となり、全国で死者二十五名、負傷者約四百名を出した。十年前のあの退助の岐阜遭難など、児戯《じぎ》と思われるような酸鼻《さんび》である。暴力による政権転覆をふせぐ目的で実施されたはずの選挙がもっとも暴力の犠牲者を出してしまった。

しかしながら実際のところ、もっとも標的とされたのは候補者ではない。むしろ有権者のほうだった。何しろ特定は容易である。どこそこの誰が投票へ行くか、前回は誰に投票したか。警官はあらかじめ名簿を手わたされている。そこを戸別に訪問して、

――誰それは、ろくでなしだ。誰それに入れてくれ。

くりかえすが警官がである。言われたほうは強要と受け取るだろう、なかば国家命令と受け取るだろう。

それでも言うことを聞かぬ「不心得者」に対しては、こんどは買収ということになる。酒食の饗応はもちろんのこと、一票につき、

――五円。

とか、

――いや、十円。

などという交渉が平然と往来でおこなわれた。金の出どころはどこか。国家または府

県の予算である。

元来は税金である。この選挙の四か月前には愛知、岐阜両県でマグニチュード八・〇のいわゆる濃尾地震が発生した。死者七千人以上、家屋の全半壊二十八万件以上という明治期最大級の震災だが、その震災からの、

――復興のために。

という名目で国から県へつけられた臨時予算は、これもまた当然のごとくその一部がそっくり票買いのための資金になった。

何しろ復興というのは国家最高の政治案件のひとつだから、うんと広い意味では無関係ではないだろうが、それにしても露骨だった。一票の値段は、全国的に、ないし選挙区ごとに、おのずから相場のようなものが出来あがった。

しかもその相場は、投票日がちかづくにつれ上昇した、ということは有権者のほうでも陰に陽に金銭をもとめたことになる。前回は鼻高々だった「百人にひとり」の名士たちは、こうして堕落し、あるいは志《こころざし》をあきらめた。

むろん例外もある。どんな強要、勧誘、強請にもなびかず一貫して反政府支持の態度を示しつづけた硬骨漢もやはりたくさんいた。彼らにはもはやどんな干渉も不可能と思いきや、政府側には最後の手段がのこされていた。投票日当日、彼らが投票所へ行けぬよう往路《いきみち》にやくざ者をたむろさせたのだ。

彼らがそこを通ろうとすれば、暴力で阻止する。やくざ者はむろん地元の警察に金で

やとわれたわけで、地方によっては銃器まで貸与されたというから、どっちがやくざかわからない。

長野県では天竜川にかかる橋の上でこうした通せんぼがおこなわれた。有権者たちはまわり道もできず、すごすご引き下がるのも業腹《ごうはら》だったのだろう。何とまあ川にとびこみ、およいでわたり、投票所へ向かったという。季節は冬。河畔には少なからぬ積雪があった。

他県では投票所の前で待ち伏せた例もあり、こうなるともう投票行為そのものが、文字どおり、

——いのちがけ。

の行為になる。

逆に言うなら政府もそれだけ必死だったわけで、本音のところでは選挙制度そのものを撤廃したかったろう。あるいは撤廃しなくても、その結果としての国会を無力化するか。その意味では、こうした理不尽な妨害そのものがもう政府の困却、窮迫、迷走をあらわしている。

民権派の勝利をあらわしている。国会はまだ生まれたばかりにもかかわらず、この国の政治の風景においてそこまで大きな存在になっていた。政府は選挙干渉をした、ということはつまり選挙のなかった世にはもう戻すことができなかったのである。

もっとも。

このころになると、民権という語はほろびつつある。

急速に、歴史の領分へ繰りこまれつつある。かわりに生まれ出たのが、

——民党《みんとう》。

という語だった。

およそ反政府系の政党すべてを指ししめす語であり、その政党と手を組んだ候補者をも指ししめす。

これに対して政府支持の政党および候補者は「吏党《りとう》」と呼ばれ、明快な対立の構図をかたちづくった。

「吏党」対「民党」。こんにちのいわゆる与党、野党の原型である。ということはつまり日本では野党のほうが先にできたわけで、本格的な与党のほうは約二十年後、伊藤博文らによる立憲政友会の成立を待たねばならない。

「自由」は野党が先に手をつけた。こんにちでは政権与党の名にふくまれている。ともあれ二回にわたる総選挙を経て、あるいは二回しか経ずして、日本に議会政治が定着した。

†

はなしを、第一回選挙にもどす。

結果は民権派の、いや民党の勝利だった。退助の勝利ともいえる。党派別に当選者数を見ると、数えかたにより多少の差はあるものの、まず、

大同倶楽部　五十四
立憲改進党　四十三
愛国公党　三十六
九州連合同志会　二十四
自由党　十七
自治派　十二
国権派　十二
保守中正派　六
京都公民会　五
広島政友会　四
宮城政会　四
……
無所属　七十九

自由党は、第五位ということになる。

じつのところ、これはあの自由党ではない。

明治十四年（一八八一）のいわゆる国会開設の詔をきっかけに成立した、退助を総理にいただき中島信行を副総理としたあの日本初の政党と同一の組織ではない。あれは退助がみずから決断して、解党してしまったのだ。

第一回選挙の六年前のことだった。理由は内紛である。もともと自由党というのは国会期成同盟が母体だが、その国会期成同盟は、単一の組織というよりは、まさしく「同盟」の名のごとく全国無数の中小組織のまとまりとして生まれ、そだち、昇華して自由党に化けた経緯がある。

団体をあつめた団体である。その当然の結果として、自由党は、結成当初から意見の相違がたえなかった。ときには地方ごとに、ときには人脈ごとに派閥が乱立し、集合離散をくりかえし、そういう秩序を欠いた状態をもって、

——群雄割拠。

とみずから美称した。

何が群雄割拠だろう。なかには他党に——大隈重信の立憲改進党などに——心を寄せるばかりか、はなはだしきに至っては資金まで援助してもらう者もあらわれるしまつで、こうなると退助たち幹部の統制も、ことに末端のほうへはおよばなくなる。

そうして自由民権運動における末端とは、関東・東北地方である。結党後三年ほど経

ったあたりから関東方面の党員が暴走して、農民蜂起だの、要人暗殺だのをやらかそうとしたのは、ひとつにはこれが原因だった。

群馬事件、加波山《かばさん》事件。いずれも鎮圧されたものの、こうした短見浅慮の行為は自由党への、ひいては民権運動そのものへの反感をそそり、退助を窮地に追いこんだ。

さすがの退助も、このときは事態が収拾できなかった。そもそも自由民権とは、

(暴動を起こさぬ。そのための運動ではなかったのか)

なげくと同時に、

(わしはもう、手に負えん)

解党は、それからまもなくのことだった。

解党以後は、小党乱立の時代となった。

いっときは、

――大同団結。

の合い言葉のもと、過去のいきがかりを水にながして一つにまとまろうという動きもあったものの、結局のところ退助たちは、小党乱立のまま第一回選挙に突入することになった。

政党の、ことに野党の乱立、合併、消滅のくりかえし。

小異をとなえて大同に就けぬ、つまらぬ自尊心のつっぱり合い。……のちのち日本をながく支配した、こんにちもつづく政治の原風景である。自由党は最初の政党であるだ

けに、光のみならず、影の面でも魁《さきがけ》になってしまった。
ともあれ退助は、それら小党乱立のうちの、
愛国公党
の領袖《りょうしゅう》（会長）となった。
党員には、もはや骨がらみの同志というべき片岡健吉、杉田定一、植木枝盛、栗原亮一らしか残らなかったけれども、選挙後はいちおう旧自由党勢力とふたたびむすんだ。すなわち大同倶楽部、九州連合同志会、および自由党（旧自由党とは別）と合併して、
立憲自由党
になったのである。
これに大隈重信の立憲改進党を加えれば、当選者は百七十名あまりになる。定数は三百。民党が、過半数を占めたことになる。大きく見れば、
――退助の、勝利。
と見ることもできるし、実際、人々はそのようにみとめた。退助の国民的人気は、ここにおいて絶頂に達したのである。
もっとも。
退助は、当選していない。
そもそも立候補していない。退助は衆議院議員にはならず、あるいはなり得ず、そこ

に参加する資格をもたぬまま、明治二十三年（一八九〇）十一月二十九日の開院式をむかえた。

なぜなら国会は、二院制である。衆議院ともうひとつ、貴族院がある。予算の先議権（先に審議する権利）をゆずるほかは衆議院と同等の権限を有していて、退助はじつは、行くとしたら、この貴族院のほうへ行くことになっていたのである。

六年前、政府は、華族令を制定した。士族の上に、あらたに「華族」という階級を置いた。旧公家、旧大名家、維新の元勲、軍人、官吏、実業家などを押しこんで、いわば最上級の国民を創作したのだ。華族には、五つの爵位がもうけられた。公爵、侯爵、伯爵、子爵、男爵。そのうち三番目の伯爵の位を、

――受けよ。

と、退助がはじめて命じられたのが三年前の五月。退助は、

「ばか言うな」

壁を蹴って激怒した。受けるか受けぬか、それ以前の問題である。そもそも華族制度というものが気に入らぬ。民権家として全国あちこちの講壇で人民の平等をうったえている人間にはとうてい容認し得るものではないし、かりに容認したとしても、

――徳川家に、公爵をさずけた。

このことが、退助の感情に火をつけた。

公爵は第一の爵位である。最上級のなかの最上級である。退助がかつて全力でほろぼしたはずの政権の責任者が名誉を回復されたばかりか、国会開設のあかつきには自動的に貴族院議員になることになる。

たった二十三年でもう国民をふたたび指導するのだ。これでは幕末の風雲は何だったのか。戊辰のいくさは何だったのか。

武市半平太や吉田東洋、中岡慎太郎、小笠原唯八・謙吉兄弟はじめ、咲かせたくもない死に花を咲かせてしまった同志たちの魂をいったい、

(どのようにして、なぐさめたら)

徳川をたおした側である薩摩、長州の旧藩主家がよくまあこんな馴れ合いをゆるしたなあと呆れようにも、ほかならぬその旧藩主家もが仲よく公爵に列せられたのだから話にならぬ。フランス革命後の国民公会がルイ十六世をむかえ入れたか。何という愚かな措置だろう。

もちろん自分への授爵も、

「ことわる」

と、退助は一蹴しようとした。感情的な反撥を除いて、純粋に利害得失でながめても、やっぱり爵位を受けるのは民権家としては損なのである。

——まんまと政府に手なずけられたわ。大《おお》板垣も、とどのつまりは名誉欲のかたまりよ。

などと味方に批判され、世間に指弾されることは火を見るよりも明らかだからだ。

がしかし、このたびの件は、政府による勧誘ではない。

受けてくれという依頼でもない。勅令つまり天皇の命令であるからして、ことわる、ことわらぬをえらぶ権利はこれを退助は本来的に所持しない。もしもそれを拒絶したら、それは法理的には徴兵忌避とおなじである。国家への重大な反逆行為、犯罪行為にほかならないのだ。

悩んだ末、退助は、

「やはり、ことわる」

辞爵願を提出した。「願」ならば反逆にはあたらないだろう。

提出先は、宮内次官・吉井友実《よしいともざね》。

吉井はただちに上司というべき宮内大臣・伊藤博文に相談した。伊藤博文は内閣総理大臣を兼ねており、政治家としての実力は、

——現今、第一等。

との評価がすでにして定まりつつあったが、この場合も、ことさら事を荒だてず、使者を立てて、

——お受けになられよ。

と退助に伝えさせた。地味だが有効な応戦ぶり。

退助は、また辞爵願を出した。

また使者が立った。これで退助は追いつめられた。いくら何でも三たび辞爵でつっぱったのでは不忠のそしりをまぬかれず、それはそれで世間の指弾の原因《たね》になるばかりか、政府に、

——これだから、民権運動は危険なのだ。

と弾圧の口実をあたえることになる。ほかはともかくそれだけは退助としては避けたかった。だいいち退助自身、天子のために、この国のために、

——つくしたい。

という気持ちは誰よりも強いつもりなのである。ただその手段がほんの少しあまのじゃくなだけなのだ。

結局、

（伊藤め）

渋面で、話を受けた。

伯爵・板垣退助の誕生である。世間のいわゆる「華族様」になったしだいだが、受けた瞬間、退助には、国政参加の権利が生じる。

貴族院議員になれると、そう貴族院令にさだめられている。

ただし自動的にというわけではない。公爵、侯爵という上位ふたつは自動的になれる

けれども（徳川家の現当主・徳川家達《いえさと》はこれの適用を受けたわけだ）、あとの三つはあんまり数が多すぎるので、互選により一部の人をえらんで送り出す。内輪で投票し合うのである。退助はこれに落ち、貴族院議員になれなかった。

ならば、

――衆議院へ転じればいい。

というわけにはまいらない。なぜなら互選がおこなわれたのは明治二十三年（一八九〇）七月十日、これは例の、第一回衆議院議員総選挙の九日後なのである。すべての議席は、うまってしまっていた。退助は衆議院で多数を占める有力政党の党首でありながら、自分を議員にすることはできなかったのである。

開院式は。

内幸町《うちさいわいちょう》の、仮《かり》議事堂でおこなわれた。

退助はその朝、その門をくぐり、中央玄関の前に立った。まわりには百人以上の議員がいる。みなこの記念すべき日に遅刻しないよう、早めに来て、玄関の扉のひらくのを待っているのだ。

扉がひらき、若い官吏が出て来ると、まっさきに、

「どうぞどうぞ。お入りください、板垣伯」

と言ったのはびっくりした。

たまたま近くにいたからでもあろうが、退助は、

「伯?」

「ええ」

「どうして、わしが入《はい》れるのじゃ」

若い官吏は、戸惑ったような顔をして、

「それはもちろん、議員ではないので、会議場にはお入りいただけませんが、控室でしたら。かりにも伯は自由党の……」

「ありがとう。やめておくよ」

「え?」

「ここで待とう。終わるまで」

こんどは官吏のほうが驚き顔になり、

「いや、それでは……」

「わしは、潔癖な男でね。気づかいは無用。わしのかわりに」

つかのま空をあおいでから、ふりかえり、

「おんしら、行って来い」

「おう!」

声をそろえて返事したのは、長年の同志たち。

片岡健吉、林有造、竹内綱、植木枝盛は高知県で圧勝した衆議院議員である。ほかにも高知出身ながら他県から出て当選した大江卓(岩手県)や、中島信行(神奈川県)の顔もある。

民党の精鋭、ということもできる。

退助はつづけて、

「おんしら、わかっちょろうな。わしらの運動は、きょうからは『民権運動』などではない。ただの政治じゃ。ふつうの政治にすぎないのじゃ。ときに政府の誤りを糺《ただ》し、ときに国民みんなの福利をもとめ、もって国家そのものの意志決定をおこなう政治家《ステーツマン》の公務にすぎぬ」

「おう!」

という返事のなか、中島信行が一歩前へ出て、

「まあ、ともあれ、やってみましょうよ」

顔に、心のゆとりが見える。

ほかの連中も、みな大粒の真珠でも見るような目でこの四十男を見ている。中島はいつのまに、これくらいの信頼を得たのだろう。

九年前、あの浅草の井生村楼でとつぜん自由党の副総理として退助の前にあらわれたときには、退助は正直、

――胡乱《うろん》な。

としか思わなかったのだが。この年になっても、人の世は、まだまだ意外さにみちている。

「たのむぞ、作太郎」

「はい」

中島はうなずくと、うしろを向き、

「みんな。行こう」

全員、階段をあがり、玄関の内部《おく》へ消えてしまった。

ほかの議員や官吏もぞろぞろ屋内へ入ってしまう。まだ開会の時間は先なのだが、何しろきょうは——きょうにかぎり——天子が来ることになっている。早めに着席しておきたいのだろう。

何やら、すべてが、

(ういういしや)

空の下にたたずむのは、数人のみ。

退助はちょっと建物から遠ざかり、全体を見た。なるほど、

「仮議事堂だ」

つぶやいた。

形状《なり》こそ横にうんと長く、しゃれた西洋ふうだけれども、壁のあちこちに塗りむらがある。

むきだしの木の柱がそれで汚れたりもしている。竣工(完成)は昨日だというからよほどの突貫工事だったのだろう。

この日の来ることはわかっていたはずなのに。政府がまだまだ国会というものを軽視というより蔑視している何よりの証拠が、つまりはこの建物であるようである。

その意味では、ほんとうの戦いはむしろ、

（きょうから）

と。

玄関から、男がひとり出て来た。

フロックコートこそ着こんでいるものの、物見遊山客さながらの軽やかな足どり。ひょいと片手をあげて、

「ここにいたか。イノス」

「ああ、ヤス」

後藤象二郎だった。退助の前に立ち、やっぱりお伊勢まいりでもして来たような口ぶりで、

「なかに入らんのか。わしはいま、ひととおり見分したところでな。まったくひどい手ぬき普請《ぶしん》じゃ。二階へ上がる階段の踏板《ふみいた》なぞ、二、三人、横にならんで踏んだだけできゃあきゃあ悲鳴をあげるんじゃからのう。おたがい貴族院に落ちてよかった。受かっていたら、いまごろ足で穴を」

あいかわらず爽快な負け惜しみだった。退助はふっと息を吐いて、

「なあ、ヤス」

「何じゃ」

「おんしはもう『後藤伯』と呼ばれたか」

と問うたのは、象二郎もまた、退助と同時期に伯爵の位をもらったのである。

もっとも象二郎は、逡巡しなかった。一度目の勅令であっさりと受けてしまったあたり、退助よりも小人物といえる。

大人物ともいえる。恬《てん》として、

「ああ。さっき役人から」

「わしもじゃ。『板垣伯』ちゅうのは変じゃのう。これぱっかりは生涯、慣れんわ」

「むかしむかし、はじめて『閣下』と呼ばれたときも、おんしは似たようなことを言うちょったが」

「まっことか」

「まっことじゃ。人には呼びたいように呼ばせておけ。おんしは磊落《らいらく》のようでいて、こまかく気をつかいすぎなのじゃ。五十をすぎて青くさい、青くさい」

「だまれ、ヤス」

「うるさい、イノス」

「べこのかあ」

「べこのかあ」

やがて建物のなかから官吏がわらわらと出て来て、人垣をなし、天子の到着を出むかえた。

馬車が来た。天子は馬車を下り、ちょっと建物を見あげると、百官を引き連れつつ足早に玄関へ入って行く。

思いのほか事務的な歩調だった。退助はやや離れたところに立ち、ふかぶかと礼をして見おくった。

内部がしんとなったのは、式典がはじまったのだろう。

おそらくは玉音琅々《ろうろう》、天子が勅語を賜与《しよ》して、奉答の辞があり、挨拶がつづき……。

喇叭《らっぱ》の音が聞こえて来た。

式典が、終わったのだ。

本会議および委員会審議は、明後日、十二月一日から開始されるため、きょうの予定はこれだけである。天子が出て来た。退助はふたたび礼をしたが、身を起こすと、天子の横には男がひとり。

こちらへ歩いて来つつ、天子と、友達さながらに話している。

ほとんど肩をたたかんばかりだった。年のころは五十前後、退助より少し年下というところ。長いあごひげを垂らしているのが退助に似ているといえなくもない。

そのあごひげが、話をやめ、立ちどまった。

ふいに退助のほうを向いた。

「む」

退助は、唇をひきむすんだ。

（伊藤か）

伊藤博文。

その顔を見るのは、じつに十七年ぶりか。

退助がまだ政府の要職（参議）にあったころ、西郷隆盛、大久保利通、木戸孝允といったような同格の連中にまるで小間使いのように雑多な仕事を言いつけられていた長州出身の若い政治家。

退助も何度も言いつけたし、それを悪いとも思わなかった。しょせんは大久保、木戸の腰巾着。戊辰のいくさへも参加しなかった、

——洟《はな》たれ小僧。

くらいにしか認めていなかったのである。最後に会ったのは退助が明治六年（一八七三）、西郷隆盛、後藤象二郎、江藤新平、副島種臣らとともに征韓論のあおりで参議の職を辞したときあたりだから、そう、やっぱり十七年ぶり。

この間《かん》、伊藤は参議になった。

木戸、大久保の死を受けて政府内の中枢を占め、大隈重信を追放し、それとひきかえに国会開設の詔勅を出し、憲法をつくり、内閣制度をつくり、みずから初代総理大臣をつとめた。

そうしてこの帝国議会でも貴族院議員となり（爵位は伯爵）、その議長となり、おそ

らくそれを除いても常日頃《つねひごろ》から天子のよき相談相手であるのだろう。

日本の政権の、まさしく、

（本道）

これに対して退助は、いうなれば、反政権の本道をあゆんできた。この邂逅《かいこう》は、だから不倶戴天の敵どうしの邂逅になる。

伊藤は。

なおも、こちらへ目を向けている。

帽子にちょっと手をそえて、

「どうも」

退助も、

「どうも」

会釈した。

それだけだった。伊藤はふたたび天子に何かささやくと、歩きだし、ふたりで馬車のほうへ去ってしまった。

退助はふっと苦笑いした。このあまりにもささやかな、逸話とも呼べぬ逸話をもって、この長い物語は幕が引かれるべきだろう。退助の人生は、この後さらに三十年もある。政治家として、充実をきわめた三十年である。

全国各地を遊説し、政党の集合離散の裏工作をし、内務大臣にもなった。大衆的人気は一貫して高く、来客は多く、雑誌への寄稿も多かった。ただしそれは余生だった。何かを準備するのではなく、何かを完成させた人生。そういう人生はおそらく本稿の主題ではなく、べつの物語にゆだねられるべきだろう。幕末および明治維新とは、つまるところ、未来というものに取り憑かれた人間たちの物語である。

退助は晩年、政界を引退し、いろいろな慈善事業にかかわりを持った。壮年期とくらべれば、ゆとりある日々をおくった。

大正八年（一九一九）六月、ふとしたことから風邪をひき、寝つき、気管支炎を併発した。八十三歳には命とりである。退助の体は約一か月のあいだに、それこそ老木のように静かに静かに朽ちたけれども、死の二時間前、とつぜん目をひらいて、

「はやく、はやく」

と言ったのは、どんな風景をまのあたりにしたのか。植木枝盛、後藤象二郎、片岡健吉など、退助とともに駆けた仲間はほとんど鬼籍に入っていた。

解説

谷津矢車（作家）

何と難しい主人公をお取り上げになるのだろう。

某書店の平積み棚で本書単行本版の表紙を見かけた折、わたしはそんな感想を持った。歴史小説は小説である。だからこそ、主人公を規定する一貫性が欲しい。が、板垣退助ほどそれを見出すのが難しい相手もおるまい。板垣が「板垣死すとも自由は死せず」の名言で広く知られているのもミソである。彼を主人公にするからにはこの名言を是非作品に取り入れたいところだが、この名言は、江戸期には存在し得ない自由民権運動に裏打ちされたものである。この言葉に説得力を持たせるためには彼の人生に上手くアンカーを打ち込んでやらねばならないが、さて、どうしたものか。

……などと本書を前に色々と思いあぐねてしまったのは、歴史小説家をやっているわたしの職業病のゆえなのだけれど、著者名が目に留まったその時、以上の心配が余計なお世話だったと悟ったのもよく覚えている。

門井慶喜。この名前には、同業者にとっても格別の安心感がある。

作家、門井慶喜（呼び捨てすることに対するお叱りはあろうが、「先生」はおろか「さん」付けすらおこがましい気がしてならず、本稿においては呼び捨てというもっとも失礼な呼びかけで通さざるを得ない。ご寛恕願いたい）。

○

美術品の真贋を味覚で知ることのできる美術コンサルタント、神永美有を探偵役に据えた連作ミステリ『天才たちの値段』でデビュー。その後、学園ミステリ、図書ミステリや建築ミステリと分類しうるミステリ作品を多数上梓した後、伊藤博文の青春を主題にした『シュンスケ！』で歴史小説にも進出。宮沢賢治の父を主人公にした『銀河鉄道の父』で直木賞受賞。資料の博捜と深い知識に裏打ちされた記述スタイルは小説だけでなくエッセイ、論説でも猛威を振るい、『マジカル・ヒストリー・ツアー　ミステリと美術で読む近代』で日本推理作家協会賞の評論その他部門をも受賞している。一般に、門井はミステリ作家としての貌《かお》と歴史小説家としての貌を持つ二刀流作家と目されている。

歴史小説家としての門井には、三つの武器がある。

門井の歴史小説の文体には、歴史・時代小説が大衆文芸の王様として君臨していた時代の空気感がある。登場人物や作中世界を突き放し、書き手がつぶさに往時の出来事を俯瞰して叙述していく筆に、吉川英治、司馬遼太郎や池波正太郎作品の影を感じるのである。

また、歴史小説は主人公が存在するために、主人公に手柄が集まり、英雄として描かれてしまうきらいがある。だが、門井は様々な人物にスポットを当てることで主人公の偶像化、英雄化を避けている（この辺りの空気感は『東京、はじまる』などが分かりやすい）。

さらに門井は歴史上の人物の歴史的役割に自覚的な作家でもあり、「なぜこの人物を取り上げるのか」という問いに明確な答えを用意し、読者に提示している。『銀閣の人』の足利義政がこの好例だろう。

以上三つの武器、「大衆文芸的な文体」「英雄史観の相対化」「歴史との接続」により、門井の歴史小説は見通しが良く、歴史上の人物が等身大の人間として描かれつつも魅力的に走り回り、歴史を読者の目の前に示すことに成功しているのである。わたしの申し上げた「格別の安心感」は、こうした門井の作家性によってもたらされている。

○

本書『自由は死せず』は、大きく、土佐藩士時代、明治政府出仕時代、民権政治家時代の三期に分けることができる。本書の面白さは、この三期がそれぞれに違う味わいの物語となっていることであり、それがそのまま板垣退助という人物の成長、爛熟、老成と対応しているところであり、また彼の「民」への眼差しが深まっていくところにあろう。

土佐藩士時代の退助は後藤象二郎と共に悪たれとして名を馳せていた。父との不和もあり不遇のうちに身を沈めていた退助だったが、土佐藩執政の吉田東洋と出会うことにより土佐藩の吏としての道が開け、土佐藩の先代藩主である山内容堂と知己を得るに至る。ここで指摘しておきたいのは、吉田東洋、後藤象二郎といった面々の描かれ方である。幕末の土佐を描いた歴史小説は、坂本龍馬や武市半平太といった藩の非主流派の視点から描かれる作品が多く、いきおい吉田東洋、後藤象二郎といった主流派が敵役として描かれるきらいがあった。しかし、本作では、敵役ではない二人の姿が描かれているがゆえの新しさがある。美化しているわけではない。むしろ、吉田東洋などは孤独な偏屈者として描かれてすらいる。それでもそんな吉田にさえ可愛げを感じてしまうのは、登場人物や作品世界を突き放す門井の叙述スタイルのゆえだろう。そして、この吉田東洋が、板垣退助を本作の主人公たらしめる「軸」を構成することになる。退助は吉田東洋に登用されて政の場に引っ張り出され、「民」と対峙することになり、退助の中で徐々に「民」に対する思いが育っていくのである。

あともう一つ指摘するべきは、退助の父と母の描き方であろう。門井作品で取り上げられることの多い「父と子」のモチーフ、短いながらも鮮やかに描かれる「母と子」のモチーフもまた、ひょんなところで後の板垣退助を形作る軸となっていくのにも注目しておきたい。

そして時は移ろい慶応四年、土佐藩で冷や飯を食わされていた退助は、戊辰戦争に際し、官軍の一員として江戸、北関東、会津を転戦することになる。この戦いで退助は、戊辰戦争の、ひいては明治政府の真実を庶民から思い知らされることになる。徳川幕府が倒れ、新政府が立ったからといって、新しい時代が来るわけではない。為政者が徳川家から薩長土肥に変わるだけで、庶民の声が政《まつりごと》に反映されることはない。この明治政府出仕時代においては、薩摩の伊地知正治が名敵役としてよいアクセントになっている。伊地知の在り方に薩長土肥の門閥政治をオーバーラップさせることで、来るべき新しい世のミニチュアとし、退助に、民の声が届かぬ時代がなおも続くと確信させるに至るまでの道筋を作っているのである。軍人、上に立つ人間としての才能の開花も見逃せない板垣の変化だろう。

征韓論政変によって下野した板垣退助は、やがて自由民権運動のアイコンとして活躍を始める。この時期の退助の描かれ方として面白いのが、老境、退隠者の香りが付与されていることだろう。自由民権運動の盛り上がりによって様々な人士が現れ、多士済々の様相を呈する中、これまで暴れん坊、能吏、辣腕の軍人として描かれていた退助が急に老け込み、民権運動の活動家である植木枝盛がそんな退助の姿に不安を抱く姿まで描かれているほどである。この描写によって、板垣退助がこれまでの人生で育んできた資質が際立ったのと同時に、自由民権運動に身を投じる群像たちの物語ともなっている。

また興味深いのは、自由民権運動を事業として描いているところである。本作の登場人物、殊に退助に近い人々は、民権運動拡大を好ましく思わない政府と言論で戦うため、そして、庶民に支持を広げるための資金集め、事業拡大を口にしている。この民権運動の在り方は、家職として政を担っていた江戸期の武士や、手弁当で政に関わろうとしていた幕末の維新志士たち、国家の僕《しもべ》となって国の舵取りを行なう明治政府の元勲たちとも違う。そう、事業としての政治活動を描くことにより、板垣退助たちが現代にも繋がる新たな政治活動を〝発明〟したと本書は明示しているのである。

世の民権運動が高まり、政府も国会開設を約束せざるを得なくなる。しかし、この約束を空手形にしないためにも、退助たちはさらに自由民権運動を加速させていく。その中で、本書のタイトルにもなっている「自由は死せず」の遭難事件が起こるのだが……。ここでの一幕は、まさに今日的な意味での政治家の戦いが描かれているといっていいだろう。

本書は、土佐藩の悪たれが、政治家という概念の雛形を、その人生の遍歴でもって形作るまでを描いた小説なのである。

本作のラストに、こんな一文がある。

何かを準備するのではなく、何かを完成させた人生。そういう人生はおそらく本稿の主題ではなく、べつの物語にゆだねられるべきだろう。（文庫版下巻P４８４）

板垣退助は何かを完成させた人生ではなかった。いや、そもそも、板垣退助が目指したもの——民による政治——に完成はない。本作の板垣が民権運動家、政治家として活躍する描写のそこかしこに、当代の政治家や政治活動家、次代を担う政治家たちの肖像が描き込まれているのもその含意の表れだろう。

板垣退助が準備し、同時代、次代の人々が育ててきた民による政治。現代のわたしたちは、果たしてその衣鉢を継ぎ、よりよい政治空間を構築できているのだろうか。本書は、わたしたちが民主主義を標榜し続ける限り繰り返し立ち現われ続ける問いを読者に投げかけているのである。


ここからは余談なので、読み流して頂ければ幸いである。

わたしは先に「門井慶喜はミステリ作家としての貌と歴史小説家としての貌を持つ」と書いた。しかし、門井慶喜は、一貫して歴史小説家ではなかっただろうか。

門井のミステリ作品も、歴史というテキストに裏打ちされている作品が多い。美術ミステリの主題である美術品は、その来歴や美術史での立ち位置といった「歴史」が大きな意味を持つ。図書を巡るミステリもまた同様である。また、門井のライフワークといってもいい建築をモチーフにした作品群も、建築史という知の体系を参照することなしには成立し得ない。

門井の初期作品に『人形の部屋』（東京創元社）がある。専業主夫の父と中学生の娘による現代家庭ミステリなのだが、本書の中にこんな会話がある。

「歴史はおもしろいね」
「おもしろいよ」（同書文庫版P91）

歴史は必ずしも「おもしろい」だけで済まされるものではない。わたしが言うまでもなく、歴史には目を背けたくなるような人間の暗部も転がっている。けれど、やっぱり歴史は「おもしろい」ものなのだ。門井作品に横溢する「明るさ」は、歴史を「おもしろい」と言い切る書き手としての意志に源泉がある気がしてならない。そして、そうした「明るさ」こそが、歴史小説に求められているものなのだ。わたしが「一貫して歴史小説家ではなかっただろうか」と書いたのは、門井作品に横溢する歴史への温かな眼差しと、歴史に対するいい意味での楽天主義のゆえなのである。

本作品は二〇一九年十一月、小社より単行本刊行されました。
文庫化にあたり加筆・修正をしています。

双葉文庫

か-61-02

自由《じゆう》は死《し》せず（下）

2023年1月15日　第1刷発行

【著者】
門井慶喜《かどいよしのぶ》

【発行者】
箕浦克史
【発行所】
株式会社双葉社
〒162-8540 東京都新宿区東五軒町3番28号
［電話］03-5261-4818（営業部）　03-5261-4831（編集部）
www.futabasha.co.jp（双葉社の書籍・コミックが買えます）
【印刷所】
大日本印刷株式会社
【製本所】
大日本印刷株式会社
【カバー印刷】
株式会社久栄社
【DTP】
株式会社ビーワークス

【フォーマット・デザイン】
日下潤一

ISBN978-4-575-52631-8 C0193
Printed in Japan